文化朝聖者的中國想像

——楊煉詩美學探索

王穎慧/著

「穎詩洞達開文智，慧易圓融啟道元」

——序賀元智大學中文系王穎慧女棣碩論出版

賴貴三[*]

　　約莫三年前，筆者所指導臺灣師大國文系碩士班學生陳正賢仁棣，與元智大學中文系碩士班王穎慧女棣相約於研究室會晤，第一次見面即無陌生感，相談甚歡，十分愉悅，對於穎慧女棣清新素雅的氣質與求知若渴的精神，印象深刻。其後，穎慧即旁聽選習筆者所開設之「周易研討」課程，她自動自發、兢兢業業，認真勤學、慎思明辨，對於筆者所交付的功課皆能逐一落實，並請求筆者擔任論文指導教授，遂欣然應允，因係跨校指導，故同時敦請筆者師大學妹元智中文系鍾怡雯教授為論文共同指導教授，一齊指點穎慧未來研究的課題與深造的蘄嚮，師生關係從此密切而融洽，也深切預期著穎慧能有不錯的學術開展與研究創獲。

　　期間，筆者因撰寫研究論文以及執行專題研究計畫之需要，於是徵得穎慧同意，聘請為兼理助理一年，協助研究資料搜集事宜，穎慧負責盡職，使命必達，深令筆者放心與寬慰。不過，因為學校新規定不能聘請他校學生擔任研究助理，第二年之後即無法再續聘穎慧，此後穎慧即無法一邊從學裏贊、一邊自力賺取微薄兼任助理待遇；再加上穎慧外公年老病衰長期住院，必須長期服侍，身心俱疲，而論文也無法從容撰述，於是在雙重壓力之下，經得筆者同意由原訂之「胡自逢教授易學研究」論題，改為「文化朝聖者的中國想像——楊煉

* 　國立臺灣師範大學國文學系教授。

（1955-）『中國手稿』時期詩歌研究」，經過一年餘的沈潛鑽研，並透過鍾怡雯教授的現代文學專業提點指導，終於順利通過碩士論文的學術洗禮，初步圓成研究深造的理想初衷，值得正視肯定與贊許期待。

2010 年 1 月 6 日（星期三），筆者因同時有臺北市立教育大學中國語文學系碩士論文口考，適與穎慧論文安排口考時間衝突，以致無法分身參與，頗為遺憾，遂請鍾怡雯教授負責口考事宜，並敦聘中央大學中文系葉振富（焦桐）教授、清華大學中文系劉正忠（唐捐）教授為口試委員，在兩位校外現代文學專業教授嚴謹的指教之下，據穎慧口述獲得了不少的啟發與教益，她也能勇於表達個人對於楊煉以《易》學轉化融入現代詩學的觀點，批判其中得失與可能之錯誤，融釋《易》學史、現代詩史與文化發展史於一爐，可謂別開生面，氣象煥然一新。

穎慧名如其人，既「聰穎」又「賢慧」，筆者檢視其碩士學位論文：「文化朝聖者的中國想像——楊煉『中國手稿』時期詩歌研究」，近一百六十頁，都十餘萬言，全文清新流暢，論述嚴謹有序，結構條達井然，內容精審婉約，誠為優良佳作，因此在鍾怡雯教授指導修正之後，承蒙秀威資訊慨然鼎助出版問世，確實值得欣慶與祝賀。筆者因此擷取「穎慧」女棣名字，嵌以就讀「元智」大學之名，以及論文中研討楊煉現代詩歌與《易》學關涉，而成此序聯，以識其人其學。

楊煉為現代中國詩人中「朦朧詩」的代表人物之一，具有濃厚的尋根意識與文化情懷。據維基百科記載：

> 祖籍山東，出生於瑞士伯爾尼。6 歲時回到北京。1974 年高中畢業後，在北京昌平縣插隊，之後開始寫詩。1978 年參加北京之春運動，並成為《今天》雜誌的主要作者之一。1983 年以長詩《諾日朗》出名，並遭到政治批判。1988 年被中國大陸讀者推選為「十大詩人」之一，同年在北京與芒克、多多等創立「倖存者詩歌俱樂部」。1988 年去澳大利亞進行學術訪問。1989 年六四事件時他在紐西蘭奧克蘭進行訪問，參與組織了

抗議中共政府的活動。事後他的作品在大陸被禁，他本人開始流亡國外。目前居住在英國倫敦。

文化大革命（1966-1976）造成中國十年的黑暗動盪，而這也正是醞釀「朦朧詩」的生成背景、與「朦朧詩人」企求反抗的對象，惡劣的政治環境衝擊了中國文化、以及毀滅人的「生存」；所以，這一代詩人的思想即建立在他們所共處的時代氛圍之上。「朦朧詩」既是詩歌流派，也是一代人的覺醒思潮，並且影響了後起的詩人們。因此，在藝術價值上剖析「朦朧詩」，不僅形塑人的發現與詩的自覺，更呈現出一個時代的意識型態。出生於 1955 年的楊煉，自十一歲起，經歷著這場怵目驚心的中國浩劫；十年的國族煉獄，楊煉選擇以詩文作為發聲工具，1978 年參加民主運動，成為著名的地下文學雜誌《今天》主要作者之一。

文革前後，是中國文化破立轉型的關鍵時期。而楊煉詩作能與時代頻率相契合，創作前期以朦朧詩英雄式的浪漫激情，表現出詩人的憂患意識及關懷視野；之後的尋根創作，既延伸朦朧詩的探索精神特質，走進歷史長廊，也轉向另一個寫作幅度。穎慧透過文化背景，深切瞭解文革以至新時期的思潮，得以窺見這一代人的閱讀背景、精神氛圍，而提出「文化語境」足以成為解析楊煉的論據。因此，穎慧綜合而言，說道：

> 朦朧詩五人代表之一的楊煉，是個逆著時代風潮而行走的革命鬥士，他提出了抗衡的對策，首先是書寫民族文化組詩，以巨型的史詩篇幅，光是文字數量、敘事架構的氣勢，便足以鋪天蓋地的淹沒風行文革時期的打油短詩，在發表詩作的五年後，熱情不減的楊煉，又再丟下文字火種，以大量的文字展示他的文化詩論，「尋根」是楊煉這個使徒唯一實踐的神聖信念。

> 日後旅居海外的楊煉，將他在中國境內的創作時期，定位／命名為「中國手稿」階段：「中國手稿，是指我在中國生活期間所寫的作品。但也包括我從一九八五年開始寫、集我對中國現

實和語言之思於大成、而一九八九年才在新西蘭最後修改完成的長詩《￼》」，他還寫下與「時代」脣齒相依的認知：「具備了我從生存感受、到語言意識、再到詩歌觀念的整個『詩學』特徵……我的那個激烈、疼痛的歷練，恰和中國在整個八十年代如層層脫皮般的既痛苦、又史詩性的經歷相呼應」。楊煉的寫作雛型也大抵奠基於這個時間區塊，不過，受限於成長經歷，楊煉顯然是不可能無師自通的。

當時兩股最為大宗的文學思潮，分別是在文革後期，詩人間相互流傳的手抄本聶魯達〈馬楚・比楚高峰〉；以及新時期，因為出版刊物與學者引介，艾略特《荒原》在文學界掀起的滔天巨浪。兩股思潮分別來自南美洲與北美洲，隱含了南美洲詩歌如史詩般的神秘、古樸、遼闊、粗獷，以及北美洲詩歌的理性、睿智、深刻、嚴謹。這兩宗大家的書寫風格，迥異的情感溫度，究竟對楊煉產生多少影響或啟發？本文擬就文革與新時期，兩波美洲現代文學的潮流與楊煉詩作相互參照，藉由考察背景，廓清其創作身世，梳理詩人譜系的追尋，找到楊煉的執念所在，並重新發現這個詩人的最核心精神。

據此可知，穎慧研究論述主軸，在以楊煉「中國手稿」時期作品為研究對象，探討後文革的特定背景下，譯介潮、文化意識與楊煉的關係，並梳理楊煉詩作與經典《易》的釋義，解析他對待文化的詮釋，尋找中國圖像的訊息如何流轉於文本場域，考察其「文化尋根」的理念與方向，再進一步揭示楊煉在文學史上的價值。由於穎慧善述善繼，全文洗鍊精簡，一方面能溯源探本，揭曉楊煉的創作歷程與昇華進路；一方面能融會貫通，印證中西大家的作品呈顯與理論攝取，綜觀全文的鋪陳演繹，總體而言，穎慧成功再現了楊煉尋根地圖上的一個文化座標，楊煉真正要尋覓的是自己，一個失根的漂泊旅者，這可謂是穎慧令人激賞之處。

作為具有深刻哲思的詩人楊煉，在追尋與反思的過程中，懷抱著濃烈的詩人譜系的傳承渴望與開創理想，自撰天書《𣎴》，成一家之言，穎慧撰述策略歷歷在目，能使讀者管窺楊煉精神史的質變軌跡。《𣎴》象徵楊煉文化尋根宣諭的落實，並與素有中國學術根源之名的《易》連結，揣擬《易》的化成、援引《易》象義，《𣎴》這個自創文字的符號概念取義於「天人合一」，在文化上運用中國獨特的象形構字思維，將象形字「日」與「人」貫通，以形會合，效仿六書的會意造字法則，又擬音為「易」（Yi），並陸續作了幾番陳述：

> 《𣎴》不是字。它是一幅圖畫，或僅僅一個符咒。

> 《𣎴》是我以中國古代造字法造成。「日」即「日」，「人」即「人」。人貫穿於日，象形含義為「天人合一」。與中國傳統文化的命題相同。

> 四部的題目分別是……，總題目即那個無字之字：《𣎴》。

因此，《𣎴》遂成為《易》的擬結構，楊煉並為《𣎴》的體制編排四部組詩，各部自有其意旨，卻又能彼此聯繫，最終以「同心圓」的理念體現詩人的生命步履。又融合了遠古神話、歷史人物、俗諺入詩，可見楊煉對於尋根目標的追索，誠如穎慧所論：「正典的輪廓：解經與治《𣎴》之要」、「生存的假說：理想的傳遞與實踐」、「心象的傳釋：『精神』的線性理則」、「感傷的距離：文化地標的印象」與「文化的解釋：歷史斷片的復現」，楊煉確實不遺餘力，以文化生命涵攝於詩作，藉由詩論與詩文互相參照，讀者循此脈絡，揣度詩人的心靈圖象，剖析四部組詩，等同瀏覽「中國手稿」的「精神史」，再現雄渾，令人刮目相看。

2010 年 6 月 4 日（星期五），筆者遠赴位於中歐瀕臨地中海的 Slovenia 首都 Ljubljana，參加「第一屆魏晉南北朝文學、藝術與哲學國際學術研討會」，夜間竟不期而遇中國當代詩人、朦朧詩代表人物之一北島（1949-，原名趙振開）於其紀念六四中英文詩歌夜誦會中，

朗誦會前特趨前問候致意，並相互寒暄交換名片，合影留念。北島於 1978 年與芒克等人創辦《今天》雜誌，後因在六四民運中的特殊作用，不見容於中國政府，於 1989 年移居國外，流浪異邦，在世界各國家進行創作，尋找機會朗讀自己的詩歌，觀見其人，溫文儒雅；賞翫其詩，蘊藉深沈，如今臨風懷想，對照同為六四流放詩人的楊煉，頗有惺惺相惜的感慨。

　　此外，筆者復於 2010 年 7 月 23 日（星期五），應邀參加山東高密舉辦之「海峽兩岸鄭玄學術研討會」，因緣於是日參觀位於高密一中校園內之「莫言文學館」，館名係由中國前文化部長王蒙（1934-）所題，筆者曾於 2003 年客座荷蘭萊頓大學漢學院時，參加由萊頓大學校長主持、中國大使陪席之王蒙蒞校專題演講會，其人口才流利便給，談資風趣幽默，頗有單口相聲之優勢，至今印象深刻；該館入口兩側，並有當代著名作家賈平凹（1953-）戊子（2008）歲夏題聯：「身居平安里心憂天下，神遊東北鄉筆寫華章。」該館新穎亮麗，樓宇寬敞，布置妥善，內容豐實，深令筆者流連忘返。莫言（1955-，原名管謨業），自 1980 年代中以一系列鄉土作品崛起，充滿著「懷鄉」以及「怨鄉」的複雜情感，被歸類為「尋根文學」作家，適與楊煉詩格同類，復因同年且同為山東人，有著同樣的時代背景與生命歷程，可供觀照比較。而鍾怡雯教授碩士學位論文：「莫言小說：『歷史』的重構」（1996，陳鵬翔、邱燮友教授指導）以及博士學位論文：「亞洲華文散文的中國圖象：1949-1999」（2001，楊昌年、陳鵬翔教授指導），皆與穎慧論題密切相關，能得良師名家指導，可說因緣合和，頗耐人尋味。筆者特意拍攝鈔錄莫言親書詩作數首於下，提供隅賞：

> 韭菜爐包肥肉丁，白麵烙餅捲大葱；
> 再加一碟豆瓣醬，想不快樂都不中。
> 故鄉憶舊打油詩艸，莫言於一斗閣中。
>
> 少時輟學牧牛羊，老家大欄平安莊；
> 荒草連天無人迹，野兔飛奔鳥兒忙。

二十九省數我狂，栽罷蘿蔔種高粱；
下筆千言倚馬待，離題萬里又何妨？
丁亥（2007）春節，錄舊日打油詩兩首，贈故鄉莫言研究會，
以示惶恐之意。莫言。

高密東北鄉，生我養我的地方，美麗的膠河滾滾流淌，遍野的
高粱。高密輝煌，黑色的土地承載萬物，勤勞的人民純樸善良，
即便遠隔千山萬水，我也不能將你遺忘；只要我的生命不息，
就會放聲為你歌唱。

己丑（2009）初春之夜錄舊時詩句，莫言左書。

筆者嘗以為文學為生命思想的溫床，詩人尤為靈妙繆思的哲理家，由
文革前後出生、成長、奮鬥以至流離、安頓、享譽的幾位詩人，如王
蒙、賈平凹、莫言與楊煉等，皆已為當今文壇大家，共為學者所重視
探討，值得持續關注並聯繫研究。

穎慧女棣文質彬彬，獨具慧識，能以臺灣地區鮮為人注目的楊煉
及其詩作入手，娓娓道來，精警暢達；而抽絲撥繭，深中肯綮，開展
楊煉生命進程的張力，並突顯其詩作內蘊豐實的文化體現，有血淚的
交織，有文采的煥發，有思緒的凝鍊，確實為難得的優良論文，特此
為序嘉賞，並樂為推薦。深切期盼穎慧女棣，懷抱理想，學思並進；
涵藏古今，身心同修，不忘精研深造，發揮《周易‧乾坤‧大象傳》
「自強不息，厚德載物」的生生精神，以及〈大畜‧彖傳〉「剛健篤
實，輝光日新」的大化氣魄，不因一時頓挫，而失意餒志，真積力久
則入，再創學術生命的嶄新視域境界與居易樂天的生活境界，慧命共
揚，而仁智雙彰。

賴貴三

謹識於 2010 年 7 月 28 日（星期三）清晨
於屯仁學易咫進齋

高難度的研究

——陳大為*序

在中國當代詩人當中，北島和楊煉詩歌研究的難度最高，前者難在如何突破眾多學者的詮釋成果，後者則是如何深入並破解楊煉的詩歌迷宮，楊煉在整個創作生涯中，鯨吞了大量的不容易消化古典元素，並由此建構出結構複雜的形而上的思維迷宮。選擇楊煉為研究對象，必須面對三大難題：（一）西方現代詩對楊煉詩歌的影響、（二）楊煉對中國古典哲學的消融與運用、（三）楊煉自創的詩學理論。全是十分令人頭痛的問題。簡單的說，楊煉詩歌研究即是一場高難度的工作。

我們可以從上述三點來檢視王穎慧對楊煉詩歌的研究成果，她在第一項難題上，表現得可圈可點，影響研究是很主觀的，要成功印證兩者之間的影響關係，必須找出強而有力的證據，然後很清楚的逐步論證。雖然未必能做到鐵證如山，但一定要有足夠的說服力。偉大的前驅詩人在他（合格）的學徒身上，必然留下具有高度辨識性的印記，一部分遺傳在抒情或敘事的語言基調（或句構模式），一部分遺傳在透過意象系統和文化視野在文本中建構的世界觀。

王穎慧在論文中提出聶魯達和艾略特作為楊煉大型文化組詩的影響來源，分別從意象系統、句構與敘述的對照，到更深層的文化觀照角度、思考模式的影響，層層剝開楊煉身上的語言鎧甲，發掘出大師的基因。整個論證過程相當嚴謹，尤其在中譯本和作品年份的考據上，王穎慧下了很大的功夫，將楊煉的創作還原在原初的狀況，再加以錨定。這項工作對影響研究的成敗十分關鍵。其次，是詩作之間的對照，她找到許多辨識度較高的例子，經由觀察入微的文本分析，證

---

* 國立臺北大學中文系教授。

明了楊煉早期詩歌中的美洲血統。無論從宏觀的詩史角度來審視朦朧詩人和歐美現代主義詩歌之間的臍帶關係，或從微觀角度來細讀楊煉詩歌的美洲基因，這項論述都站得住腳。

這部論文最重大的論述，是楊煉自創的《￥》與《易》之間的思想鏈結關係。這是一項難度更高的影響研究。所幸王穎慧對《易》下過一番苦功，在研究楊煉之前便有相當紮實的易經基礎（她原訂的研究方向是《易》）。這麼一來，她擁有──超過眾多現代詩研究者的──易學知識能力，去檢驗楊煉在吸收、轉化、運用易學思想和元素的過程中，可能產生的問題。當前中國學者對楊煉這方面的創作成果，無論是抱持肯定、存而不論，或質疑的態度，都缺乏真正的深入探討，便草草一筆帶過（這裡所謂的「一筆」，大多是摘取楊煉的創作宣言，再濃縮、改寫成幾行概括性的論述文字）。王穎慧全面突破了前人的研究成果，並推進到一個相當可觀的深度，她在《￥》與《易》的比較研究中，同時處理了楊煉自行建構（但問題重重）的詩學理論，進而破解了楊煉的哲學迷宮，揭露了楊煉在融鑄古代經典和建構形上詩學的種種缺失，並提出許多值得重視的批判。

批判性視野和思考深度是這部論文很重要的價值。

同樣身為中國當代詩歌的研究工作者，我十分了解楊煉詩歌研究上的難度，我認為王穎慧這部碩士論文對楊煉「中國手稿」時期的研究**，是台灣學界對中國當代詩歌研究的一項重要成果，不但突破了中國學界在楊煉詩歌研究上的瓶頸與深度，清楚的建構了楊煉詩歌的美洲血統，更處理了楊煉詩中詮釋難度最高的形而上學部分。每個環節的表現都十分出色。

總的來說，這是一部富有創造力、批判性和思考深度的優秀論文。

陳大為

2010.07.04

** 此書原名為：《文化朝聖者的中國想像──楊煉「中國手稿」時期研究》。

目次

第一章　觀看的視野
——敘述與詮釋的策略

　　朦朧詩是生於文革背景的精神產物，成長於這個特定時空下的詩人，憂患意識或是理想主義都是他們關注的重心，埋伏於七〇年代末的創作者，遂以詩筆響應時代，企圖在歷史文化的廢墟中獲致新生，這是身為「一代人」共有的社群現象。文革十年煉獄所造就的國族傷口，是朦朧詩人們致力救贖的目標，這群時代的英雄，隨著後文革漸趨安穩的時勢，他們紛紛以詩文或隱或顯的直指文革弊端，並針對中國的缺陷，以詩筆進行修補的動作，無論是撫慰遭逢苦難靈魂的傷痛，振奮民族的向心力，或是著重於執政者在文革時，所遺留的最大罪業——「一代人」教育的中斷、毀壞傳統文化的根，都是此時期詩筆對峙／建構後文革政局的首要任務。

　　相較紛擾的過去，新時期的大環境顯然是較為安定的，這群秉持浪漫勇敢的朦朧詩人，也逐漸歛起吶喊的聲浪，沉寂的是他們對待民族的激情，但詩筆的文字熱度並未因此消減。在足以擁有省思自我與沉澱空間的新時期裡，詩風轉向便是必然的了。身為朦朧詩人代表之一的楊煉（1955-），就是與時代互動的例證之一。崛起於一九七八年洋溢著探索精神的地下文學雜誌《今天》，其出身便明示著詩人和文化語境有著千絲萬縷的聯繫。楊煉的詩作，就坦蕩的展示出從後文革時代擁抱民族的廣博胸懷，以迄新時期轉型，投入個體與自我的深掘，竭力書寫歷史想像的文字，語調從陳情吶喊衍變至稠密偏執，深陷於東方意識之中，史家多將楊煉列位於「（文化）尋根」派的一員。

　　當代朦朧詩史的研究者們，不約而同施以關注予詩人與時代的命題，聚焦於詩文如何與大環境對話，於是，八〇年代的文學史觀成為一股時代共識，再者，各家之說對待朦朧詩人，總是呈現大同小異的認識與批評言論，甚至在批評詩作時，諸家亦竭盡重複抽檢之能事，如此，必然忽略了詩人個體轉向的價值，流於片面的理解，史家的定見，漸成為一道窺伺詩人及其寫作技藝的高障礙門檻。

　　各家詩評者在探討楊煉詩作時，投注較多關注於楊煉的《禮魂》詩集，尤推舉〈諾日朗〉為楊煉的代表作，較《禮魂》稍早前的〈自白──給圓明園廢墟〉、〈大雁塔〉、〈烏蓬船〉，及《禮魂》寫作後期即在蘊釀中的《𣝅》，往往不易得到重視。史筆的空缺位席，所顯示的第一個問題是楊煉作品在市面上的難覓度，一九九八年上海文藝出版社蒐集楊煉一九八二至一九九七年間的作品，詩歌、散文、文論卷各自成冊，至二〇〇三年再版，這三本楊煉作品大系，幾乎是當代文學史與詩評者討論的限定範疇，然而，總集裡並未完整收錄楊煉詩作，輯錄的《禮魂》詩集刪去〈屈原〉組詩；以時間順序視其編排方式，《𣝅》寫作與出版之前，應尚有〈人與火〉、〈西藏〉、〈逝者〉等多首組詩，但在這系列的集大成之書裡，全然不見。史筆反映的第二則現象，則是各家批評的重複，除了上述輯錄版本不全的缺憾，使論者不得不專注於這些市面上尚有流通、尚可得見的篇章，再者，就是楊煉的語言實驗可能造就的閱讀障礙了。

　　位居研究者的視野裡，相較《禮魂》詩集的高討論度，《禮魂》之後的〈人與火〉、〈西藏〉、〈逝者〉等數首組詩簡直像是在詩學史上缺席。其中，《𣝅》在市面的流通度不若〈人與火〉、〈西藏〉、〈逝者〉如此難尋，但《𣝅》批評論述卻是相當罕見的，偶現評論蹤跡，卻也僅以數行篇幅帶過，並且，這是詩人後期耗費四年完成的心血，理應是集大成之作，不過，《𣝅》在原就稀少的評論裡，未若預期，得到的評價竟是負面居多，詩評家眼中詩人煥發的光華，似乎就停滯在〈諾日朗〉。有關《𣝅》的批評文獻裡，析解《𣝅》的結構與精神內涵著

墨並不多，中國只有零星的討論數量，台港二地更難得見，究竟無法解譯的關鍵在何處，這是本文欲梳理的盲點之一。

　　詩評者論及楊煉的詩藝展演，多以「文化尋根」為詩人定位的基點，著重楊煉在歷史、神話、民俗等文化觀點的處理，和大量中國意象的使用，楊煉鎔鑄了多樣古典的、東方的詞彙，詩評者就這麼被征服於其間，凡是提到楊煉，評價必然會與歷史、文化意識結合，一位與時代對話的詩人，獲得的評議幾乎是始終如一，那麼詩人的轉型，是否就無關緊要了？然後，是楊煉文化寫作策略的褒貶問題，文革時期的青年誠面臨教育中斷的境況，當代眾家詩評多談詩人營造古文化意象策略如何，卻忽略了掩藏在大中國圖像中詩人的技藝成分與中國質素，換言之，是對詩人楊煉理解的不夠周全。

　　再者，新時期伊始，漸有大量西方譯介作品於中國面世，楊煉身為時代的先驅，對文化自是有著強烈的敏感度，當代文學史也嘗言中國尋根文學其淵源可溯自這波譯介潮，或許是論者埋首於楊煉緊密的中國意象之間，導致眾家們皆遺漏了楊煉與譯介潮可能發生的影響關係。由斯，我們必須考慮到，陳年渾厚的中國歷史況味如何落實於楊煉之筆，以及，何以論者皆視楊煉為傳統文化的化身，此中形成／解讀的因素為何？以曾在文革時期教育中斷的青年身分，面臨文化失根的現世，楊煉該以何種的手段經營他的中國氛圍，彌補己身的失學缺陷，鋪陳對舊日輝煌歷史的理想追尋，他的技法必然具有相當的討論價值。相較其他朦朧詩人而言，楊煉得到的關注是有限的，且未出現專書論述，這形成了本文的寫作動力與詮釋意義。

　　據楊煉自述，「中國手稿」的定義應為：

> 我把自己的文學寫作，按照我的人生地理變遷，分成三個部
> 分。分別以「中國手稿」、「南太平洋手稿」和「歐洲手稿」命
> 名。中國手稿，是指我在中國生活其間所寫的作品。但也包括

> 我從一九八五年開始寫、集我對中國現實和語言之思於大成、
> 而一九八九年才在新西蘭最後修改完成的長詩《⅄》。[1]

簡言之，楊煉對寫作的命名與分期，皆以所在的地理位置作界定。「中
國手稿」概括的時間是一九七六年至一九八九年的《⅄》，這段期間
的作品尚有《海邊的孩子》、《禮魂》詩集和〈人與火〉、〈西藏〉、〈逝
者〉等數首組詩，象徵了楊煉自練筆期至成熟期，思路與技巧的轉
變。從一九七六年寫下〈自白——給圓明園廢墟〉第一首詩作起，
來自遙遠歷史的幽靈開始纏繞著楊煉的寫作生涯，無論看待時局的
感受或是對於歷史的解釋，「中國」形象始終都是楊煉的詩文軸心，
包含了詩人的精神體悟與潛在經驗，即便是近期內出走各地的創
作，依然留存中國形象的神魂。故本文將論述範疇設定在楊煉的「中
國手稿」時期，論述年限與題目定名等設定，皆依循詩人「中國手
稿」的概念。「中國」既是餵養寫作詩思的胚胎，也是他從未離開過
的根柢。

　　評析楊煉詩歌的第一手資料，除了楊煉一九九四出版的《⅄》詩
集、一九八六年出版的《荒魂》以外，由於印刷量少的限制，如今楊
煉的詩作多半散見於各詩選集，曾於一九九八年出版、二○○三年再
版的《楊煉作品 1982-1997：詩歌卷·大海停止之處》，固然是可供參
考的版本，但此版本對早年之作增刪甚多，並沒有完整收錄楊煉詩
作，故本文擇以老木編選《新詩潮詩集》為參引本，老木完整輯錄了
楊煉《禮魂》中的〈神話〉組詩、〈半坡〉組詩和〈諾日朗〉，獨漏序
詩〈天問〉，楊煉早期的詩作〈大雁塔〉、〈烏蓬船〉和《禮魂》之後
的〈人與火〉組詩、〈西藏〉組詩、〈逝者〉組詩，亦收錄其中[2]。楊

---

[1]　楊煉〈引言〉收於《楊煉、友友個人文學網站》（http://www.yanglian.net/yanglian/produce.html）。

[2]　楊煉寫作體裁，主以各成單元的組詩構成的大型詩組（組詩），每篇詩作應稱作「〈詩題名稱〉組詩」，不過，他的詩文中，除了篇名書名未有明確分別以外，亦未首首之後皆冠上「組詩」二字。本文為論述之便，故下文簡略「組詩」二字，統以〈詩題名稱〉代之。

煉寫作的起點〈自白──給圓明園廢墟〉，則參引姜耕玉選編的《20世紀漢語詩選》，楊煉個人文學網站收錄的詩論，詩文相佐，俾以完足詩人「中國手稿」的寫作歷程。

本文論述主題旨在處理楊煉的「中國內涵」，楊煉與朦朧詩人群差異性最大的，莫過於他的詩論，與詩結合，就顯示了詩人滔滔雄辯的自信。「智力」、「傳統」都是楊煉詩論裡反覆出現的關鍵詞，明白的道出詩人寫作的思維核心，或藉由談論「詩的自覺」，表述中文詩「語言、文字」實驗的審美價值，詩與文的雙重包裝，遂使得中國形象一再現身。鎖定中國特質如何存於楊煉詩歌的問題，還原楊煉身處的時代語境，進而層層剖析楊煉筆法溯源與詩風轉變的關係，以及從楊煉的返古大願，檢視其理想與實務的實踐過程，透過楊煉詩筆下再現的中國想像，理解楊煉欲表態的意識與情感，藉以掌握「文化尋根」的實質意義與藝術特質。

對中國文化與歷史的解釋，楊煉不單是以詩歌表現，書寫詩論，也是楊煉的一種詮釋方式，詩論又往往成為楊煉詩歌創作的注腳。他好用的題材涵攝神話、歷史人物形象、民俗儀式、經典翻版，也以俗諺入詩，並且揉合中國特有的文明物詞彙，大加渲染詩作的中國氛圍，使得我們閱讀楊煉詩作時，猶如走進古文物博物館，目不暇給的歷史片段閃現其間，隨著詩人的情緒激昂沉靜，讀者的閱讀感得到刺激，迴盪著雄渾的餘音。由此得知，楊煉的中國形象既是包羅萬象，卻也有著一定的寫作／情感公式，文化批評有助於理解楊煉詩作的文化內涵，原型理論、文化人類學、符號學亦然，因為楊煉正是一個渴望復古返古擬古的詩人，同時，在後文革的特定背景下，理解社群與詩人的互動，並且梳理譯介潮與楊煉的血脈關連，這也是本文必然得廓清的項目。

透過詩論，我們得知：

> 我把我迄今為止的創作分為《中國手稿》、《南太平洋手稿》和
> 《歐洲手稿》，三個名稱，都在突出我生活之處和我寫作的聯

繫。用比喻的說法，那是一張我自己的世界地圖。不同的地點，
被作品一處處標出。我喜歡感到：地點是活的，它們能「不知
不覺」潛入我的文字，成為隱在裏面的鬼魂。[3]

他視角的立論基礎明確的告訴讀者，如同寫作階段的定義，「中國手
稿」有其獨到的地理背景，「地點是活的」並且附身與詩人的文字，
那麼，地圖化的視野，構成楊煉認識／觀看中國的方式，是故，想像
與實物的融合，證得詩人中國的想像圖景。

---

[3] 楊煉〈本地中的國際〉收於《楊煉、友友個人文學網站》（http://www.yanglian.net/
yanglian/produce.html）。（按：出現在這篇文章的《中國手稿》一名，作者楊
煉使用的是書名號，但他並沒有任何取名為《中國手稿》的著作。）

第二章　現實土壤裡的文化神思
——論「後文革」文化思潮裡的楊煉詩歌

前言

　　一九六六年八月暴發的文化大革命造成中國十年的黑暗與動盪，這場歷史悲劇卻是催生朦朧詩的重要因素與背景。空前惡劣的政治鬥爭幾乎摧毀了中國傳統文化、更危害到每個人的生存，每一個詩人都得面對這個黑暗的境況，天下大勢牢牢牽動著他們的思想與情緒，在創作的深層意識裡形成一種共同的詮釋基礎。文革時期的地下詩歌（白洋淀）生成於七〇年代初期，續其薪火並發揚光大的是以北島為代表的朦朧詩（生成於七〇年代末，活躍至八〇年代中期），既是詩歌流派，也是一代人的覺醒思潮，並且影響了後起的詩人群。剖析朦朧詩，可以發現這群詩人，無論是精神主題、或是藝術語言，似乎都傾訴／發洩了相近的話語，既是吶喊反叛的激烈陳情，也有省思與傳承的情緒夾雜其間，在藝術價值上，形成了「人的發現」與「詩的自覺」，呈現出一個時代的意識型態。

　　從文革的苦痛，進入到後文革階段，隨著政治社會的平息，文人的激情逐漸轉為反忖與沉澱，於是，文革裡毀滅的古蹟文物、反智思維，在尋根思潮的蔓延下，再次復甦。由於文革的十年浩劫，學校正規教育全部中斷，求知若渴的人們，在新時期以降，隨著文藝政策的調整，譯介西方文學的傳播工作，就從「地下」閱讀取得了公開的地位，其中尤以現代派文學作品為最。中國詩人吸收了這些西方養分，

融匯了文革以來的生命體驗，在獨特的中國語境之下，造就語言與藝術表現的多種可能性。

出生於一九五五年的楊煉，自十一歲起，便親身經歷著這場怵目驚心的中國浩劫。十年的國族煉獄之於他，楊煉擇以詩文作為發聲工具，七〇年代後期開始寫詩，一九七八年參加民主運動，也是著名的地下文學雜誌《今天》主要作者之一。楊煉的詩作，泰半與時代頻率相契合，在他創作的前期，以朦朧詩的英雄式的浪漫激情，表現他的詩人憂患意識及關懷視野，之後的尋根創作，既延伸了朦朧詩的探索精神特質，走進歷史城牆，也轉向了另一個寫作向度。

所以，透過文化背景，能夠瞭解文革以至新時期的思潮，我們得以窺見這一代人的閱讀背景、精神氛圍，換言之，「文化語境」也確實足以成為解析楊煉之論據。本文第一節，旨在深入探索文革後的文化語境，從中梳理出朦朧詩的崛起暨其發展脈絡，再透過政策與社會背景，理解文革後崛起的美學原則；第二節，則以一代人在遭逢文革、新時期到來，時代變革下給予人們的反思與追尋，藉此印證楊煉詩作中，詩人與時代的脈動是否吻合，以及探究詩人楊煉詩路的孕育及養成。

第一節　反思的起點：「沒有文化的一代」

在現代詩史上，相較於其他時期，八〇年代前後的中國詩人們，表現了罕見的寫作氛圍。當時的寫作現象，除了挾帶濃厚政治意味的紅衛兵詩歌、國家出版物等主流詩歌寫作以外，在監獄、牛棚、幹校裡的秘密寫作，以及知青寫作、或是青年們組成的「地下藝文沙龍」，形成了具有規模的地下思想群落，其中，地下沙龍和廣泛傳抄作品也是這個時期的獨特現象。之後，漸次發展為民間文學潮流，再由民刊的出版逐步走出「地下」。在這個時代裡，從文革到新時期，對於曾經遭遇過這些經歷的詩人而言，「潛在寫作」的活動，是他們生命歷程的一部份，成長於獨特的文化語境，受到政治變動的牽制，讓七〇年代崛起的詩人們作品裡，不約而同烙印上屬於那個年代的中國胎記。

　　文藝與政治的關係，對於當代文學的創作影響，不僅只有文革時期的政策，早在一九四二年五月，毛澤東（1893-1976）在〈延安文藝座談會上的講話〉喊出的重要口號：「文藝必須為人民大眾服務」、「文藝必須服從於政治」、「文藝批評要堅持兩個標準：政治標準與藝術標準」[1]皆成為中共建國初期的文藝指導方針，影響十分深遠。毛澤東的文藝觀，大抵圍繞著「民眾」為其思考的核心，旨在使文學作為社會政治宣導的工具，如此則底定了社會主義文學的基礎，並且，文學必須寄生在政治霸權之下，就此囿限了文學寫作與批評的範疇。這場座談會的毛氏言論，遂使得政治介入了文學創作，企圖改造作家的思想，將文學靠攏官方意識形態。於是，文藝創作漸次地喪失獨立能力，成為政治運動、階級鬥爭的工具。

　　〈講話〉又提到：「必須繼承一切優秀的文學藝術遺產……作為我們從此時此地的人民生活中的文學藝術原料創造作品時後的借鑑……決不可拒絕繼承和借鑑古人和外國人」[2]，可見毛澤東處理「文化遺產」的策略。創建「新文化（文學）」，就必須清理中國的古代文化歷史遺產，並強調應盡量吸取西方文化養分，轉化為中國「新文化（文學）」的民族文化素材。也由於〈講話〉發表在非常時期，隸屬於特定歷史情境的產物，所以，就更加強化了文藝的「工具」與「武器」實用性，培育出封閉的文學觀。奠立（主流）文藝的行進方向，影響了建國十七年至文革期間，這也是推動延安時期文藝統一的原初力量。

　　毛時期的文學思想，其影響所及，大抵可以劃分為一九四九至一九六六文革前夕的「十七年文學」，與一九六六至一九七六歷經十年的「文革文學」。在建國後的十七年，舉國上下的主流／官方大都供奉〈講話〉為最高寫作範式。楊煉對於毛澤東的政策，持著反感的態度：

---

[1]　毛澤東〈在延安文藝座談會上的講話〉，收於鍾敬文、啟功主編《20世紀中國文論經典》（北京：北京師範大學，2004），頁261-285。按：下文簡稱〈講話〉。
[2]　毛澤東〈在延安文藝座談會上的講話〉，收於鍾敬文、啟功主編《20世紀中國文論經典》（北京：北京師範大學，2004），頁261-285。

這構成了我對今天「中國文化」認識的起點：一片空白。甚或比空白更糟。自十九世紀「鴉片戰爭」始，中國的思想主題可以概括為「中國古老文化傳統的現代轉型」的話，那麼四九年後，我們面對的，就是一個非驢非馬的怪胎——既毀了數千年中國文化自成一體的結構、又引進不了西方文化結構，最終兩面雙雙失控，中、西之「惡」組合出人性黑暗之集大成！最典型的例子，莫過於毛澤東借西方歷史進化論的空洞邏輯，遮掩——縱容其肆無忌憚的專制暴行了。大躍進式的公開謊言、文革中的濫殺無辜，只要誰也不懂的「歷史唯物主義」一詞出口，就立刻變得天經地義、理所當然……我們其實既無「語言」又無「傳統」。……我們所在之處，那彌漫在空氣中、被吸入肺腑、融進血液周身迴圈的，根本不是什麼「中國文化」，強名之，只能叫「共產黨文化」。[3]

毛澤東的政策，在楊煉的眼中根本是去／反「傳統文化」的，在楊煉的文論中，再三強調自己出身的這一代是「沒有文化的一代」，也坦言他及同輩人對中國文化認識的匱乏程度，因此他痛斥毛氏的政治話語，其中尤以反傳統與反文化為最。這套批評論述是楊煉寫詩的起點，其後的詩作也多半以「傳統與文化」作為他創作思考的核心。所以，在寫作的初始期，楊煉首先以〈自白——給圓明園廢墟〉一詩作為對時代的反動與回應，對於一個日後持續在文化民族組詩領域裡深耕的詩人而言，這個詩人確實自出生以來，「這遺言／變成對我誕生的詛咒」[4]便背負著那一代人，嘗失卻傳統與文化的國族宿命。

　　一九六六年五月十六日，文化大革命始動，在中國，標誌著一場文化與民族的浩劫，文學史家認為這是「走向政治化文學的極致：凋

3　楊煉〈追尋更徹底的困境——我的「中國文化」之思〉收於《楊煉、友友個人文學網站》（http://www.yanglian.net/yanglian/produce.html）。

4　楊煉〈自白——給圓明園廢墟〉，收於姜耕玉選編《20世紀漢語詩選》（上海：上海教育，1999），頁251。

謝的時代」[5]。在一九六六年，林彪委託江青召開的〈部隊文藝工作座談會紀要〉的提綱[6]，代表著文革期間極端左傾的文藝政策，〈紀要〉提出「在文藝上『反對外國修正主義』、破除兩個迷信：破除對三〇年代的迷信，破除對中外古典文學的迷信」[7]，從而取代了毛澤東時期的文藝綱領。這份官方文件裡，江青為求實現政治目的，清理文藝黑線的思想和歷史根源，「對建國十七年以來的文學創作實踐、對三〇年代的左翼文學運動，乃至中外文學遺產都進行了全面的否定。其核心是全面否定建國以來文藝界所取得的成就」[8]，四人幫的文藝政策顯然比毛時期來得更為嚴厲。

　　被禁錮的文革十年裡，以提倡「根本任務論」、「三突出原則」、「題材決定論、主題先行」為主軸，將毛澤東文藝思想作出「極左」詮釋，其「根本任務論」在致力塑造工農兵的「英雄形象」；該如何塑造則仰賴於「三突出原則」[9]，每當英雄人物出場，就是一種「造神」手段的運作，文藝創作等同於離開了現實主義的基礎。「題材決定論、主題先行」的「演中心、唱中心、畫中心」則是以「中心」表達英雄形象的工農兵身分，官方已將文藝訂定好共同主題。如此公式化的寫作下，貶抑了作家創作的自由，視作家為無意識的（政治宣傳下的）書寫工具。「〈紀要〉是脫胎於當時政治鬥爭觀念的一種畸形文藝思想觀念的具體體現」[10]，當時的政策著

---

[5]　詳參李揚《中國當代文學思潮史》（上海：上海社會科學院，2005），頁 64。

[6]　江青〈紀要〉著錄於上海召開的部隊文藝工作座談會，時為一九六六年二月二十日。詳參李慈健、田銳生、宋偉《當代中國文藝思想史》（開封：河南大學，1999），頁 227。按：下文簡稱〈紀要〉。

[7]　李揚《中國當代文學思潮史》（上海：上海社會科學院，2005），頁 66。

[8]　李揚《中國當代文學思潮史》（上海：上海社會科學院，2005），頁 65。

[9]　歸納「三突出原則」大抵為：「在所有人物中突出正面人物；在正面人物中突出英雄人物；在英雄人物中突出主要英雄人物」引自李慈健、田銳生、宋偉《當代中國文藝思想史》（開封：河南大學，1999），頁 237。三突出原則嘗受到如下評論：「三突出原則所體現的觀念至上、英雄至尊以及嚴格繁瑣的藝術規範……是中國當代現實主義衰退為偽古典主義的經典型態」，詳參黃曼君《中國 20 世紀文學理論批評史》（北京：中國文聯，2002），頁 697。

[10]　李慈健、田銳生、宋偉《當代中國文藝思想史》（開封：河南大學，1999），頁 241。

重於以文藝為政治服務，將文藝等視為工具價值。在這個假、大、空的文革煉獄，單調、模式化的寫作，不僅制約作家的創作立場，也是作家精神上的枷鎖，造成文學史上一段空白的、停滯的黑暗時期。

然而，官方的主流意識形態，是否真能全面掌控公眾言說的空間？文革期間，文學書寫呈現的是「分裂」的狀態。依據王家平的整理，文革初始的幾年裡，報刊上所刊載的作品，作者的主要身分是紅衛兵和工農兵，一九七二至一九七五年間出版共三百多本詩集裡，其創作風格皆以熱情謳歌、積極的投入政治運動，是配合（奉承）官方文藝政策下的創作。詩的體式仍不脫五、六十年代的「政治抒情詩」，創作主題則受到文革時期政治活動的影響，以當時喊出的種種政治口號為取材，維持了詩歌附庸政治的工具型態。

如此緊繃的狀態，直到一九七六年四人幫下台，文革告終，正式宣告文學不再居處於政治的廟堂，思想才獲得了一定程度的解放。一九七八年十二月，第十一屆三中全會召開，始瓦解了毛時期的權威話語。當時倡導所謂「破與立」的思想，「破」指的是極左文藝思想，仍是帶有政治目的，所以不單單只是作者與文藝獨立的自覺，在政治背景的驅使下，「破」中還必定要有「立」。所以，當一九七九年中央撤銷〈紀要〉時，翻閱眾家當代文學史論著，皆不約而同謂為「文藝的春天」。

同年，文藝界陸續發表「為文藝正名」的反思文章，領導人鄧小平順勢提出黨不要求文學藝術從屬於政治[11]，針對鄧小平的發言，《人民日報》提出「文藝為人民服務，為社會主義服務」[12]的口號，較毛時期「文藝為政治服務」來的更為寬鬆許多，也突破極端左傾的文藝框架，邁向「破」而後「立」的進程。在鄧小平的指示

---

[11] 鄧小平於 1979 年〈中國文學藝術工作者第四次代表大會上的祝詞〉，原載 1979 年 10 月 31 日《人民日報》。詳參孔範今、施戰軍主編；路曉冰編選《中國新時期文學思潮研究資料（上）》（濟南：山東文藝，2006），頁 64-69。

[12] 《人民日報》1980 年 7 月 26 日。轉引自李揚《中國當代文學思潮史》（上海：上海社會科學院，2005），頁 103。

下，文藝如何能服務人民，撫平文革帶來的重大創傷，就很自然地導引著文壇對人道主義思維的重視，也引起了詩人一呼百起的英雄意識，「文學是人學」的思考面向，遂深切的反映在新時期文學創作裡，既是人的自覺，也是文學的自覺。從毛時期以來，政治與文學的互生與共，鄧小平的「立」需要民間的支持，代表創傷與苦難心聲的傷痕文學、反思文學及朦朧詩，破繭而出，構成「立」的「新時期文學」。

毛時期以來的統治階層，在他們刻意的摧毀與破壞介入下，「民間文化形態的自在境界，不可能以完整本然的面貌出現，它只能依託時代共名的顯形形式隱晦地表達」[13]，也由於不會被刊登於官方刊物的前提下，所以，隱潛於民間的作家不需要帶上迎合的面具[14]，這些長期處於地下（相對於官方）的作家們，得以從創作中獲得個體性靈的紓解，「這些潛在寫作有一個共同的特點，即擺脫了主流意識形態話語的制約，回到自己的現實生活體驗、想像與思考之中，並由此顯示出人性與藝術自覺的覺醒」[15]，顯見「反叛性」可視為民間寫作立場的代名詞。離開公眾話語（官方），復返現實，在苦難的生活體驗下進而反忖個人生存的價值，開展人道的思考向度，並以此為基，衍生出對理想的渴望，作為時代與文學的相互映射。

李揚指出地下文學的思潮，其特色有三：（一）與主流意識形態相疏離的民間立場：民間已開始懷疑、甚至已與主流立場相對立，得見作家獨立思考的歷程。（二）對古今中外文學遺產兼容，並且是地下文學紮根的精神基礎。（三）對人性富有的挖掘：「人性」當時被隸

---

[13] 陳思和《當代大陸文學史教程 1949-1999》（台北：聯合文學，2001），頁 160。

[14] 關於文革時期的地下寫作，作為時代見證者之一的白洋淀詩人宋海泉，為這段時期的地下創作，提供了他的回憶：「文化革命的十年是思想極端禁錮的十年，但也可以說是思想解放的十年。再也沒有比黑暗中的閃電那樣振聾發聵，那樣感動人心，那樣長久的影響人們的思想和行動了」詳參宋海泉〈白洋淀瑣憶〉收入廖亦武主編《沉淪的聖殿》（烏魯木齊：新疆少年，1999），頁 259。

[15] 陳思和《當代大陸文學史教程 1949-1999》（台北：聯合文學，2001），頁 162。

屬於資產階級，文革時期人性情感的抒發權力被剝奪，是地下文學突破壓抑的慾求，達到人性的復甦與覺醒。[16]

根據這些特質，文革時期的地下詩作，挾帶著浪漫主義（Romanticism）精神的特質，浪漫主義裡所謂「個人是藝術的中心，文學之最高價值在於表達個人的獨特感覺與個別態度（expressive theory of art）」[17]的藝術價值，表述作家對於「理想狀態」的嚮往與追求，「由於環境的惡劣，潛在寫作只能以破碎的型態存在，但其存在本身，就說明了主流意識形態企圖製造的大一統局面的失敗。它的存在意義，已經不僅僅限於與政治意識形態的直接度對立……上承新文化傳統，下為文革後中國文學中的許多重要現象，作為一種存亡絕續的存在，其重要性是不言自明的。」[18]

構成地下寫作的詩人身分，主要是上山下鄉的知青們。在六〇年代末至七〇年代初期，是紅衛兵運動的落潮期，一九六九年以降，這群多半是高中生身分的知青，「插隊落戶」分別到達白洋淀，在反叛與理想的思潮裡，培育出七〇年代初最重要的詩歌群體──對文學信仰虔誠的「白洋淀詩歌群落」。面對革命帶來的失望，由精神上的震撼，轉向關注真實世界與情感價值，這個時期的寫作在時代上的意義，就是紀錄了當時知青們精神生活、帶有歷史痕跡的文本。在風雨飄搖的時代，愈是能夠出焠鍊意志的精純度，代表文革苦難的黑色產物，卻也在地下寫作的共同空間裡，激發著人們的精神共鳴。

文革時期的地下寫作被視為時代傳承、開新與接軌，並有著奠定作家個人心靈、思索的定位，文革時期的地下寫作，較中國文學史的其他時期更具特色的是地下文學沙龍與各種地下思想群落的組成。在這些「地下」聚會裡，文人們的活動之一是以傳閱手抄本，互通聲氣，個人詩作或文學書籍都是當時交流的書目，例如詩人蔡其矯便曾自譯

---

[16] 李揚《中國當代文學思潮史》（上海：上海社會科學院，2005），頁 75-79。

[17] 顏元叔主編《西洋文學辭典》（台北：正中，1991），頁 654。

[18] 陳思和《當代大陸文學史教程 1949-1999》（台北：聯合文學，2001），頁 166。

聶魯達〈馬楚‧比楚高峰〉予北島、江河、楊煉傳抄[19]，對於受到文革影響，未能得到完整教育的青年詩人們來說，地下文學活動無疑是啟蒙與培育了這一代青年的思想，此後，也成為他們作品裡一道似有若無的精神印記。

從白洋淀以來的文革地下寫作，標示著藝術與個人的「覺醒」。如何自苦難中「再生」的意識，成為對抗荒誕時代的精神支撐。要為當時的寫作品格下個簡單定義，我們或可為此定義為「追索理想潛流的時代」，在這樣時代的詩人精神背景裡，就此埋下朦朧詩寫作的伏筆。這群走過文革黑暗的知青們，受到價值失落、背棄傳統與歷史的時代洗禮，反而絕處求生，回歸／尋得了身為作家應有的寫作立場，朦朧詩孕育於這個時期的地下文學，並漸次由地下的潛流形成地上的話語中心。文革告終的後兩年，一九七八年《今天》出刊後，民間散居的詩人們，從此正式的共享同一個公開的發聲語境。

楊煉在一九七八年參加「北京之春」民主運動，成為著名地下文學雜誌《今天》主要作者之一。由北島創辦的《今天》作為傳播文學信仰的載體，是當時最早的自辦刊物，亦可謂為「新詩潮」標誌。其內涵除了詩歌創作，尚有譯詩、文章評論和小說的發表，並收錄文革期間與新時期青年詩人食指、芒克、北島、顧城、舒婷、楊煉、江河等人的創作，其中的北島、顧城、舒婷、楊煉及江河五人，是「今天派」詩人的代表，也象徵了朦朧詩創作的「崛起」。《今天》詩人群體擁有共同的生活體驗，創作背景奠基於封閉的環境、苦難的生存狀態，經歷文革，從狂熱的信仰繼而理想破滅、衍生絕望，進而試圖修復五四文學傳統。

身為「今天派」的一份子，文革經驗之於楊煉，是以痛苦的惡夢型態，封存在他的詩及詩論裡：

---

[19] 邱景華〈拉美兩大師——聶魯達與帕斯〉收入《詩生活‧詩觀點文庫》（http://www.poemlife.com/Wenku/wenku.asp?vNewsId=1605）。

> 我這一代人的最大靈夢就是文革。自它結束後，一個質問「誰該對那場大災難負責」？一直錐刺著中國人……在靈魂的刺痛中，時間就像幾千年更換的面孔和名字一樣沒有意義。由此，大雁塔、長城、故宮、易經「自然而然地」進入我們的詩；甚至「六四」的鮮血，也無非那龐大的死亡之虛無的一部分。那麼，每個人在這場歷史悲劇中扮演什麼角色？[20]

楊煉自恃為大雁塔的高聳視角，回覆詩論裡的提問：

> 漫長的歲月裡
> 我像一個人那樣站立著
> 像成千上萬被鞭子驅使的農民中的一個
> 畜牲似的，被牽到這北方來的士卒中的一個
>
> ·················
>
> 我的動作被剝奪了
> 我的聲音被剝奪了
> 濃重的烏雲，從天空落下
> 寫滿一道道不容反抗的旨意
>
> ·················
>
> 我像一個人那樣站立著
> 卻不能像一個人那樣生活
> 連影子都不屬於自己[21]

楊煉借「大雁塔」表現他的使命感，在這場歷史國族災難裡，他扮演了「大雁塔」的角色，以激烈的語氣，批判當局的獨裁，造就如此摧

---

[20] 楊煉〈追尋更徹底的困境──我的「中國文化」之思〉收於《楊煉、友友個人文學網站》（http://www.yanglian.net/yanglian/produce.html）。

[21] 楊煉〈大雁塔〉，收入老木編選《新詩潮詩集》（北京：北京大學五四文學社，1985），頁 285-286。

殘生靈的悲劇，人的存在無異於牲畜，所以，身為時代青年精英的他，
必須為文革時人的苦難發聲，燃燒自己，肩負起眾人的傷口，無奈最
後卻是無能為力，猶然失去自我的魁偉狀貌，活著是「連影子都不屬
於自己」。這促使青年詩人開始詰問起歷史，人民創造了歷史，但這
些歷史卻是建築在沉痛與死亡的悲情之上，那麼，對照著令中國民族
驕傲的五千年，時間所積累與沉澱的，不再是輝煌的光景，昔日燦爛
與富麗堂皇的歷史，像是處在國民記憶裡的夕陽殘暉，僅只能憑悼了。

　　文革賦予楊煉的回憶與經驗裡，也不乏因著文革知青的步履，近
似於「田野調查」紀錄般的探索方式（但當然不是科學化的研究方
法），開拓了他的生活視野：

> 對於我，如果沒有插隊時親耳聽到死者頭骨磕碰木板的咚咚
> 聲，「半坡」，這所謂中國文化的第一頁，就只是一個詞、一則
> 遠古神話。[22]

> 我文革中插隊的村子，與新石器時代的半坡人，竟沿用著一模
> 一樣的葬儀形式。六千年不變！[23]

從楊煉不同篇章的文論思想裡，這些文字，除了象徵楊煉寫作的回憶
錄，我們也可以再次得到他對於執政者拋棄歷史文化的批判訊息，這
形成了他寫詩的動機。楊煉始終秉持對歷史與文化的關懷，站立在民
族歷史文化的山峰上，抨擊反文化或是與傳統斷裂的種種因果。楊煉
的人生，是在教育不夠充分的環境下成長的，同一代的人們也是蒙受
著和楊煉一般的狀況，楊煉卻較早的產生覺醒，進而試圖追尋中國民
族逐漸失去的文化版圖，他提到的「誰該對那場大災難負責」的問句，
則又激起了詩人的英雄意識，並且與他正沸騰的文化菁英血氣相互撞
擊。他所接觸歷史的方式，是順應著文革插隊的腳程，以實際的眼觀

---

[22] 楊煉〈無國籍詩人〉，收於《楊煉、友友個人文學網站》（http://www.yanglian.
net/yanglian/produce.html）。

[23] 楊煉〈詩，自我懷疑的形式〉，收於《楊煉、友友個人文學網站》（http://www.
yanglian.net/yanglian/produce.html）。

八方去體悟歷史的接續，然則，楊煉對「歷史」的領悟幾乎就聚焦於「死亡」之上[24]，所以他視線所及的畫面，便是半坡先民葬儀的傳承，對死亡的描繪與釋義，也成了楊煉日後書寫歷程裡，不停衍生的寫作素材。

陳曝於受傷的後文革環境下，楊煉並以焦灼的靈魂、「新時期」詩潮的筆調，與時代進行對話：

> 我要讓一縷血痕再次捶打我的胸膛
> 讓被屠殺的歲月再次鮮紅
> 讓早霞的屍布遮蓋死亡
> 這是珍貴的：一切都會過去
> 這是珍貴的：一切還沒開始
> 我把靈魂留給她的召喚[25]

或是敞開懷抱，宣洩他對醜惡時代的憎惡，並且，以「覺醒者」的身分發出澎湃怒吼、哀憫之情，激烈的朝向讀者喊話：

> 我的被可怕的罪惡的河流所吞沒的兄弟
> 把你們白骨嶙峋的手、皮肉脫落的手遞給我吧
> 把你們插進泥沙的手、不甘腐爛的手遞給我吧
> 把你們從未捧起過自由和尊嚴的手遞給我吧
> 以那從未嚴峻過的目光照射這亞洲的夜吧
> 再也不能忍耐了——我唯一知道
> 只有這一雙雙痛苦的手緊握在一起
> 才能連接到黑暗大陸的邊緣

---

[24] 由楊煉的多篇詩作可為應證，但因此論述屬於本文之外，故擇以從略處理。楊煉的死亡書寫動機，除了〈在死亡裡沒有歸宿〉一文自陳的母親辭世，以及當時閱讀氛圍的影響以外，對於死亡的想像／抒發，或許也是生於文革時人的一種生命感觸吧。

[25] 楊煉〈自白——給圓明園廢墟〉，收入姜耕玉選編《20世紀漢語詩選》（上海：上海教育，1999），頁 255。

只有這一雙雙黯淡的眼睛都變成黑黝黝的太陽

我的蔚藍的開花的日子才會到來[26]

這個時期的詩人楊煉，書寫的情感與內容皆是頗為相似的模式，也是他所謂的由「自發」走向「自覺」的作品[27]，對生命／生存的感悟，造就出詩人的噫嘆情感、以及擔憂國族危難的題旨，他選擇以沉重且哀傷的語調面對，這也是楊煉對「生存」命題較早期的體悟。甫走出黑暗的時代，他是「覺醒者」，看待世界的態度遂呈現出英雄的氣魄，也以樂觀的視野望著國族的前景，「屠殺的歲月」、「可怕的罪惡的河流」種種來自文革地獄的駭人過往，他彷似可以為整個民族承受住所有苦難，憤怒的詩人卻也展現了真心與赤忱，即使血流成河的死亡景觀歷歷在目，但是，在詩人眼中，走出文革，視同走出暗無天日的陰影，新時代的來臨，或許是值得期許與依託的，甚至可能會出現「亞洲的夜」，如此龐然的時空版圖，所以「早霞」所象徵的樂觀，這般初升的溫暖，便足以撫平眾人的傷痛。詩人發出療癒之聲，迫切的關注中國民族命運，表達他對政治的控訴，也呈現文革留予一代人的精神傷痕。

---

[26] 楊煉〈烏蓬船〉，收入老木編選《新詩潮詩集》（北京：北京大學五四文學社，1985），頁298。

[27] 楊煉對「自發」的定義為「對於保持著敏感的人們來說，中國詩壇的最新變化具有重要意義：詩，從自發轉向自覺。所謂『自發』，指七九年開始的青年詩人們的『第一次否定』，詩帶著長期被壓抑的痛苦和希望，在牆上宣言或手中默默傳遞，以有限的西方現代詩手法為借鑒，在詩人的良心所不能接受的世界上要求人性和正義。從此，更深刻無情地挖掘人類生存和命運，成為中國現代詩底蘊中不變的主題」；「自覺」則為「在今天，作為詩人，不僅要意識到生存對於人的壓迫，而且必須意識到整個文化傳統乃至世界文學的總秩序對我們作品的壓迫⋯⋯通過『自覺』，把本來只表示地域的『東方』提升到人類當代文明的普遍意義上。中國現代詩唯一的生存價值在於使自己已有能力綜合不同來源而形成完全獨立的全新的文字現象。」簡言之，排除了詩為政治依附而作、政策影響下帶來的大環境刺激，即為楊煉所謂的「自覺」性寫作，在他的觀感裡，「自覺」顯然是比「自發」更具文學意義的。楊煉〈詩的自覺〉收於《楊煉、友友個人文學網站》（http://www.yanglian.net/yanglian/produce.html）。

　　值得注意的是，盛行於文革時期的「口號式詩歌」寫作，並以詩文作為國家機器意識形態的風格，在楊煉創作的初期，也佈滿了這類雄渾修辭、激昂口氣的語調綴飾，尤以〈大雁塔〉和〈烏蓬船〉為最。楊煉的赤忱展示他企渴與文革官方對峙的自由意志，但執筆於後文革的他，依然將勞動力的生產問題與社會結構結合，畫上「民族共同體」的等號，他的認知正表述了意識型態置入社會結構的思考模式，像是〈烏蓬船〉中出現的數種職業勞動階層；誠如阿圖塞（Louis Althusser, 1918-1990）之於「意識型態」的觀點，意識型態先於個體意識，以詩句「只有這一雙雙痛苦的手緊握在一起／才能連接到黑暗大陸的邊緣」為例，其中隱含著的生存載體就是「國家機器」了。

　　再者，是早年詩作中常常出現簡潔且複沓的句式，譬如〈烏蓬船〉「划回去吧！划回去」；〈大雁塔〉「呼喊呵，呼喊呵，呼喊呵，呼喊呵／塗滿鮮血的戰鼓、漲飽力量的戰鼓……看著勝利、看著秋天／看著滿山遍野金黃色的野菊花」，洋溢富足光明的情感，或熱切或鼓舞，詩人的呼喊，近似於口號式、標語式的直接與有力，他所使用的猶然是透過文化手法運作的「意識型態國家機器」（Ideological state apparatuses），此時，寫下如斯詩句的楊煉約莫是二十來歲的年紀，他的激進除了表述處於青年年歲的情感以外，也揭示了官方管束所造就的「意識型態國家機器」，公共領域對私人領域無所不入的滲透與潛在的暴力影響，這般對峙手法呈現的是吊詭的現象，卻也可見文革對一代人影響之深入透徹。

　　文學史家所評述的朦朧詩特色，首重的是醞釀朦朧詩的時代背景，在論及詩人情感及詩體形式，評論者的討論多半著重於詩裡大量隱晦的暗示和象徵，以獨白與傾訴的口吻表達文革傷痛，形式和情感都是自由奔放的，數個意象交疊，（較文革時單一的主流文學）呈現出立體與多向的主題，極注重意象的刻畫，詩歌的感情不再是線性式，而是鋪陳出情感的情節性。朦朧詩既是詩人內心與外在環境的中介，同時也是詩人對世界的理解。中國當代文學史佔有一席之地的楊煉，則以另一種近似於自傳性質的聲音，現身說法，談當代詩的價值：

大陸當代詩，指以「文革」中「地下詩歌」為發端，一九七九年後，通過一些民辦刊物公開出現的中文詩。它存在的形式，也同時顯示了它的兩大特點：第一，個人生存的深度。是「生存」，而不僅是「政治」。……我想特別強調「深度」一詞──我不想說，中國當代詩是世界上最「深刻的文學」──但，它的確普遍擁有嚴肅的「生存感」。也許現實不容回避、歷史無盡輪迴，使生命如此觸目的既沉重又空白。徹底的壓抑，以至幽默都成了過分的奢侈。我們的詩中充滿「黑暗意象」，因為語言必須與冷酷的世界相契合。

第二，從中文語言特徵內產生的現代詩意識與形式……而「朦朧詩」，其實只是詩人們初步的嘗試，尋回中文文字獨特的表現方式──且遠不夠成熟──卻引來了軒然大波。……重新發現傳統、和表達今天的生存，在一個詩人那裡正是同一回事。[28]

楊煉親身經歷的中國浩劫，使他的思想裡必然蔭上了如影隨形的「黑暗意象」，甚至到了寫作後期，出現頻繁的鬼魅、幽靈、白骨，由死亡而生出對活著的思考，這是楊煉書寫的一個特色。回溯楊煉的少年境況，即使活著也猶然是身處險境，這無疑是文革時人的日夜寫照，十年間，時時刻刻不離危機，如此緊張的高壓生活難免使人生出嚴肅拘謹的態度，身處於後文革，時人自然對「生存感」產生省思，然則，思考的結果卻是空白且沉重，陷溺於生與死的無常，這讓楊煉的創作，無論是早年的〈烏蓬船〉、《荒魂》或是後期的《𠕇》，都關懷著個人或群體的生命／生存場域，也讓詩人字裡行間，始終秉持一股憂慮且肅穆的態度。從文革的地下文學，走上能正式出版的民刊，「今天派」詩人楊煉，點出地下文學的重要性，並且肯定其存在意義，透過他對時代背景的感懷，強化了詩人與詩在當代中國的價值。

---

[28] 楊煉〈答義大利譯者鮑夏蘭〉，收於《楊煉、友友個人文學網站》（http://www.yanglian.net/yanglian/produce.html）。

對自由的追尋，朦朧詩人的筆下皆具備了強化「自我個體」的特質，是詩人的覺醒進化到蛻變過程，從自我存在的肯定，走向情感抒發、奔放，都是時代給予詩人的思考任務。書寫自我的失落與焦灼，突顯出政治暴亂後的荒原與廢墟氛圍，見證崩潰的時代，後文革時期，如何重建新的價值理念，走出個人創傷，覺醒進而承擔民族家國的命運，在楊煉歷史文化的維度裡，〈大雁塔〉等詩作，承載著千萬民族與傳統，肩負著走向光明的英雄職責。詩人們面對歷史，滿溢崇高、責無旁貸的激情，人文精神的昂揚，延續七〇年代末的理想、對抗，到體現人與自然、歷史的互動，從而為日後的「尋根」思潮播下查找文化的種子。

朦朧詩的崛起，也考驗著詩評者們的守舊或開新意識，相對於文革時期標語口號式的詩風，就顯出「朦朧詩」的「朦朧」韻味。由於朦朧產生語義詮釋的空白，以及象徵化的普遍應用，為詩作留存了抽象的藝術空間。這個「嶄新的」創作活動，暴露了詩人對藝術的掌握不夠熟稔。當時，最被詬病的便是詩意的不明確，但其實這也正是朦朧詩獨特的文學價值之一。站在歷史的後設角度來看，朦朧詩人著實深具時代的敏感度，「朦朧」對詩人而言，反而是延續著中國文人的浪漫譜系，以及一份屬於作家對時代的真誠嚮往，也許當時的詩作略顯青澀，但也因為這群詩人對藝術的表現不夠爐火純青，反而能產生追尋的動機、更多值得開拓的文字語言空間，青年詩人的創作熱情與新意，是以導致藝術風格的轉向。

楊煉的寫作，從「黑暗意象」的經營、「生存感」的體悟與鑽研，到後期的「中文語言文字」的實驗，多年來，這些詩文意念（一再反覆）的塑造，終成為楊煉詩文的「傳統」，但也由於時代與個人感情的交互作用，使得詩作的性情從〈大雁塔〉、〈烏蓬船〉早年的激昂，走向主題式的刻劃，他的代表作〈諾日朗〉及數首以神話為基底的詩作就是很好的例子，最後，遁入《𝑌》冷調且隱蔽的形而上領域，楊煉詩文的轉折，正詮釋了這段時代與詩人的共鳴關係，而他在藝術風格的轉變，也就更加確立了他身為尋根文學「前驅詩人」的地位。

　　朦朧詩歌的內部隨著時間與公眾的反省，隨著時代文化更替，詩歌創作產生了幾次流變。一九八三年後朦朧詩走向式微，而朦朧詩論爭的聲音在一九八四至一九八五年間消減，接著是一九八六年，舉辦「中國詩壇1986現代詩群體大展」，浮出了另一群「後崛起的詩群」，他們被稱作「後新詩潮」、「第三代詩」、「新生代詩」。朦朧詩過早被（第三代詩歌）「經典化」，發展到後期，複製與仿作風氣彌漫詩壇，加上政治不再高壓控管詩歌創作、詩人不需再揹負時代的沉重十字架，沒有八〇年代革命奮鬥的精神，後起詩人的理念迥異於以往的朦朧詩人，如何能瓦解經典、更具「新」意？是這個時期的共同理念。

　　當文壇「尋根文學」興盛，也成為文學評論者關注的焦點。「第三代詩」幾個流派裡，「現代史詩」的寫作亦頗為繁盛，例如「整體主義」與「新傳統主義」，他們取材南方神話作為詩歌架構，作為對上古文化的追尋與想像，太極、《易經》紛紛成了筆下的材料。在這一派的宏偉鉅篇、現代神話寫作風格裡，我們不難看見早在七〇年代末，已進行文化組詩實驗與書寫的朦朧詩人──楊煉的影子。其中，詩人韓東〈有關大雁塔〉更以楊煉的〈大雁塔〉一詩作為反叛的標的，瓦解楊煉所代表的「朦朧詩人」菁英身分的象徵[29]。然而，這個時期的楊煉，早已受到古文化的召喚，漸次走進《￼》卦與象的空間裡，楊煉行進的古文化路線，終成為第三代詩人按圖索驥的指南針。

　　楊煉早期的詩作，多半是以陳情式的激動口吻向人群喊話，例如〈自白──給圓明園廢墟〉、〈烏蓬船〉、〈鑄〉、〈走向生活〉等詩，自中期的《禮魂》，甚至是後期情感基調較前期冷凝的《￼》，詩作雖不再以浪漫的英雄情懷奔走吶喊於眾人之中，而是走進與民族息息相關的時光隧道裡，塗抹空白的歷史城牆，開墾他的古文化詞組，形成他對「中文語言特徵」的追尋，藉由認知的語義與詞源，企圖達到「重

---

[29] 楊煉與韓東的〈大雁塔〉詩作，其互動與對話的關係為何，可參陳大為〈歷史的想像與還原──關於大雁塔的兩種書寫態度〉，《亞細亞的象形思維》（台北：萬卷樓，2001），頁91-105。

新發現傳統、和表達今天的生存」，這正是他文學史上的「尋根」前導地位的由來，也呼應了他對中國早已與傳統文化斷層的批判話語。

當楊煉走向歷史的城牆，發出對民族的悲憫時，詰問著歷史，呈現他的死亡形而上思維及古文化想像，楊煉的覺醒階段，象徵著由人至詩，語言與思維的逐步深掘。隨著情感的收束與題材的挖掘，為他的轉變鋪了路，也為他原有的藝術風格增加了更具分量的文化元素。在中國獨特的文化語境下，沒有文化的時候，楊煉的「文化選擇／文化表現」顯得格外突出。

第二節　根源的尋索：「幻象空間裡寫作」

「朦朧詩」的崛起，在文學史家的眼中，正意味著後文革時期，「詩人的覺醒」和「詩的覺醒」的現象，〈自白──給圓明園廢墟〉、〈大雁塔〉及〈烏蓬船〉是楊煉早期之作，這些古建築意象成了詩人透過語言對客體的詮釋，將自我感情投射於大雁塔或圓明園，應和了新時代的轉變與民族的需求，置放於獨特的文化語境之下，塑造出時代與詩作激盪出的共振現象，透過詩人與讀者的意識交感，讀者於是更能體悟作者的才情與追尋。在楊煉稍晚些的作品《禮魂》、〈西藏〉、〈敦煌〉以至於《𝘅》等數首組詩，延續了「生存」命題的思考，繼而進行起形而上的探究，抽離了具體的古蹟建築，將意象經營轉向至抽象的上古傳說神話、莊、禪、《易》等中國思想，挖掘民族與傳統的底蘊，企圖讓中國斷裂已久的文化「根」得以「出土」，如同他在〈幻象空間寫作〉一文所自陳的身分象徵：「中國的詩人、中文的詩人」[30]。

〈大雁塔〉喻示了楊煉文化菁英身分的象徵，又因為傳統與文化，恰好是當時較為空缺的一個區塊，特定時代下已呈短少狀態的傳

---

[30]　楊煉〈幻象空間寫作〉《楊煉、友友個人文學網站》（http://www.yanglian.net/yanglian/produce.html）。

統資源，促使這位時代前驅者能有更好發揮的創意空間，所以，往無人處去，是當時的楊煉一個足以再次與時代呼應的轉型路徑，也是身為文化菁英，避免受到時代淘汰的必經之道。楊煉的文字，並不僅是使用在寫詩，他同時也發表詩論，闡述他的詩觀／思想，也包括了對文化的批判、緬懷古代的數種面向、或是他的創作動機等等，當我們將楊煉對時代的省思與詩作鏈結起來，或許可以作出如此推斷：特定的文化語境，既是詩人寫作的方向引導，也是促使這個詩人轉型的最大因素。

朦朧詩躍出地表的崛起姿態，跳脫了在詩壇僵化已久的現實主義思維，詩人們逐漸自覺的去探索藝術的種種可能。在新詩潮崛起後，促使傳統文學批評被迫更新話語系統，由於新時期的政策較為鬆綁，使得曾在地下文學流傳的書籍，也隨之取得了公開閱讀的合法地位，進入新時期之後，時代思潮也因為西方的理論方法、文學思想等等的傳播，為中國的時代背景傾入另一波的力量，其中，最富代表性的是方法熱、翻譯熱，這波思想潮流隨即醞釀出了文化熱，即「尋根文學」的盛行。

所謂的「方法熱」，首先是因為引進、借鑒和吸收西方理論與作品，新時期的作家、評論者不約而同注意到西方文論的啟發意義，使得論者們對「革新文藝研究」產生關注，繼而引發對文學批評方法的討論，也代入了許多相關文學批評術語[31]，這個現象告訴我們，無

---

[31] 方法熱的興起，始於大量西方書刊的譯介與傳入，至一九八〇年，《外國文學研究》開闢「西方現代派文學討論」專欄，內文討論起各種關於現代主義的問題。當時「方法熱」的時期，最熱門的論調是「新三論」，由系統論、控制論和信息論組成的系統方法，不僅對文學產生影響，還擴及到史學和社會學等相關研究，隨著西方資源的傳入，也逐漸形成多種方法、流派共存的局面，結構主義、文化批評等等話語，都是當時文論主流。也有論者指出，西方六〇年代嘗興起的接受美學理論，至一九八四年間，更對中國固有的文藝理論，有著新的啟發，由於文本開放性的特質，透過讀者的解讀，文本不停地再生出新的闡釋意義。這套理論，引發中國文藝界開始反省「作家─作品」的有機結構，也瓦解作品詮釋的權威性。顯見當時的方法熱，呈現的是多元的氣象。當時的文學批評文論，引用的術語，相較以前的中國文論，這時期流行的詞彙是比較陌生的。例如：系統、元素、信息、結構、功能等等。詳參黃

論是文學的技藝展現，或是文本的構成，都成為當時寫作、閱讀或批評時必然關注的焦點。八○年代的尋根文學與文化熱，也近乎於同義詞[32]，由於一九八五年尋根文學的勃興，也帶動文藝工作者們的視角，遂從方法熱上，找到了「文化批評」為理論的建構點。由於尋根文學創作者，必須對上古文化有著一定的了解，所以，人類學、文化研究、神話原型的理論方法，便適用於對上古傳統文化的「再認識」，理論與文學發展順應著時代趨勢，相輔相成。

楊煉在這個時代裡，也發了幾篇詩論藉以闡述他的詩想，他掌握文藝流行趨勢，意會到思想／文本的「內部」與「外在」連繫關係，他的詩論裡就參引了當時熱門的文論／文批關鍵詞：「大詩人並不是以情緒的強弱，而是以充分發掘內涵後構造有機空間的能力為其特徵的……層次的發掘越充分，思想的意向越豐富，整體綜合的程度越高，內部運動與外在寧靜間張力越大，詩，越具有成為偉大作品的那些標誌」[33]、「所謂『內在因素』和『單元模式』，是我在探討傳統時設計的兩個詞語」[34]等等，透過楊煉對當代文論的認知，可見如何佈局文本，他已有心得並付諸實踐於創作中。這些「單元」、「系統」、「（內／外部）結構」、「互相關聯的一個整體」等語彙，為他的文本設計作出各種剪裁[35]，最終，建構起他六十四卦的長篇組詩《⚥》，這也是他對寫詩、論詩已根深柢固的文藝體悟。

曼君《中國 20 世紀文學理論批評史》（北京：中國文聯，2002），頁 754-757。

[32] 文化批評既是一九八五年以來的「文化熱」產物，又是「文化熱」在批評領域內的延伸，它凝聚著批評家對傳統與現代、民族與世界性、本位文化與外來文化的相互糾纏、劇烈碰撞的深切思考。詳參黃曼君《中國 20 世紀文學理論批評史》（北京：中國文聯，2002），頁 761。

[33] 楊煉〈智力的空間〉，原載於老木編《青年詩人談詩》（北京：五四大學文學社，1985），頁 77。現收於收於《楊煉、友友個人文學網站》（http://www.yanglian.net/yanglian/produce.html）。

[34] 楊煉〈傳統與我們〉原載於《山花》1983 年 9 期，（1983 年 9 月），頁 73-74。現收於收於《楊煉、友友個人文學網站》（http://www.yanglian.net/yanglian/produce.html）。

[35] 是故，周寧解譯楊煉的《禮魂》，便以單元模式為了解與歸納楊煉詩作意圖的

　　新時期的中國，是西方文哲書刊譯介風氣極盛的時代，不過，在文革的地下時期，除了毛澤東、馬克思主義以及魯迅以外的任何文化遺產皆被查封、銷毀，官方企圖徹底掃除中外文化遺產，並全面標誌上「封資修的黑貨」，造成當時人民對文化知識的蒙昧與無知，活躍於地下文藝沙龍的知青作家，對於文學的吸收來自於禁書。在地下讀書活動當中，有「灰皮書」以及「黃皮書」在地下流通傳閱，閱讀的風氣並沒有因為官方而完全禁絕，西方思潮深深觸及知青的思維及文藝觀，西方現代主義對文明的省思、進行對社會的洞察，正好能切合當代作家的需求，形成新時期獨特的創作與文化主流。楊煉也在「一代人」的閱讀浪潮中獲得西方文學的培育，例如：「文革期間，蔡其矯曾把〈馬楚‧比楚高峰〉的譯詩手稿，拿給北島、江河、楊煉傳抄，對後來江河的《太陽和它的反光》、楊煉的文化組詩，產生了積極的影響」[36]，從聶魯達的〈馬楚‧比楚高峰〉站立於象徵歷史的廢墟上，反思起民族、歷史與文化的出路，聶魯達的文化情結為楊煉埋下日後文化尋根的寫作伏筆。西方的養分滋潤／刺激著被官方封閉的一代中國青年，成為青年詩人們寫作的學習範本。除此之外，做為文化載體的語言體系，自有其歷史脈絡可循，當時文革知青們上山下鄉的行動，接觸中國土地的熟悉感，是故，創作的取材來自中國土地、再注入西方思想的源泉，造就出東西合流的必然趨勢。

　　地下文學的傳抄風氣，顯然是導致朦朧詩「崛起」的前沿因素，尤其是一九七六年，沙特（Jean-Paul Sartre, 1905-1980）的存在主義

方法，經統整後，詩歌的「代碼」為「當我們發現具體的詩缺乏嚴整的意義，便把意義的整體希望寄託在詩集作為整體的結構關係……《禮魂》容納了一個時代精神的風雨」。周寧《幻想與真實：從文學批評道文化批判》（北京：中國工人，1996），頁140-141。

[36] 邱景華〈拉美兩大師——聶魯達與帕斯〉收於《詩生活‧詩觀點文庫》網站（http://www.poemlife.com/Wenku/wenku.asp?vNewsId=1605）。關於蔡其矯的譯介、以及聶詩如何在今天派間傳抄流通，可參照陳大為〈知識迷宮的考掘與破譯——對楊煉「民族文化組詩」的問題探討〉，《台灣詩學》學刊十二號（2008.11），頁95-96，內文有相當詳實的考證。

（Existentialism）被譯介至中國，沙特熱使得青年們覺醒，意識到「人」的本質、人與世界的關係以及存有（being）的思考，這也是朦朧詩的詩旨所在。沙特的存在主義是領導現代主義（Modernism）思潮的其中一脈，換言之，受到這些思潮蒙育下而成長的朦朧詩人，理所當然將他們書寫的視線聚焦於「人」，也為現代主義在中國的開枝散葉打下了前沿基礎。現代主義中心人物波特萊爾（Charles. Baudelaire, 1821-1867）指出現代主義「是一種新的傳統」[37]，既是對於傳統的反叛，也是作家們，在瑟蕭悲觀的調性裡，隱含著前瞻世界的目光。它與後文革時期現實社會的生活體驗相呼應，結合思想解放、個人意識自覺為思潮主軸。

現代主義之所以能夠造成中國一代人的談論話語，得溯自它在東西方興起的背景，西方的現代主義起源於十九世紀末至二〇世紀中葉，是戰後的精神產物，因為戰爭造成文化或是傳統的斷裂，是現代主義省思與批判的重點，現代主義的作品裡往往是呈種種關於迷失、荒誕、困惑的景象。現代主義被借鑑到中國創作的，還有「尋找」主題。「尋找意義的本身就有意義了。文學，特別是詩歌成為尋找意義的場所，變成一項有意義的活動，從而使文學對社會也變得意義重大」[38]。

關於戰後蕭條荒涼，以及尋找主題，被歸屬於現代主義一員的艾略特，其詩作便是當時的世情百態典範之一，像是《荒原》裡生即死、死即生的冷調人間，透過典故的穿針引線，傳達尋找聖杯，始能解救乾旱荒原的理想，典故的古典象徵，與現代的精神世界交織，詮釋了詩人對待傳統與文化的重視態度，艾略特的書寫與思想，移植於文革後的中國，自然成了促進時人思想新陳代謝的合宜動力。對照文革時期，人民所承受的苦難，以及與文化歷史斷裂的失根感，猶如西方戰後的精神世界，現代主義的種種省思與追尋，正扣住了文革地下文人

---

[37] 出於波特萊爾《現代論》。轉引自趙一凡《西方文化關鍵詞》（北京：外語教學與研究，2007），頁 652。

[38] 趙一凡《西方文化關鍵詞》（北京：外語教學與研究，2007），頁 656。

們意圖改革的理念雄心，所以當後文革時期來臨，一代人面對較為開放的時代，他們是「在新時期文學的發展歷程中，一直貫穿著一個反思與尋找的主題，而且在作家的創作實踐中對這一主題有一個不斷發展與深化的過程」[39]，現代主義就這麼順勢生長在中國土壤上。

　　不過，中國的現代主義文學，自然是難以契合西方現代主義亦步亦趨的發展[40]，當外來思潮引進，如何在中國土壤生生不息，既沒有完全相同的背景，也沒能形成近似的文化空間，西方文化無法徹底改變中國的內核／文化血脈，因此，現代主義在中國就呈現了片面的應用。在新時期文學期間，生氣蓬勃的「中國現代主義」，最主要的是思潮為中國帶來的啟蒙作用，以及將各種句式或技法落實在文藝創作裡，即便是不徹底／未完成的「現代性」，總還是為中國文場瓦解一元的權威與偏見，置身在國際大潮之中，帶來奔動的思想漩渦。

　　西方文學思想之於楊煉，他除了吸收沙特帶起的時代熱潮，有著存在與覺醒的意識，他並以詩論———一篇復一篇的長文，再三的強調與表白他對存在／創作的追索理想，也不乏在詩文裡片段應用艾略特的詩句、文論，或是曾在地下流傳的聶魯達詩譯本。在楊煉模仿與效法的思維筆跡裡，我們可以瞭解楊煉對新思潮持著開放、接受的態度。他聚合起這股西來力量，面對文革時期以來的國族缺陷，楊煉以詩筆通貫，鑿通了（一代人認為的）已呈空白與斷裂「歷史、文化、傳統」的話語體系，他選取聶魯達與艾略特共有的文化、民族省思，形成對時代的控訴，並由此闢出楊煉自成一家的創作道路。

　　〈自白——給圓明園廢墟〉是楊煉的初試啼聲之作，此時的楊煉，已代入了聶魯達的文化思維，爾後，寫於一九八二至一九八四年間的《禮魂》、〈西藏〉、〈逝者〉等詩作，以至於一九八九年耗時五年始完稿的《￼》，無一不是展現了他對文化、傳統的關懷，由於

---

[39] 王萬森主編《新時期文學（第二版）》（北京：高等教育，2006），頁 29。

[40] 當代否定哲學評論者吳炫嘗下如此評論：「依附與模仿出的現代主義」。詳參吳炫《穿越文學思潮》（南京：江蘇教育，2007），頁 189。由吳炫的說法，顯見當時的文壇風氣有著相當多的模仿影子。

楊煉對文化的書寫開始的較早，所以文學史家常將楊煉歸為尋根文學的先驅，尋根文學主要的表現文體是小說，我們細察楊煉的尋根意識可以發現，若是要將楊煉與八〇年代中期文壇大盛的尋根文學用以相提並論，那麼，二者的尋根立場或是行文內容，顯然是有著不少差異的。

新時期文學伊始，創作思維多半沿著極左的歷史政治進行反思，到了八〇年代中期，向西方取經的現代主義走向引起檢討與反省的聲浪，當時，除了借鑑西方現代派文學，用以彌補理論與文學視野的不足，同時，作家的野心不僅是停留在追隨西方，如何揚棄文革的舊思維又能守護住民族性，到達能與西方「超越」與「對話」的高度，將中國文學置放在宏觀的世界格局上，才是當時作家的終極目標。倘若文學創作僅只是借鑑，無法獨立思考的書寫，遲早會迫使作家走向了無新意的困境。那麼，回溯中國傳統特色、挖掘民族土壤，以東方傳統改造西方，便是當時的書寫考量之一。「文化尋根不是向傳統復歸，而是為西方現代文化尋找一個較為有利的接受場」[41]，如何革新與代雄是尋根派力圖新起中國的文學格局，以現代視角觀照傳統，透過民族與傳統隱晦的處理現代派意識，如此則擴大了審美場域，亦造就尋根文學鎔鑄東西思潮的新能量。

這一代的青年作家的「尋根」，尋根作者背景為知青身分，書寫基礎建立在曾經上山下鄉的歷程裡，透過生命經驗尋找傳統價值，這個時期的寫作便是凝聚知青作家的生命景觀文本。尋根派的創作文體是以小說表現，追尋儒、釋、道三家的中華文化哲學，並將地域文化與歷史、宗教、自然融匯其中，具體描寫現實生活、存在的價值，卻又適度反映傳統文化精神座落在當代生活，衝撞、激盪而起的悠悠回音，集中表現了傳統文化哲學觀的儒釋道特質。地域文化的尋根書寫則充分突顯城鄉間、現代與傳統的矛盾衝突，再現民族的地域色彩，傳達無慾的純真原始自然境界，對照七〇年代末至八〇年代初期，後

---

[41] 陳思和《當代大陸文學史教程 1949-1999》（台北：聯合文學，2001），頁 263。

文革時期，作家對大環境的質疑與困惑，在八〇年代中的尋根者找到精神的安頓，技藝上也有更完整的隱喻性和整體性。

至於尋根文學對「根」的原始定義，首先從韓少功一九八四年發表的〈文學的「根」〉始奠定，所謂的「根」，在尋根文學的表現上，指涉的大致是「廣泛的傳統」，曹文軒以為，所謂的尋根，其實是「『五四文學』語言的再生」[42]，五四一輩的學者接受的舊學、傳統文化相當深厚，介乎古代漢語與現代白話文的語體，形成凝煉、老成的特色，「我們甚至可以挑出若干尋『根』小說與『五四』小說在修辭風格上和敘述口氣上一致的例子，甚至能挑出相同的句子」[43]，換言之，尋根文學的訴求是試圖在歷史上找到定位，卻也弔詭的「模擬」了中國當代首批談論現代主義／現代性的「五四文學」，是文化尋根，也是文學復歸本位的行動。不能忽略的是，尋根文學對於文化的重視，調整當代文化在文藝界的比重，「文化尋根本質上是一次藝術回歸運動，它的目的並不是真正的文化批判或文化重構，而是為了擺脫意識形態話語的鉗制」[44]，其出發點和方向、以及漸趨成熟的技藝，仍是值得肯定的。

文化熱的延伸，造就一九八五年尋根文學的確立／興盛，十年文革不能接觸的文化遺產，必然使得成長中的一代人潛移默化為對傳統、文化的無知，尋根文學的形成，就引進的西方思潮而言，必須關注的是拉美魔幻現實主義文學的傳播與接受，例如當時的馬奎斯《百年孤寂》便是許多尋根作家的寫作標竿。由於拉美的政治背景，成為中國作家反思與參照的典例；拉美文學發展最為成功的幾個特質，例如：獨特的地域文化遺址特寫，或是神話敘事與奇幻想像，在中國浩瀚悠遠的文化空間，亦不乏這些能供給當代作家源源不絕的地域、文化素材，如此能建立起屬於中國的尋根寫作脈絡。

楊煉與尋根文學的歧異點，分別有著幾種不同層面的差別。

---

[42] 曹文軒《中國八十年代文學現象研究》（北京：作家，2003），頁 250。

[43] 曹文軒《中國八十年代文學現象研究》（北京：作家，2003），頁 250。

[44] 王萬森主編《新時期文學（第二版）》（北京：高等教育，2006），頁 138。

　　首先是年代與文體的不同，楊煉在一九八二年至八四年間已在從事與歷史對話的工作，較尋根文學略早一些年份；尋根文學主要以小說表現，楊煉則是以詩、或篇幅較長的散文詩詮釋之。其二是楊煉雖也發表了數篇詩論責難政治對文化的傷害，不過，楊煉的詩作並沒有如同尋根小說般刻意的援用儒、釋、道思想，對於地域文化色彩多是點到即止（許是詩體的限制，或者作者學識的影響，楊煉多半都是引入／鑲嵌眾所皆知的文化關鍵詞，然並沒有以更深刻義理思想寓於其中）。面對時代的缺口、以及寫作的瓶頸，尋根文學的包袱在為現代主義書寫找出路，楊煉則是通過歷史的想像，步行於他的黃土地，先寄託抱負於文化遺址，於是中國的歷史標的物、或是民族儀式，都成了他投射感情的對象，不過，這並非全然為地域色彩，倒比較近似地景書寫，最後，他就一路走向遙遠的上古文化。

　　至於西方思潮的傳播與接受，楊煉先是受了拉美詩人聶魯達的影響，聶魯達與楊煉一併站立於歷史廢墟上，打撈文化遺影之際，楊煉也吸取了聶魯達式民胞物與的精神，並將這份惻隱之心延伸為一份對傳承的渴望。宗族制度的中國文化，首重繼承，當楊煉對傳承有所寄託，身為中國作家的一份英雄責任感，使我們相信他詩作裡的血脈是連貫古今、有根可循的，像是〈大雁塔〉以樹立於世的高度，菁英氣魄俯瞰歷史，充分發揮他對歷史的想像，然而輝煌不再，今昔對比的苦難中國，突顯詩人的無力；或是〈烏蓬船〉民族大同的理想，流露詩人對於和諧價值的世界觀，也是形而上的民族文化思緒、及道德理想的渴慕。

　　雖然楊煉與尋根文學都是立基於對時代的省思，他們都有著生存不能沒有文化、傳統與歷史不是斷裂的共同意識。尋根的行動，足以幫助一代人寫作突出重圍，以及擺脫時代的包袱、利用閱讀／賞析西方思維進而促進對中國的認識，所以，在沒有文化的時代追尋文化，關懷視野、寫作立場及對待時代的道義責任不同，造就楊煉和尋根文學有著不盡然相同的表現。同樣是運用中國文化為寫作素材，楊煉的運用策略是以虛筆的歷史想像圖譜，多過實寫的地域文化，楊煉的

「根」，野心放在中國思想根源——《易》；尋根文學則是以未受現代化入侵的「民間」為敘事中心，民間即是尋根文學的「根」，並且文體的表現不同，所以，尋根文學刻劃民族的生命諸相，楊煉則是守持住朦朧詩以來，「大雁塔視角」的菁英定位。當他寫著生存與死亡，在讀者眼中，如果除去吶喊與陳情的語調，情感的表達似乎不復以往的飽滿，尤其走到《ᛩ》，語感和文字的冷調硬澀，就顯得他的情感更封閉了。

楊煉這首〈短詩一束《易經》、你及其他——作易者，其有憂患乎〉正好說明其詩論的立場：

六十四卦卦卦都是一輪夕陽

你來了，你說：這部書我讀了千年

千年的未卜之辭

早已磨斷成片片竹簡，那烏鴉

俯瞰世界萬變而始終如一[45]

楊煉將與《易》相關的卜辭、六十四卦入詩，「夕陽」又是中國文人好歌詠的對象，在這日之將落的時分，紛飛於暮色中的是象徵靈性兆象的使者烏鴉，匆促與流逝的畫面正與傳世千年的《易》相對立，生命的短促與歷史的互遠呈現衝突，隱喻了詩人對生命、時間的感受。

楊煉的詩論，往往是針對「傳統」提出觀察心得，再為他的思想表態，這是他與尋根文學的關係、以及詩路形成的最好佐證。從他對文化的見識裡，遂拉開了與尋根文學的思想／題材幅度，也為日後的寫作選材鋪陳，屈原、玄學、自然意象、《易經》紛紛形成他朝聖路上有待實踐的數個落款目標。從他的文章裡，關於他是否瞭解《易經》與中國思想根源的密切性，或對屈原的風格、筆調在中國史上的地位與象徵熟稔多少，這些問題我們都無法確知，不過，他循序漸進的創作步履，確實掌握了一道可以順行於上古文化的線索。當楊煉「將歷

---

[45] 楊煉〈短詩一束《易經》、你及其他——作易者，其有憂患乎〉收入老木編選《新詩潮詩集》（北京：北京大學五四文學社，1985），頁 344-345。

史想像作為詩歌靈感不盡資源」[46]，穿引遠古神話典故於詩作中，借用神話的民族性格、及遙遠未可知的神祕感，進而型塑／再造歷史的架構與內涵，再透過歷史乘載的千年雄渾意象，這足以讓二十二歲的楊煉表現出一股超齡的沉重。

在知識文化明顯不足的文革後，楊煉突出他的「文化尋根」主張，所運用的經營方式是發揮歷史文化的想像，除此之外，他面對「東方的智慧」提倡「智力」的思考，企圖說服讀者他的持續深耕，使讀者的預期視野聚焦於他對中國文化的專注之上，且用詩論輔助／強化他的詩作未能說得更明白的觀點，在雙重文字體裁的宣傳下，詩人的追尋與反思，在創作的稍早期，洋溢著他對同族的殷切熱血和尋根的傳承期許，也顯示出他對民族的關切，後期則致力於尋根之道的實踐，埋首於上古文化之中。

於是，在楊煉打造的歷史空間裡，形成自成一家的氣勢，注定在崛起的詩群裡，以文化尋根的理念，樹立起屬於他的紀念碑。

結語

綜觀八〇年代文學現象，文革後，文學概念從「工具觀」得到解放，確立文學內部的發展規律，文學不需要再刻意謳歌英雄神話，得以回到現實生活，表現真誠的情感與追求，如同「遲來的青春」，文藝界對於理論批評、文體創作展開好奇的探索，以嶄新的審美視野關照人的存在與生命價值，朦朧詩的幾次論爭，顯然是「正面的」引領著文學與理論界走向更新的前方。隨著現代理論批評方法的引進、西方話語的介入，思潮迭起，從一維走向多元的開放生態，而朦朧詩的崛起到文化尋根的深掘，我們可以在作家強烈的的革新慾望裡，看見這一代人努力著填補時代的缺口。

---

[46] 陳曉明《表意的焦慮──歷史祛魅與當代文學變革》(北京：中央編譯，2001)，頁 43。

　　轉型期文學思潮、流派多元共生格局的形成，遂促進了文體的多樣化，文學的自主性和個體性精神便得到發揚，這反映了當代文學與群眾意識的密切關係，因應著時代的轉型，理論與創作都尚在努力的學習與實踐中，雖然不時出現理論消化不良、對思潮與批評研究的誤讀、文學流派概念的不夠清晰及文學創作複製的粗濫等現象，然而，就因為有著缺陷，反而促使新時期文藝界得以不停省思，活化藝術的生產力。

　　朦朧詩人代表之一的楊煉，經過多年後的沉澱，對於曾經轟動一時的朦朧詩，以淡然的口吻，作出如此反省：

> 我的書中沒有收入八二年之前的作品。因為喧鬧的社會現象是一回事，詩是另一回事。用社會標準評價詩，與其說是褒獎，不如說是貶低。文革地下文學、「今天」、「朦朧詩」的真誠和勇氣，不應遮掩詩本身的不成熟：簡單的語言意識、幼稚的感情層次、滲透洛爾伽、艾呂雅、聶魯達式的意象和句子的英雄幻覺，使那時的大多數作品經不起重讀。我以為，「今天」詩人們的成熟──倘若有──也在離開了公眾注目之後，完成於冷卻和孤獨中。除非出於利益的目的，我們逗留在創作童年期以至胚胎期的時間，已經夠長了。[47]

　　「八二年之前」是地下文學甫走上民間的階段，楊煉認為當時借鑑西方、挾帶著政治控訴的時期，對於臻至成熟（或已成熟）的詩人楊煉而言，那是一段不成熟的歲月，「經不起重讀」的反省警句，更暗示著一種否定論調，我們當然理解詩人看待自我的高度期許，但也正是由來於如此特定的文化語境，透過閱讀氛圍的塑造、對大環境的思索、藝術的好奇探求，所以能孕育與培植出有理想的一代人，唯有面對缺陷，才有可以再進步的空間，如同楊煉的詩人與「詩的自覺」論

---

[47] 楊煉〈詩，自我懷疑的形式〉收於《楊煉、友友個人文學網站》（http://www.yanglian.net/yanglian/produce.html）。按：楊煉此篇文章作於二〇〇〇年五月八日。

述。後文革時代，先有「人」的醒覺，然後楊煉再為創作賦予「自覺」
的另一層意涵[48]。大雁塔的移情表現，或是文化尋根的開墾，啟蒙期
所煥發的真誠與勇氣，其實正是一代詩文的精神價值所在。

---

[48] 「文革後『人的自覺』喚醒了『詩的自覺』，而現在，則是『詩的自覺』在引
領『人的自覺』」詳參楊煉〈追尋更徹底的困境──我的『中國文化』之思〉
收於《楊煉、友友個人文學網站》（http://www.yanglian.net/yanglian/produce.
html）。

第三章　接受與傳承
——強者詩人的譜系繼承與開創

前言

　　文革前後，是一個文化轉型的時期。朦朧詩人們的少年時期，是在這個刻意踐踏歷史傳統的政權下走過來的，所以，他們並沒能接受到完整的學程教育，「那一代」的人們，中學學程未竟，便被迫上山下海、參與知青群的運動。十年間，學識能力的修練或完善，都必須仰賴個人的求知意願，因此，在這個（幾近）封鎖智識的時代「成長」，還寫出能經得起時代檢驗的詩作，且足以名留當代文學史，這著實是一件偉大的事業。

　　朦朧詩五人代表之一的楊煉，是個逆著時代風潮而行走的革命鬥士，他提出了抗衡的對策，首先是書寫民族文化組詩，以巨型的史詩篇幅，光是文字數量、敘事架構的氣勢，便足以鋪天蓋地的淹沒風行文革時期的打油短詩，在發表詩作的五年後，熱情不減的楊煉，又再丟下文字火種，以大量的文字展示他的文化詩論，「尋根」是楊煉這個使徒唯一實踐的神聖信念。

　　當時，沒有一個詩人，比他更熱衷鑽研古典、歷史的關鍵詞了。在進入新時期後，政局與民生逐漸穩定，楊煉的起義理念猶然不減，可是，時代是在演變的，以不變的詩筆，作為決鬥工具，無疑是新時期的唐吉訶德，而楊煉也不再理會是否能得到時人共鳴，如此看來，楊煉的作為就有矛盾了，一個原先對時代需求這麼敏銳的詩人，為什

麼會轉型成充耳不聞呢？數篇詩論對創作提出廣大的理念，引人關注，楊煉提倡的「智性」，理應是深邃無邊、能推動詩人源源不絕的靈感或素材，何以詩論、詩歌仍襲用早年成名作的詞庫與架構呢，他的雄辯就這麼停止了嗎？他的詩歌，能否與詩論互為表裡，是不是能經得起「智性」的考驗、是不是「傳統」的呢？倘若，以上的話語，都來自楊煉由書寫經驗累積而來的原創概念，可能會有一個較為完善的框架，是不會輕易被這些問題擊破的。

我們的質疑，必須藉由推測的過程，作為認識楊煉的一個必須途徑。首要蒐集的證據，便是時代背景。

日後旅居海外的楊煉，將他在中國境內的創作時期，定位／命名為「中國手稿」階段：「中國手稿，是指我在中國生活期間所寫的作品。但也包括我從一九八五年開始寫、集我對中國現實和語言之思於大成、而一九八九年才在新西蘭最後修改完成的長詩《￼》」[1]，他還寫下與「時代」脣齒相依的認知：「具備了我從生存感受、到語言意識、再到詩歌觀念的整個『詩學』特徵……我的那個激烈、疼痛的歷練，恰和中國在整個八十年代如層層脫皮般的既痛苦、又史詩性的經歷相呼應」[2]。楊煉的寫作雛型也大抵奠基於這個時間區塊，不過，受限於成長經歷，楊煉顯然是不可能無師自通的。

當時兩股最為大宗的文學思潮，分別是在文革後期，詩人間相互流傳的手抄本聶魯達〈馬楚‧比楚高峰〉；以及新時期，因為出版刊物與學者引介，艾略特《荒原》[3]在文學界掀起的滔天巨浪。兩股思潮分別來自南美洲與北美洲，隱含了南美洲詩歌如史詩般的神秘、古樸、遼闊、粗獷，以及北美洲詩歌的理性、睿智、深刻、嚴謹。這兩宗大家的書寫風格，迥異的情感溫度，究竟對楊煉產生多少影響或啟

---

[1] 《楊煉、友友個人文學網站》（http://www.yanglian.net/yanglian/produce.html）。

[2] 《楊煉、友友個人文學網站》（http://www.yanglian.net/yanglian/produce.html）。

[3] 艾略特出生於美國聖路斯，祖籍則為英國，他曾在哈佛大學、牛津大學學習，並取得碩博士學位，足見其詩歌學養階段應源自美國，一九二七年加入英國國籍。論出生及成長背景，艾略特的書寫便具備了英美雙重血緣，本文為降低論述上的複雜度，故將艾略特歸屬於美國（北美洲）。

發？尤其是西方文學的譯介，能帶給後文革的中國詩人們多麼深遠的影響？

影響研究本來就是最具爭議性的問題。

部分學者認為，所有的客觀對比與主觀分析，都是站不住腳的，除非作者親口或親筆證實自己深受某人的影響。果真如此，學術研究即失去探索的意義，淪為文獻的考據學，一切以作者自白為準。如果某位詩人誇大了自己的師承，我們就得照單全收，將他定位在大師的門下？反之，若詩人堅決否認或從不提及自詩風影響來源，難道我們就不能越雷池一步？

詩人的「自白」當然不是唯一的辯證依據，它是重要的參考文獻，可以從蛛絲馬跡之中去發現其價值，但更多的論證，來自詩歌本身的對比分析，當然，這是相對主觀的部分，卻也是最值得冒險去探索的部分。

本文擬藉由誤讀可能生成的焦慮與影響為討論起點[4]，就文革與新時期，兩波美洲現代文學的潮流與楊煉詩作相互參照，考察創作背景，以及比對詩作中的情感轉變、文化觀照的視野、研判其意象系統的生成，經由重重的檢驗，去挖掘、重塑覆蓋在楊煉身上的「大師的陰影」。在討論聶魯達和艾略特這兩道「大師的陰影」時，不得不加上引號。楊煉當年或許能夠讀懂艾略特的英詩，但面對聶魯達的西班牙文詩歌，恐怕就必須仰賴當時風行的（蔡其矯）中文譯本了。無論對當年的楊煉或本文當下的討論而言，兩位大師的中譯本都是重要的參考對象。

外文詩歌的中譯必然會減損原詩的部分詩歌特質（特別是原詩的音韻和節奏），但原作者的文化視野、敘述策略、意象系統、素材運

---

[4] 「詩的影響──當它涉及兩位強者詩人、兩位真正的詩人時──總是以對前一位詩人的誤讀而進行的。這種誤讀是一種創造性的校正，實際上必然是一種誤譯。一部成果斐然的『詩的影響』的歷史──亦即文藝復興以來的西方詩歌的主要傳統──乃是一部焦慮和自我拯救的漫畫的歷史……而沒有所有這一切，現代詩歌本身是根本不可能生存的。」布魯姆著，徐文博譯《影響的焦慮》（南京：江蘇教育，2005），頁31。

用、國族意識等重要元素，仍然可以轉譯成中文，這不會有太大的問題。故此處採用楊煉最可能讀到的同時期譯本[5]，去探究楊煉如何進入「大師」（中譯後）的陰影，如何在其「中國手稿」中留下相當比例的「美洲血統」。

第一節　古文明的朝聖：聶魯達與楊煉的學徒期

在楊煉身處的那個思想高度封閉、資訊嚴重匱乏的年代，任何具有開創性或震撼力的書籍，一旦引進中國，勢必迅速吸引大量求知若渴的知青，甚至掀起新興的啟蒙力量。從文革以前的黃皮書、灰皮書，到更後來的現代主義和魔幻寫實主藝思潮，都是十分顯著的例子。在這一波接一波的「西潮」衝擊當中，南美洲智利詩人聶魯達（Pablo Neruda, 1904-1973）對當代中國先鋒詩歌的影響，非常值得關注。

較早領略到聶魯達詩歌魅力的詩人，應該是蔡其矯。聶魯達所呈現的那種恢宏的史詩氣度，正是中國詩壇自五四以來夢寐以求，卻始終未能實現的境界。一九六四年，蔡其矯正式譯介聶魯達的〈馬楚·比楚高峰〉，豁然開拓了今天派詩人們的文學視野[6]；此詩的創作理念、詩藝技巧，更成為一種嶄新的典範。

聶魯達站在現代詩歌技藝的高峰，居高臨下，其所觀照的人與物，不僅僅是跟現實平行的畫面，他透過南美洲的文化遺產去回溯歷

---

[5]　本文著重於譯文背後的文化觀察與體現，至於譯者的中譯詞彙或語法結構是否直接影響了楊煉，這問題並非本文的論述重點。這是一個翻譯學的問題，不宜在此產生新的糾葛。

[6]　邱景華〈拉美兩大師——聶魯達與帕斯〉收入《詩生活·詩觀點文庫》網站（http://www.poemlife.com/Wenku/wenku.asp?vNewsId=1605），內文提及：「文革期間，蔡其矯曾把〈馬丘·比丘高峰〉的譯詩手稿，拿給北島、江河、楊煉傳抄，對後來江河的《太陽和它的反光》、楊煉的文化組詩，產生了積極的影響」。關於蔡其矯的譯介、以及聶詩如何在今天派間傳抄流通，可參照陳大為〈知識迷宮的考掘與破譯——對楊煉「民族文化組詩」的問題探討〉，《台灣詩學》學刊十二號（2008.11），頁95-96。

史，一步步「尋根」，喚醒被大眾遺忘、被現實掩埋的民族歷史，也企圖重新凝聚民族意識，從個人的追思，到化身為全民的代言者。

聶魯達對於創作的認知是：「我自覺地以詩為大眾服務」[7]。聶魯達的創作理念，以及詩作本身的感染力，恰好是最適宜散播、生長於文革末期的時代土壤。作為這一代人重要發聲方式的「地下詩歌」，對民族國家的影響力是空前的，也正巧契合聶魯達創作〈馬楚‧比楚高峰〉的背景。學徒期的楊煉，找到這個來自異域的最佳詩歌範式。

〈馬楚‧比楚高峰〉一詩收錄於《漫歌集》中，這首詩的創作背景來自古印加王朝文明遺址：馬楚‧比楚高峰。在古印地安語「馬楚‧比楚」即意謂著「『古老』的『金字塔型山丘』」。印加帝國的建築特色，便是由石塊交疊、懸崖構成的「巨石景觀」城堡，一九四三年從墨西哥卸任領事、返回智利的聶魯達，途經這座祕魯廢墟，於是騎馬覽觀這座古城，在隱密的石塊下，是歷史曾經發散過的輝煌光燿，也是拉美各個民族始祖的根源，詩人懾服於時空的流轉與雄渾美，對照人生一瞬的渺小，召喚起詩人奔流的血液。

在創作〈馬楚‧比楚高峰〉之前，聶魯達將自己對政局的愛憎激情，灌注到詩作裡去，不再只是停留在謳歌愛情的層面。尤其是西班牙內戰（1936.06）爆發後，聶魯達《西班牙在我心中》便已投入戰爭火線，以詩人之眼關懷蒼生，與人民站在一起，以詩歌作為民眾的代言人與保護者，在內亂期間，聶魯達躲藏起來的一年半歲月裡，完成整部《漫歌集》，有著史詩的氣度與形式，復以人間與大自然的共鳴，獻予詩人所熱愛的拉丁美洲、智利。在文學史上，也被視為是聶魯達的代表作。

此書所揭示的題旨，主要圍繞在──「宏觀和微觀世界都尊崇一個進化和發展規律：暴政和階級壓迫毀滅了人和大地、阻礙著真正的繁榮」[8]。在聶魯達政治抒情詩書寫時期，「暴政」、「階級」、「壓迫、

---

[7] 〈聶魯達自述〉，收入趙振江主編《聶魯達集》（廣州：花城，2008），頁212。
[8] 趙振江《西班牙與西班牙語美洲詩歌導論》（北京：北京大學，2003），頁380。

毀滅、阻礙」、「人與大地」幾個思／詩想關鍵詞，也適用於文革時期中國詩人的需求，楊煉受到鼓動。當聶魯達從印加遺址中望見歷史，楊煉也選擇以圓明園的廢墟、聳立的大雁塔作為感懷的地標。在楊煉的早期詩作裡，處處都可以發現頗鮮明的聶魯達影子，以至於中後期的詩風轉向，猶存聶魯達式的風韻，很顯然地，楊煉接受了「聶魯達」的洗禮。

宗教學說提到的「洗禮」概念，概略來談，是用以宣示自己信仰歸宗的一種傳統儀式，並從中得到信仰的力量，淨化靈魂、得到靈性的重生／拯救，「聶魯達」對於二十二歲嘗試寫作的楊煉，就有著啟發、蒙育的新生意義，帶領楊煉走向書寫宏觀文化史詩的殿堂，支撐其創作主軸，而楊煉的書寫情狀，亦就此皈依於聶魯達。

楊煉較早的詩作〈自白——給圓明園廢墟〉，正好對照座落在馬楚・比楚高峰上的印加帝國文化。以中國璀璨一時的標誌[9]，用來類比印加遺址，頗為合理。聶魯達稱馬楚・比楚高峰為「你是前人的最後一座城」[10]，圓明園矗立在中國最後一個王朝，象徵舊傳統的最後標的物，楊煉借鑒了聶詩的精神主題，意欲從文明的廢墟上，重拾民族的精神與尊嚴。這應該是「中國手稿」的起點[11]，是一次重要的開始。

〈自白〉從第一節〈誕生〉，即移植了聶詩的語感與手法。於是，我們讀到敘述者（楊煉）走向岩石，試圖從荒圮中尋找生命的出口：

---

[9] 曾被譽為「萬園之園」的圓明園，見證了大清王朝盛極而衰的命運，歷經咸豐時期英法聯軍的摧毀，僅留下斷垣殘壁。

[10] 聶魯達著，蔡其矯、林一安譯〈馬楚・比楚高峰〉，收入趙振江主編《聶魯達集》（廣州：花城，2008），頁 35。（按：雖然聶魯達詩譯本眾多，但因為傳抄本採以蔡其矯譯介版本，透過邱景華的紀錄，以及陳大為的考證，楊煉讀過蔡其矯的譯本的這件事實，有極高的可信度，故本文亦以此版本為比較參照的對象，俾便於還原閱讀語境。）

[11] 楊煉將「中國手稿」定位在「一九八五年至一九八九年、在中國期間的作品」，之前的詩作，楊煉以為是不夠成熟的「史前練筆期」。但依照詩人原初的概念「地理位置」來定義，那麼，〈圓明園〉以及〈大雁塔〉等詩，其實早就具備了「中國手稿」的雛形，故本文亦一併列入討論範圍。

> 讓這片默默無言的石頭
> 為我的出生作證
>
> ·················
>
> 動盪的霧中
> 尋找我的眼睛
>
> ·················
>
> 我來到廢墟上
> 這唯一照耀過我的希望[12]

楊煉首先表明身分，是源自土地（石頭）的子孫，隱含著對中國歷史（廢墟）的緬懷。走向廢墟，眼前「存在的」究竟是廢墟或聖地，會是詩人身世的證明與唯一救贖？這種文化尋根的心理，和相似的景致，也曾經現顯在智利詩人聶魯達的〈馬楚·比楚高峰〉：

> 於是我攀登大地的階梯
> 在茫茫無邊的林海中間
> 來到你，馬楚·比楚高峰的面前。
>
> ·················
>
> 一道被臉孔磨得光光的牆壁
> 我那臉上的眼睛看到過的大地的燈光[13]

在找到歷史的塔樓時，瞻仰高處，從個體的死亡漸次感悟新生，皆以一種朝向歷史的虔誠態度，走進聖跡。有相同的出發點，逐步向前，兩個詩人的視角，在面對已傾圮的廢墟，相較於聶魯達為求適應黑暗而尋找光明，楊煉則更激進些，連眼睛都不在了，這般茫（盲）然，

---

[12] 楊煉〈自白──給圓明園廢墟〉，收入姜耕玉選編《20世紀漢語詩選》（上海：上海教育，1999），頁 250-251。

[13] 聶魯達著，蔡其嬌、林一安譯〈馬楚·比楚高峰〉，收入趙振江主編《聶魯達集》（廣州：花城，2008），頁 34-36。

卻只能仰賴曾經存在的、「唯一照耀過我」圓明園賦予希望的力道，這時候的圓明園廢墟，正是詩人對「傳統」的渴慕、以及「繼承大統」的自我期許。

立足在廢墟的深處，這個空間的震撼，賦予聶魯達感悟人類及歷史的命運，遂藉由「手」的動態以及樣貌，呈現強烈的象徵作用：

> 那高舉的手猝然垂落
> 從時間的頂峰到終點
> 你不再是：蜘蛛爪般的手[14]

「蜘蛛爪」像是細瘦的枯骨，奮力向著手心倒摳，從高舉至垂落，以手的速度感呈現時間的節奏，而這個失重的動作，替換了過去「蜘蛛爪」的向心力。從蜘蛛延伸而來的絲與網，是過往的（傳統）物件，既然手的狀態已改變了，也暗示所有的好壞格局，終將成為歷史。

再細讀〈馬楚·比楚高峰〉，「我伸出我的顫抖而溫柔的手／插進地球生殖力最強的部份」，這股粗蠻原始的力量，質樸而毫不遮掩，使得手的動能足以直達地球生殖核心，也暗示（勞動者）人與土地的共生關係。除此之外，聶魯達還賦予「手」幾種詮釋：

> 我溪流般的雙手不能觸到他受傷的屍體
>
> 我卷起帶碘的繃帶，把我的手
> 伸進被殺害者的不幸的悲哀中
>
> 當黏土顏色的手
> 徹底轉變成黏土
>
> 從你們抒發悲哀的深處，把你們的手給我[15]

---

[14] 聶魯達著，蔡其矯、林一安譯〈馬楚·比楚高峰〉，收入趙振江主編：《聶魯達集》（廣州：花城，2008），頁 37。

[15] 聶魯達著，蔡其矯、林一安譯〈馬楚·比楚高峰〉，收入趙振江主編《聶魯達集》（廣州：花城，2008），頁 29-46。然限於篇幅，未能引全詩與「手」相關的詩句，僅節錄幾個片段。

　　「手」的敏感，足以代替心（性靈）的慈悲，在這幾句引文裡，手的取義不定，既能化生為同志情感，和受難者站在同一陣線，感染哀傷的情緒；也能以雙手聚集、拉拔眾人，展示詩人身兼領導者，那股民胞物與的氣魄。所有的勞動者，手與「（黏）土」合一，從生前雙手在土地上的勞動，直至最終回歸於后土，我們彷彿看見忙於手工、交疊穿錯的影子。深入觀察這組意象，既可以發現，聶魯達對「手」的取義有兩類，是生於土地，也是人類的象徵。而詩人不時流露的悲憫與博愛，則又特別的指涉聶魯達所關懷的對象，正是所有在動盪的政治局勢裡受苦的民族同胞們。聶魯達曾表明：「我總想讓人在詩歌中看到這樣的手。我總想創作出一種帶著指紋的詩。……只有人民的詩歌才能保留著手工的痕跡」[16]。透過詩人自白，透露了「手」的書寫策略，在於導入「民族」概念。聶魯達為讀者預設了足以並肩齊行的閱讀身分，詩歌的地位、情感與意識，就不僅是詩人（作者）的，是全體人民共有的，也是專為人民而誕生的。

　　聶魯達的「手語」，在〈馬楚‧比楚高峰〉詩裡出現近二十次，幾乎可以視為此詩的神經中樞。這部位能夠發出無限的話語，超越具體與抽象，替代詩人所有的情緒表達。「手」在聶魯達詩裡的高使用率，對楊煉有一定的啟發：

> 拱門石柱投下陰影
> 投下比燒焦的土地更加黑暗的回憶
> 彷彿垂死的掙扎被固定
> 手臂痙攣地伸向空中
> 彷彿最後一次
> 給歲月留下遺言

---

[16] 聶魯達〈人民的抒情詩‧序〉，收入趙振江、滕威編著《聶魯達畫傳：愛情、詩、革命》（台北：風雲時代，2006），頁314。

> 這遺言
> 變成對我誕生的詛咒[17]

從聶魯達登上高峰的詩節裡，「手」被提升為唯一的發聲體，沒有吶喊、甚至可以說是冷調且沉默的。楊煉則以「手」的最終動作，作為遺囑的代言。重複聶魯達的動作，伸向空中，再以「痙攣」強化血液的僵硬度，這股殘缺的力道，卻有飛蛾撲火的蠻勁（或傻勁），「最後一次／給歲月留下遺言」，正是楊煉英雄凜然氣概的佐證之一。

歷史對於楊煉，是一則可怕的命定詛咒。換言之，楊煉既看作是與生俱來的「詛咒」，該如何突破宿命的形式？楊煉顯然背負了破解咒術、抑或終生承擔果業的職責。

面對歷史與文化的尋根，聶魯達以「人民詩人」的面貌現身，楊煉受到聶魯達的開示，也企圖獨力擔起歷史的十字架。但這個時期的楊煉，看到的是歷史的黑暗面：「蒼老的世紀騙著它的孩子／到處拋下無法辨認的字跡」[18]，傳統是否那麼不可採信呢？詩裡行間，楊煉認識的傳統是充滿頹敗與荒涼的。

身世與歷史的糾結，使得楊煉比聶魯達更有立場、更有理由談論光明，進行責無旁貸的重建義務。

關於「手」，聶魯達的隱喻辭源來自人民，或有情感、或有聲音。楊煉從最早期〈自白〉學習使用，但他並未在詩論裡暢談「手」的意涵或隱喻，而是選擇直接把「手」寫進詩裡去。在〈自白〉一詩，他首先告訴我們：「我在手裡攢緊自己的詩章」，是個較為粗淺的握緊動作，到了稍後發表的〈大雁塔〉，他的手勢則更富深意：

> 伸向我的母親深深摳進泥土的手指[19]

---

[17] 楊煉〈自白──給圓明園廢墟〉，收入姜耕玉選編《20世紀漢語詩選》（上海：上海教育，1999），頁251。

[18] 楊煉〈自白──給圓明園廢墟〉，收入姜耕玉選編《20世紀漢語詩選》（上海：上海教育，1999），頁255。

[19] 楊煉〈大雁塔〉收入老木編選《新詩潮詩集》（北京：北京大學五四文學社，

帶著南美洲的原始氣質，直達自然的內核，這和聶魯達的動作、媒介便是不謀而合了。聶魯達含蓄的「地球、生殖力」隱喻，楊煉則寫下「泥土」，徹底的破題，這類模仿的寫法，〈烏蓬船〉也有近似的文字。

> 我的被可怕的罪惡的河流所吞沒的兄弟們
> 把你們白骨嶙峋的手、皮肉脫落的手遞給我吧
> 把你們插進泥沙的手、不甘腐爛的手遞給我吧
>
> ⋯⋯⋯⋯⋯⋯⋯
>
> 只有這一雙雙痛苦的手緊握在一起
> 才能連接到黑暗大陸的邊緣[20]

同樣表現出詩人的領導者立場，向人群吶喊，並企圖凝聚人我間的團結心，楊煉高分貝的喚喊與聶魯達如此相似，「手」也被置放於民族的圈子裡，其濃烈的同胞情，不僅紓發口氣相似，也有句構的雷同。

或許楊煉發現了「手」的意象有著多元功能，因此染上了這個「詞彙癖」。抽檢他的中後期詩作，依然難以戒除這個喜好。即使到了幾年後辛苦焠鍊出來的重量級詩作《☿》，依然保存「手」的語言。以第一部〈自在者說〉的〈天〉〈風〉為例：

〈天第一〉某隻<u>手</u>解開潛入石頭的風

〈風第二〉活著而永遠被罷黜，如蔓延苔蘚的<u>手</u>

〈風第三〉在第七天，放棄呼號如鬆開冊封萬物之<u>手</u>

〈天第四〉無所顧忌的<u>手插入</u>，整個世界在最高點流去

1985），頁 218。

[20] 楊煉〈烏蓬船〉，收入老木編選《新詩潮詩集》（北京：北京大學五四文學社，1985），頁 298。

〈風第四〉精雕閏月的<u>手</u>，久已奠定太陽之死

〈天第五〉太陽的<u>爪子</u>柔軟有力，走遍四面八方

〈風第五〉昨天扶鸞的<u>手</u>在今天執紼，那<u>些</u>墓誌銘上的文字書寫你們

〈天第六〉人<u>手</u>之上，黑暗正分泌七種顏色

〈天第七〉<u>舉手</u>加冕六月的銅瓦，血洗八月……傳播鼠疫的<u>手</u>，驟然掰碎身體裡一座汞礦

〈風第七〉只剩整個身軀像一種莊嚴的<u>手勢</u>叩問蒼天

〈天第八〉一雙<u>利爪</u>永遠在抓，這光之海

〈風第八〉那靜止不動的<u>手</u>飄如羊角，腐爛為雲[21]

楊煉對「手」的使用度比起聶魯達，毫不遜色，從早期的稚嫩詩作〈自白〉，到後期詩人自認為嘔心瀝血的《￼》，楊煉對「手」的鍾愛，就這麼一直保溫。甚至在〈自在者說〉組詩中，原詩共十六首的篇幅裡，光是援引「手」的意象與動作，就足足出現了十二次，並且分布相當均勻。再參看詩句，就有更多的不謀而合。聶魯達以手融於黏土，表現生命與自然的復歸／重生，楊煉擇以苔蘚蔓延，肢體亦同流於自然。手／爪的外貌、動態樣式，也受到楊煉青睞，鼓譟了暴力的脈動。如何讓「手」無盡的被詮解，聶魯達致力開發數個奇特意涵，讓「手」也能創生／承載歷史，楊煉也復刻出一系列的樣板，以手對應歷史（傳統），「手」便成為詩人視界的主宰（造物者），持有無窮無限的力量。聶魯達對「手」的思考模式，早已嵌進楊煉的創作生涯，並被擴大使用著。

　　「手」似乎成為楊煉表意的護身符，只要出現在詩歌裡，就足夠楊煉發揮與延伸，並且能「安全的」用來詮釋不同組詩的意境與動態。

---

[21] 楊煉《￼》（台北：現代詩社，1994），頁 7-46。（按：本段引文中的底線為論者所加，用以標明楊煉「手」的取義。）

這一路下來，楊煉老老實實的遵循著聶魯達〈馬楚・比楚高峰〉的創作信念，以人為本，視古蹟為遊覽歷史／傳統的線索，並嘗試挖掘（包裹生命血淚的）廣袤大地，這塊人民的勞動區域，承載著種種歷史，讓百感交集的詩人，吟唱的既是頌歌，也是輓歌。無論政治如何改朝換代，在地上的人們，仍以勞動的身軀活著，最後完成血脈的傳遞。

「以地為母」的思想，是〈馬楚・比楚高峰〉的自然精神宗旨，使得聶魯達有拉美「詩的大陸」以及「大地歌王」的美譽。

曾隨著知青群上山下海的楊煉，自然是不會錯過腳下這片山高水闊的古老國度，他以山岩及廣闊的自然圖景，去應和聶魯達。而幾個出現在〈馬楚・比楚高峰〉的自然意象，也受到楊煉的青睞，供奉於他的詩歌信仰中心，且不時的在詩作中展現蹤影。

當聶魯達踏上馬楚・比楚高峰，詩眼所及都是剛性十足的山川意象，動、植物穿梭其間，這些自然意象必須重新組織起來，成為一個可以承載思緒、強化情感的意象系統。

詩人面對山岩，〈馬楚・比楚高峰〉詩文中，陸續出現「隕石─金礦─硫磺─金剛石─砂礫─石英─礦脈─岩石─泥土─燧石─火山」數個從大地與礦岩、土石繁衍而來的詞庫，既出現金屬礦石的冷調，又挾帶火山的炙熱狂暴，看似單調的陸地描述，卻因為不同的土石、冷熱、密度而雕刻出完全異樣的質感。在聶魯達的眼中，除了黑白灰以外，僅選擇性的採納「金色、紅色」，這類近似於礦脈與泥土的色系。南美洲的地形變化多端，礦產足以傲視全球，產自古老的地質結構，由大地而生。聶魯達頗為善用這個國家地理寶藏，檢視他的「地質學詞庫」的使用策略，有時是詩人用來抒情的管道[22]，或用以描述戰爭的氣味[23]；有時則是順應著山峰的地形走勢、用以暗喻光亮

---

22 例：「給我鬥爭，鐵，火山」〈馬楚・比楚高峰〉，《聶魯達集》（廣州：花城，2008），頁 46。

23 例：「像一滴水我飛入硫磺味的和平中間」〈馬楚・比楚高峰〉，《聶魯達集》（廣州：花城，2008），頁 30。

的地理路線[24]，其中，也不乏詩人信筆捻來、難以解讀的文字遊戲[25]，這位愛國詩人熱愛使用的「地質學詞庫」，無論如何折射與延伸，也依然在政治與抒情的主題上，持守詩人的創作理念。

在聶魯達腳踩著的「廢墟」，牽引出從「廢墟」延伸而來的死亡意念，「死神－屍體－骨頭－生靈」的幽冥氣息、以及看待「夜晚」的負面情感、或是將「樹」與人相比附；而在山林間的動物，聶魯達則偏好以鳥類表現，出場的有盤旋等待死亡訊息、伺機而動的「兀鷹」、自在且靈動的「鳥」，南美洲森林幅員遼闊，這些與山脈息息相關的自然物，毫不精雕細琢，而以粗獷質樸的取象，再次告訴我們「愛國詩人」的祖籍，與天地並生的胸懷，最終達到山地冥合。至於計數時間的關鍵字，聶魯達使用了「日晷」為計算工具，以及再三出現的「古老、蒼老」狀態形容詞，或是以「千位數」的宏大數量／體積的描述，作為詩人對歷史年輪的主要感受。

楊煉則將〈馬楚・比楚高峰〉中這幾組詞庫，全部接受，並分別置放在不同的詩作：

> 渴望破碎，像火山在毀滅[26]
>
> 你是聖地，偉大的岩石
> 像一個千年的囚徒[27]
>
> 掠過群山，龐大如鷹
> 一千張嘴曾經是一千處刀口[28]

---

[24] 例：「愛阿，愛阿，直到陡峭的夜晚，從那響亮的安第斯山脈的燧石上降落下來」〈馬楚・比楚高峰〉，《聶魯達集》（廣州：花城，2008），頁38。

[25] 例：「不動的綠松石般的瀑布」、「礦藏的泡沫，石英的月亮」〈馬楚・比楚高峰〉，《聶魯達集》（廣州：花城，2008），頁41。

[26] 楊煉〈石斧・半坡組詩之二〉，收入老木編選《新詩潮詩集》（北京：北京大學五四文學社，1985），頁304。

[27] 楊煉〈朝聖・敦煌組詩之二〉，收入老木編選《新詩潮詩集》（北京：北京大學五四文學社，1985），頁320。

[28] 楊煉〈休眠火山・《人與火》之一〉，收入老木編選《新詩潮詩集》（北京：北

轉瞬之際，我高超群鳥
赤裸硫磺浴的味道[29]

面壁無限，那太初的石英，上千次提升這片星空
無所顧忌的手插入，整個世界在最高點流去[30]

把我的某顆心，攤在日晷上[31]

在這幾段引文裡，大致可以看見和聶魯達相當雷同的幾個關鍵字，「火山」帶來毀滅性的傷害、或是帶來瞬間光亮、爆炸與噴射的節奏，所以聶魯達與楊煉，都使用火山發抒（洩）情感。山岩系統，則可以〈人與火〉組詩為代表，雖然是全詩以自然書寫為主體，其實每一首都置入了山岩構造／歌頌（只是在篇幅上各有差異），但不僅出現在這組詩，在楊煉其餘詩作裡，也不時出現金屬、礦岩、大地類的詞庫，比如後期的《￥》，也提到硫磺、石英。這組意象叢的運用，顯然得到聶魯達「南美洲地質學」的啟發，讓楊煉在特寫自然地理時，如虎添翼。

　　圍繞在山脈間會出現的鳥類，也是楊煉相當喜歡的表意符號，尤其在《￥》，楊煉寫鷹、鳥，也將鳥的形象與上古神話結合，例如精衛、玄鳥的出現，使鳥的東方形象更鮮明。對於數字／年（歲）的描述，楊煉和聶魯達都以「千位數」為基準。楊煉也吸納聶魯達詩中出現的古代計時工具「日晷」，使用這個字眼的好處，在於可以和「太陽」這個自然意象遙遙呼應，所以，這個配備，對於注重自然意象的兩個詩人來說，是一個足以象徵擺盪在文明與原始過渡期的實用字彙。

京大學五四文學社，1985），頁 348。

[29] 楊煉《￥》（台北：現代詩社，1994），頁 15。

[30] 楊煉《￥》（台北：現代詩社，1994），頁 23。（按：楊煉引用聶魯達的關鍵詞，使用次數其實是相當頻繁的，無論金屬類色澤、或是山岩詞庫、自然意象〔太陽、黑夜、鳥、鷹等等〕，其習慣或是用語皆來自聶魯達，可與上一段論者引述聶魯達的部分，互相參照。以上引文，因囿於篇幅，故無法一一列舉楊煉的雷同詩句。）

[31] 楊煉《￥》（台北：現代詩社，1994），頁 7。

針對聶魯達意象系統的使用狀態，羅伯特・普瑞－密爾（Robert Duguid Forrest Pring-Mill）在〈馬楚・比楚高峰〉詩集的〈前言〉，提出這樣的見解：

> 不同的組成成分被他編織進一個整體的、複雜的結構中。其中，他賦予他主要的主題和意象在整個範圍內意義的重複：大地和海洋，天空；充滿生命力的循環的四季和重獲生機的自然；作為人類形象的樹木；穀物和麵包，兩性間的愛；不可抗拒的死亡⋯⋯。[32]

這是理解聶魯達寫作特色的一個整理，藉由意象的編織與排序，組合為新的詩歌地圖，讓讀者必須穿梭在零碎的意象間，尋找／拼湊詩人的意圖脈絡，意象的組成，形成有機的結構體。從意象衍生而來的一個問題是，除了頗為普遍的對比手法，例如「黑夜與光明」，這類反向、相對的基礎級技藝，復次，便是聶魯達被視為介於現代主義／超現實主義間，最為獨特的語法句構排列。

聶魯達善用意象的跳躍，讓詩歌的詮釋畫面即刻便顯得陌生。在〈馬楚・比楚高峰〉第九節，聶魯達彷如夢囈似的語言，以毫無邏輯的排序方式，合成以下組句：

> 如星的鷹，霧中的葡萄園。
> 坍毀的稜堡，模糊的彎刀。
> 星的腰帶，莊嚴的麵包。
> 奔流的階梯，無垠的眼瞼。
> 三角形的長袍，石頭的花粉。
> 花崗石的燈，石頭的麵包。
> 礦物的蛇，石頭的玫瑰花。[33]

---

[32] Robert Duguid Forrest Pring-Mill, *Alturas de Macchu Picchu*（New York: Farrar, Straus & Giroux,1967），pp. 7-19。轉引自：趙振江主編：《聶魯達集》，頁 345。

[33] 引文節選自第九節。聶魯達著，蔡其矯、林一安譯〈馬楚・比楚高峰〉，收入趙振江主編《聶魯達集》（廣州：花城，2008），頁 40。

這幾組句子，完全解構了對現實世界的認知，以現實物象為寫作素材，再從現實走向超現實。第九節的每一行，皆由形容詞與名詞組裝而成，檢索全詩，也就只有第九行以如此特出的筆法，獨立於〈馬楚‧比楚高峰〉。其中涵藏八十幾個意象，經由聶魯達刻意的剪裁，達到拼貼的效果，當然，也形成讀者解讀的障礙，句與句間斷裂了，名詞與形容詞的組裝難以契合，讀者難從句裡行間得到意象的線索，可以說，這套詩人的文字遊戲，讀者幾乎是沒有閱讀脈絡可尋的。

　　身為〈馬楚‧比楚高峰〉狂熱份子的楊煉，從《禮魂》開始，逐步引進這般抽象寫法：

> 穴居的夜
> 白骨和隕石
> 青苔氾濫
> 我，一顆無法孵化的心獨自醒來
>
> ⋯⋯⋯⋯⋯⋯⋯⋯⋯
>
> 善良，是千萬年後鋒利的一擊
> 把豹子殺死[34]

「鋒利的一擊／把豹子殺死」，回到人類本能的狩獵行為，「豹子」是行走於山林間的凶狠動物，迅速矯健，這是先民與生存的搏鬥，死生一瞬，殘暴與速度的語感超越了聶魯達，甚至，楊煉比聶魯達更貼近南美洲的原始野勁，這是楊煉內心尚未開化的一個野蠻之地，像是處在莽林裡豪飲獸血、大口吃肉的漢子，聶魯達的民族／山岩書寫，啟發了楊煉的內在野性，彷彿生在南美洲安地斯山脈，進行著瑪雅文明時期的生存激鬥。關於文字技法的處理，《禮魂》時期，楊煉已經開始模擬聶魯達的虛實倒換技巧，刻意拉大與讀者的間距。「豹子」、「善良」、「千萬年後⋯」諸意象法碼相當突兀的鑲嵌在句子中，這些（幾乎）全然不相干的組件，並不好解讀，再觀照詩脈，我們可以發現，

---

[34] 楊煉〈石斧‧半坡組詩之二〉，收入老木編選《新詩潮詩集》，頁303。

楊煉留下數個明顯標的物，從神話人物盤古和大禹登場，以及詩題「石斧、半坡組詩」，讀者仍能藉由瞎子摸象的方式，多少推測到詩人預設的寫作立場，約莫是關注上古時期的先民，綜觀全詩，敘事輪廓是模糊隱微而有序的。

到後期《❦》，玩弄解構的技法出現的次數著實頻繁許多：

> 鳥　動詞　泥土　名詞　花　形容詞
>
> 水　副詞　石頭和星空　疑問詞[35]

這套「排列組合」寫法，就很類似聶魯達，楊煉也將現實物件與詞類配套。使用了這種由語詞堆疊而來的次／秩序，同時，也保留聶魯達式的「不對稱」語感，「水」和「副詞」、「石頭和星空」與「疑問詞」之間，跳躍的字面不相對稱，形成詩歌的抽象與空白。

從《禮魂》時期延伸而來的抽象語境，在《❦》則更強化這項特質的趨勢，收束更多繁複與斷裂的意象詞彙，表現詩人凝練筆調下的緊密度：

> 「現在，貪婪就是死亡」
>
> 瘋了嗎　落日仍在遠處午後脈搏一片騷動
>
> 金色深邃不變
>
> 沿樹梢而上血融於水　瘋　瘋
>
> 被太陽迷住了　那奪目的黑暗
>
> ⋯⋯⋯⋯⋯⋯
>
> 瘋　瘋是神　死於祭祀[36]

針對這幾個意象，引文第一、二行間，就已經斷裂了，「落日仍在遠處午後脈搏一片騷動」裡蘊含的訊息密度比聶魯達更加擁擠，整首詩讀下來，只看到大量堆疊的字詞以及重重難解的閱讀障礙，文脈亦難

---

[35] 楊煉〈澤第七〉，《❦》（台北：現代詩社，1994），頁131。

[36] 楊煉〈山第二〉，《❦》（台北：現代詩社，1994），頁65。

再給予讀者更多的辨識與導引。在詩歌釋義上，我們並不能完全理解：這幾個意象傳達的詩境訊息是什麼？「瘋」所指涉的主體究竟是何方神聖？楊煉自陳，這篇詩文描述的對象是追日的夸父，然而，以上這數行文字，如果不是作者告示，是否能聯想到正確的謎底呢？我們只能隱晦的看見這個主角似乎對太陽癡狂，然而在西洋神話裡，也有個與太陽相關的故事，民間少女 Clytie，因為迷戀著太陽神 Apollo，所以最後化成了向日葵花。換言之，如果楊煉沒有向讀者宣告詩歌主角，必然引發讀者猜測、揣摩中／西神話的模型，那麼，這首詩必將曝出更多尚待被詮釋的隙縫；或者，我們假定，楊煉原先就打算成為「撰寫第九節聶魯達」的化身，其含糊讀者視聽的詩文並未先行預設一個提供讀者理解的立場，那麼，楊煉又何必寫出後記，為詩作註呢？

〈石斧〉通過少少的圖象碎片，可以含糊理解詩人談上古、談先民、也有神話人物為代表，離不開自然與神、人的關係，這幾句令人發想的組合，如同〈馬楚·比楚高峰〉第九節，大量操弄文字符號，不但文字的表面未必有關連，層層疊疊的組湊，雖然奇特，但過度晦澀，楊煉在一個句子裡，聚合過多意義，滿溢大量、跳躍的意象，使得詩歌意義被輻射了，密度過大造就無法聚焦的問題，宛如一座詩人兜不出圈子，讀者也隨之迷途的「語言迷宮」。《禮魂》尚且能按圖索驥找到楊煉的中心思想，《￥》以龐雜的古文化想像陳示出抽象玄奧的格局，引用的物象紛紜，卻顯得空曠。

聶魯達的經營模式，在扣除第九節獨立成套的語法句構以外，其餘各段落、章節仍有重複或可供人綴合／猜測的線索，所以有他的「意象系統」、「山岩詞庫」一套「聶魯達話語」，而《￥》則不然，楊煉企圖要釋放極大的語言能量，然而，即便楊煉在書後記提出創作理念，然而，對於《￥》，若抱持讀詩、便能解謎的態度，即便參照謎腳（書後記），要在詩歌的字裡行間希冀得到更立體、更清晰的訊息，恐怕是相當困難的。

楊煉在語感的仿效方面，句式的排比，其中的雷同度，也是值得關注的。聶魯達常常使用排比法，不僅用在為人民打氣與吶喊時，在加強語氣時，也喜歡製造出這類規律的句式：

> 你們不會從岩石底層回來。
> 你們不會從地下的時間回來。
> 你們的粗硬的聲音不會回來。
> 你們雕鑿的牙齒不會回來。

楊煉則是從〈自白〉到〈諾日朗〉這段期間，也經常出現這樣刻意規律的排比句式，甚至，不乏和聶魯達相似的意境：

> 他們從遙遠的戰爭裡回來了
> 他們從狩獵的血腥角逐裡回來了
> 他們從田野和獨木舟裡回來了[37]

同樣以文明遺址為題材，聶魯達與楊煉抓住先民與土地的連結，「回來／不會回來」的祖靈動態，造就出一個幽靈和現世並存的時空，也暗示世人，當下便成歷史，時間永遠是往前走著的，關於人類的任何舉措，最終只是歷史上的一個片段，被記憶在人文傳統裡，形成所謂的進化。兩個詩人，對於歷史與傳統的關心度，認知相同，所以聶魯達的呼喊，與楊煉的緬懷先民，都帶有民族情感的追思，以及對人類生命的疼惜。

聶魯達藉由〈馬楚‧比楚高峰〉追思歷史，賦予新生的認知，透視民族千年來的輝煌過往，告訴我們詩人時時刻刻都立足在現實基礎上，以理想主義者的視角，喚醒民族性，那般兄弟相親相依的血脈情感：

> 採食人胡安，雷電的兒子，
> 冷食者胡安，綠星的兒子

---

[37] 楊煉〈穹盧‧半坡組詩之四〉，收入老木編選《新詩潮詩集》（北京：北京大學五四文學社，1985），頁 312。

> 光腳的胡安，綠松石的兒子，
>
> 起來同我一道生長吧，兄弟。
>
> ﹍﹍﹍﹍﹍﹍﹍﹍
>
> 憑借我的血管和我的嘴。
>
> 通過我的語言和我的血說話。[38]

聶魯達詩作中，既突出詩歌的戰鬥性，也呈顯知識份子主動承攬家國意識的英雄氣慨。其中再三重複呼喊的「胡安」，是西班牙文常見的男人名，此處的「胡安」用作同志手足的象徵，以「語言／血」兩類承擔民族歷史的媒介物件，聶魯達化為人民代言者的身分作為全詩結尾，彷似最終人民也會以實際行動呼應聶魯達，發出勇敢的歌唱與磅礴的怒吼聲。

　　詩人的家國與文化責任感，同樣也現跡在楊煉的早期詩作，對照他的寫作心得，這正是「中國手稿」時期的「生存感受」，或者，也可以說是組成他「詩學特徵」的一個重要精神零件，著眼於民族、文化、歷史，有著一份對光明的期許，以及自詡為精英的身分：

> 我的兄弟們呵，讓代表死亡的沉默永久消失吧
>
> 像覆蓋大地的雪──我的歌聲
>
> 將和排成「人」字的大雁並肩飛回
>
> 和所有的人一起，走向光明
>
> 我將托起孩子們
>
> 高高地、高高地、在太陽上歡笑[39]

楊煉借用聶魯達的精神，試圖團聚民族的向心力，以詩歌對應時代，反抗文革的苦難及暴政，同聶魯達，控訴政治，從歷史的尋根活動、到建立起個人與國族文化的歸屬感，逐步朝向文化詩學的深耕。而其

---

[38] 聶魯達著，蔡其矯、林一安譯〈馬楚‧比楚高峰〉，收入趙振江主編《聶魯達集》（廣州：花城，2008），頁 44-46。

[39] 楊煉〈大雁塔〉，收入老木編選《新詩潮詩集》（北京：北京大學五四文學社，1985），頁 291。

中抽象的語言與感覺、意象和語法結構、以及家國與文化主題，楊煉都確實履行聶魯達的腳程。

聶魯達後期詩作《元素的頌歌》，則回到物的原初本質，陸續以生活事物為題，用樸質的語言獻頌，分享予智利人民；後期的楊煉，同樣以本質為思考出發點，《￼》以自然界與八卦物象為主題，或許源自詩人寫作歲月的經驗沉澱，造就出如斯巧合的精神面向。

還有一點值得玩味的巧合是詩歌文體的構成，〈馬楚‧比楚高峰〉「全詩十二章，正好與馬丘比丘的十二個字母（詩人將 Machu Picchu 寫成 Macchu Picchu）、白天的十二小時，一年的十二個月相吻合」[40]，楊煉也選擇取象於自然事物的八卦《易經》為《￼》的創作基底，並依照詩人的認知，將八卦分別編排為八組詩，我們不能斷言楊煉在這部份一定受到聶魯達影響，但至少二位詩人不約而同、都以自我的認知，重構／排序出一套詩歌系統，雖然並不合乎正確性，也不失為一種創意的呈現。翻閱楊煉，自一九七七年寫下的〈自白〉，至一九八九完成的《￼》，這十二年的創作，任選一詩，皆可得見其中幾個「〈馬楚‧比楚高峰〉」關鍵詞，最終，臨摹出一個中國形象的〈馬楚‧比楚高峰〉，〈馬楚‧比楚高峰〉儼然形成一寫作程式。

作為一介能站在時代前線的詩人，如果只有摹本詩作，是不太容易得到詩歌史推崇的。

從楊煉的第一首民族文化組詩〈自白〉及其後的幾首〈大雁塔〉、〈烏蓬船〉、〈海邊的孩子〉、《荒魂》詩集等詩作，除了凝聚民族的共識，楊煉還比聶魯達多出一份更珍貴的人文精神──傳承的渴望：

> 也許，我就應當這樣
> 給孩子們
> 講講故事[41]

---

[40] 趙振江、滕威編著《聶魯達畫傳：愛情、詩、革命》（台北：風雲時代，2006），頁 286。

[41] 楊煉〈大雁塔〉，收入老木編選《新詩潮詩集》（北京：北京大學五四文學社，

楊煉借用「大雁塔」的口來言語，這裡的「故事」也就是大雁塔所目擊／經歷到的歷史，大雁塔客觀物的形象，仿似沒有任何權力話語的介入，在地表上拔尖的高度，像是擁有了超脫眾人的視線與格局。「給孩子們／講講故事」告訴我們，詩人對歷史的積極肯定，是他對於失掉傳統的「根」的反省，所以，當他有能力，就更應該義無反顧的擔起民族共業，完成為「歷史」接軌的任務。

他也以歸家的殷切情感，道出青年詩人的赤忱：

> 划回去吧！划回去吧
> 沙灘上的孩子們在等待我
> 划回去吧！划回去吧
> 閃閃爍爍的油燈在等待我
> 渴望撫愛和安慰的眼睛
> 正朝這濃密的黑暗中張望[42]

從楊煉的迫切裡，可以感覺到他對於「傳承」，是一種近乎於信仰的投入態度。〈烏蓬船〉的年幼兒童形象是稚嫩的，尚且需要成人的關懷與扶持，如同〈大雁塔〉詩中甫出場的孩子們一般，還牽著母親的手，兒童族群的思想或許都還未具雛形，所以楊煉更期待能交出傳接繼承的文化責任，使下一代能正視歷史與傳統的力量，那麼，弭平時代所造成的文化缺陷，便後繼有人了。這份傳承的力量感，隸屬於中國傳統思維系統，也是最根本的生生源泉。這也是楊煉企圖突破的宿命，藉由使命的交替，楊煉以屈原為標榜，並將希望寄託在「孩子們」身上，企圖打通中國的詩歌血脈，並貫串／疏通歷史的發展，讓那個「智性」巨大空白的文革時期，得以再度與傳統接軌。

與歷史文化斷裂的時代，也是楊煉在面對民族之際感到的「誕生的詛咒」，也是〈大雁塔〉視角的高度，必然衍生的孤獨後遺症。所

1985），頁 283。

[42] 楊煉〈烏蓬船〉，收入老木編選《新詩潮詩集》（北京：北京大學五四文學社，1985），頁 295。

以，楊煉只能使出當仁不讓的英雄氣魄，以一夫當關的姿態，走進昨日文革階段被打壓，今日時人已冷感的陳舊歷史城牆之內，並且，獨自沉浸於古蹟與傳統都歷經滄桑的歲月裡。楊煉在中國手稿階段，打造了一個私己的古典桃花源，戀棧其中，久久不去。

楊煉從聶魯達的靈魂裡，由詩的誤讀（misprision）逐步認識自己，發掘潛藏的熱血與野性，寫了不少詩論的楊煉，在眾多詩論裡，卻僅在其中一篇〈詩，自我懷疑的形式〉，以一句話的篇幅，提及聶魯達的意象與句構形成的英雄幻覺[43]。然而，在詩作裡，片段與詞庫，以及謳歌、控訴的等等書寫策略，無論是前期的創作主軸，從時間流轉，向新生的一代揭示出傳統的新義，抑或是楊煉創作歷程的總體表現，我們總能持續發現聶魯達的影子，感應他對前驅詩人的吸收，直至後期聶魯達的南美氣息，仍然不時的顯靈於楊煉詩歌。所幸楊煉在承繼聶魯達之餘，總還有能夠與中國文化相調適後而領悟出的傳承精神，適應時代的需要，讓楊煉能夠站在新時期，領導著文化尋根的隊伍前進，保有「開新」的先進地位。

楊煉不太談的聶魯達，反而是楊煉的信仰中心。在朝聖之旅的路途上，二人共同返回古老而寧靜的秩序。

第二節　現代詩哲[44]的養成：艾略特與楊煉的鍛造期

楊煉受到當代文學史家們最為關注的，便是詩歌裡的歷史片段與哲理氣質，營造這股哲思氛圍的，除了詩歌本身，再來便是楊煉一篇篇的詩論了。朦朧詩人當中，楊煉是最熱衷於詩論創作的一位，他的詩論涵蓋了創作歷程的解析、詩歌的理念與抱負的陳述，甚至企圖建

---

[43] 「簡單的語言意識、幼稚的感情層次，滲透洛爾伽、艾呂亞、聶魯達式的意象和句子的英雄幻覺」。楊煉〈詩，自我懷疑的形式〉《楊煉、友友個人文學網站》（http://www.yanglian.net/yanglian/produce.html）。

[44] 此處「詩哲」之意，主要針對楊煉與艾略特之間的哲理／存在思考而定名，便於區別／強調楊煉風格的轉變。「現代」一詞，則是闡述二人的文學屬性。

構一套獨家的詩歌美學。楊煉的詩論，有些時候也可視為詩作的一種「註腳」。更值得注意的是，那些談論詩歌的話語，其中暴露了的詩人的創作心態，以及他為讀者／論者預設的詮釋策略，這也就形成「楊煉—讀者－作品」之間的一道連接的橋樑。

　　楊煉最早的詩論〈傳統與我們〉寫在一九八三年，這個時期，楊煉的詩作《禮魂》等文化民族組詩，起了改變，逐漸脫離前期直抒胸臆、懷抱家國赤忱的浪漫風格，到了後期的《𫟃》，除了還保存中國圖景的片段語彙外，作者的情感幾近隱蔽。隨著楊煉人生際遇的轉換，詩論篇幅也漸次拉長了，層層疊疊的篇數累積，彷彿在暗示：詩人對自我的思考從不曾停止，在既有的文字過往，進行著「追加」的工夫。是什麼動機，引發楊煉開始寫作詩論？在一九八二年後的楊煉，在創作手法與意象經營方面，如何逐步脫去〈馬楚‧比楚高峰〉式風格的陰影，偏離創作準則，在「中國手稿」期間，轉向不同的寫作路線？

　　對這個問題的考證，首先得回溯到文革時期地下文學的閱讀風尚，「那一代的精神食糧」提供後來的朦朧詩人不少西方養分，其中，被英、美兩國文壇爭相承認的現代主義大師艾略特（T. S. Eliot, 1888-1965），其詩作《荒原》以及文論集《托‧史‧艾略特論文選》都是當時地下傳閱書目[45]。至一九八〇年，中國首位《荒原》譯者趙蘿蕤[46]，再次修訂譯本，並發表對艾略特的藝術評價，同年，趙譯版《荒原》被袁可嘉等人收錄至《外國現代派作品選》出版[47]，

---

[45]　廖亦武主編《沉淪的聖殿——中國 20 世紀 70 年代地下詩歌遺照》，（烏魯木齊：新疆少年，1999）頁 6。

[46]　根據劉燕整理，艾略特的〈傳統與個人才能〉譯文，自一九三四至一九八〇年間，中國共有四種版本，譯者與出版年分別為：趙蘿蕤、一九三四年；曹葆華、一九三七年；靈風版、一九三七年；曹庸、一九八〇年。《荒原》由趙蘿蕤首先譯於一九三四年，直到一九八〇年，趙先生於《外國文藝》三期，發表修訂後的譯本，及兩千餘字的前言（兼及評論），中國迅速的炒起艾略特熱，一九八三年後，《荒原》譯本竟高達六種之多，這在中國是頗為罕見的現象。詳參劉燕《現代批評之始：T. S 艾略特詩學研究》（桂林：廣西師範大學，2005），頁 204-206。

[47]　詳參張大明《中國象徵主義百年史》（開封：河南大學，2007），頁 406-412。

使得現代主義的思潮就像及時雨，解了文化荒原的渴[48]。隨著艾略特譯本與文學理論陸續出爐，自一九八三年以降，中國眾學者們先後發表多篇對《荒原》的評析，大半集中在解讀內容及技藝評析，不但有文本內部分析、各種詮釋境界以及詩句節奏的遞換，艾略特的寫作背景與《荒原》的鏈結，也得到了關注。其中，艾略特最為突出的旁徵博引手法，得到了中國詩評家的肯定，也以社會學、神話原型等理論理解與詮釋《荒原》。八○年代這波艾略特熱，引領天下風潮，並延續了十餘年。

楊煉自然也沒錯過這場生機蓬勃的饗宴，他也深受艾略特在文論裡對創作的抱負與理想的感染[49]，一手寫詩、一手論詩的艾略特，讓楊煉領受到此般融文學於生命的精神感召，遂以創作與論述兼具的寫手身分，現身於詩壇。

楊煉的創作生涯初始至《禮魂》，算算也有近六年的詩齡了，時代氛圍亦不復文革時期的波濤洶湧，當年曾經帶領著整個民族、發出憤怒、憐憫與團結的狂吼之聲，似乎也該在「重建與反省」的新時期，得到安息。楊煉的年歲伴隨視野幅度的增廣，在早先開疆拓土的時期，已經藉由聶魯達的詩魂再現，展現過個人的才氣，但該如何持續深耕、往更深邃的詩歌岩層探掘，考驗著楊煉。從才氣到智慧，是兩種不同程度的自我進化過程，才氣可以讓詩人的語言技藝迅速攀升到一個很高的層次，智慧則是一把讓詩歌的思想與題旨得以深化，變得更慎密，更富有詮釋潛力的鑰匙。有些詩人甚至視之為永恆的真理，接近真理、到達真理，這是有野心的詩人，必然的創作嚮往。

---

[48] 詳參董洪川〈中國當代 T. S. 艾略特研究：現狀與走勢〉，《當代外國文學》2005年第 1 期，頁 149-156。關於艾略特在中國的傳播與譯介，可參董洪川的數篇論文，其中論述與資料整理頗為詳盡。

[49] 「他對西方現當代的詩歌和理論，有著廣泛的知識和興趣，曾與人合譯了艾略特的〈四個四重奏〉……」陳信元〈大陸新詩潮與西方現代主義〉，《中國現代文學》第十期（2006. 12），頁 40。

　　艾略特詩歌的哲學氣質、處處等待詮釋的空白，對於沉溺於美學思考、或在文學裡追尋真理的狂熱份子來說，特別具有吸引力和震懾性。此外，流著北美現代主義都市文明社會講究嚴謹、規律的文化血脈、「學院派」的身分、以及廣博多元的「用典」藝術手法，對於中國文革前後受限於政治，導致教育中斷、渴望著被智識聖水灌頂的族群而言，無論艾略特的出身背景／創作意涵，莫不令人嚮往。懷抱著崇拜態度，進而模仿的書寫行為，就「實習」階段、詩藝和思想還不夠爐火純青的作家，無疑能夠更快些靠近「智性」與「博學」的那一端。艾略特擅用的蒙太奇剪接、互文的寫作手法，對於接觸過聶魯達超現實主義的楊煉來說，並不陌生。時代背景在催促著詩人轉型，停下滿懷熱忱的怒吼，這是前沿因素，讓楊煉靠近艾略特的導火線，便是文學的「傳統與尋根」了。

　　早期的楊煉，即師從聶魯達的尋根大業，艾略特的出現，就是尋根旅途上的一個同路人，既有共同目標，自然逐步感染楊煉，將初始創作便關注著歷史文明遺址的楊煉，引領到更「深」的境地。

　　艾略特的經典名作《荒原》，其創作時間約莫是一九一九年至一九二一年間，正值第一次世界大戰後，物質與精神皆歷經重創，生活在（對歷史／信仰幻滅）塵土上的人們，焦灼不安，失望與恐懼的暗流，猛力瓦解了大都會的舊日光輝。於是，民間開始出現質疑上帝存在的聲音，換言之，西方世界長久以來所建立的信仰與價值觀崩塌了，從倫敦、巴黎到美國，都失序了。活在當時的人們，像是被埋在火山灰下的龐貝受難者，復以石膏灌滿身軀，以失卻靈魂的活屍狀態，匍匐於《荒原》年代。

　　針對這個蕭條的灰色城市，艾略特提出宗教救贖為出發路子，宗教是組成西方社會的人文傳統，詩人挺身而出，表達傳統的衰亡及信仰的危機，企圖誘發人類思考。對楊煉來說，文革至新時期這段期間，對傳統文化的大毀壞、政治鬥爭的恐慌，無異於世界戰爭摧殘的傷害度，中國人民同樣也需要反省，或是撫平、填補時代的裂痕，如何淨化這個動亂後的中國，在詩人楊煉眼中，是文革（文化）荒原的首要思考命題。

在楊煉與艾略特的寫作歷程上，創作背景絕對是不容忽視的，艾略特的荒原植基於戰後蕭條的西方世界，楊煉的荒原則發軔於文革後一代人的國族文化空蕪之上，形成了超國境的連結，同樣應運文化空缺的時代而生，兩人既有著緬懷傳統的靈魂、且瞻望著光明未來。這股「新生」的聲音，兩個詩人，隱然具備了「文學烈士／英雄」的領導者身分。

〈死者葬儀〉是《荒原》全詩楔子，後四章節〈對奕〉、〈火誡〉、〈水裡的死亡〉及〈雷霆的話〉則是面對不同層次問題，最終循著宗教作為拯救的唯一依歸，這組長詩的開頭摘錄了一段拉丁文題詞，出自於奧維德《變形記》，女先知西比爾長生不死、卻會年老色衰的故事，由詩歌裡的獨白者的視角發言，勾勒女先知「不死不活」的形象，點出全詩核心主旨，詩裡亦不時出現這類「西比爾式」存活狀態的描述：「我既不是／活的，也未曾死，我什麼都不知道」[50]，「你是活的還是死的？你的腦子裡竟什麼也沒有？」[51]，「他當時是活著的現在是死了／我們曾經是活著的現在也快要死了」[52]等句，並頻繁的徵引了許多典故，種種生或死的狀態紛陳，艾略特始終扣緊了「不生不死、即生即死、死不如生、死即是生」[53]的話題。

這些典故，正揭示著生命存亡的主題。生死意識，不但是個人與自然間的命定輪迴，同時也象徵戰後的西方社會，靈性飢渴、內心掙扎，人類與現實世界的命造；既有形上的追索，同時也是現世具體的觀察，如同神諭一般，告知與暗示人類／文明精神的走向。

---

[50] 艾略特著，趙蘿蕤譯《荒原》，收入《中國翻譯名家自選集‧趙蘿蕤卷》（北京：中國工人，1995），頁3。（按：本文採用趙蘿蕤版本，首要考量在於趙蘿蕤譯本在中國出版時間最早，並且，新時期間雖如雨後春筍般，有許多《荒原》譯本面市，都晚於趙蘿蕤譯本的再版之後。尤其趙譯本「再版」的時間，正是楊煉在中國寫作的巔峰期，故本文認為趙譯本最能夠契合當時的時代語境。）

[51] 艾略特著，趙蘿蕤譯《荒原》，收入《中國翻譯名家自選集‧趙蘿蕤卷》（北京：中國工人，1995），頁6。

[52] 艾略特著，趙蘿蕤譯《荒原》，收入《中國翻譯名家自選集‧趙蘿蕤卷》（北京：中國工人，1995），頁14-15。。

[53] 曾艷兵《西方現代主義文學概論》（北京：北京大學，2006），頁52。

　　《荒原》的寫作策略，正是讓典故與典故環環相扣，藉由看似殊相各異的典故，凝聚成一個共同的意識。而連貫數個典故的基底，是由「聖杯」與「漁王」二則傳說組成。艾略特鑿通兩個神話故事，形成一組結構模式，同時也帶出《荒原》的標題：失去生育能力的漁王治理一片乾旱的土地，當漁王痊癒後，土地才能脫離詛咒，這時，必須要有一個騎士能夠通過層層關卡，歷經險途，得到聖杯的解答，那麼，漁王及旱地才能得救。艾略特並沒有直接描述，僅擷取聖杯與漁王的意象，用作全詩主幹，看待現世既茫然又焦灼。《荒原》終章，出場的漁王垂釣著、懷抱著迷惘的提問，但猶然守護著不滅的希望，四季終會流轉、塌毀賦予重生，誠如最後引自《奧義書》的祝願詩句「Shantih shantih shantih」，皈依宗教、根據神諭而行，便會得到救贖，現世的所有毀滅正是為了開啟新的輪迴。

　　《荒原》以典故包裝主題、呈顯出嚴謹的技藝演出，楊煉在《禮魂》以後的寫作，漸次仿效起這套手法，拼貼典故與經籍，艾略特對傳統、過去與未來有著感嘆，楊煉〈神話・半坡組詩之一〉也發出頗為相似的思忖：

> 祖先的夕陽
> 一聲憤怒擊碎了萬年青的綠意
>
> ………………
>
> 從另一種現實中，石頭
> 登上峭崖，復原了自己的面孔
>
> ………………
>
> 我在萬年青一樣層層疊疊的歲月中期待著
> 眼睛從未離開沉入波濤的祖先的夕陽
> 又一次夢見那片蔚藍正從手上徐徐升起[54]

---

[54] 楊煉《禮魂》〈神話・半坡組詩之一〉，收入老木編選《新詩潮詩集》（北京：

精神主題的處理方式，二人皆先描述失措的情景揭示無序的世界，終以展望未來的語氣，懇切的相信光明終將降臨荒原之上，從現實的倉皇移轉到理想中的安定想像，中間的過程「復原了自己的面孔」，告訴讀者，國族或是時代或許擁有某種不可言說的自癒能力，只要「眼睛從未離開」的專注其間，終會生出一片「蔚藍」，走出「憤怒、擊碎」的文革荒原，建構起屬於中國民族未來的美好可能。

此中，楊煉亦夾帶了典故：

> 而把太陽追趕得無處藏身的勇士
> 被風暴般的慾望折斷了雄渾的背影
> 震顫著寂寞大海的鳥兒
> 注定填不滿自己淺淺的靈魂
> 第九顆烈日掙扎死去
> 弓弦和痛苦，卻徒然鳴響
> 一個女人只能清冷地奔向月亮
>
> ．．．．．．．．．．．．．．．．．
>
> 六條龍倒在腳下，懷抱一座深淵
> 這石頭，以原始的強勁，悠悠書寫
> 最古老的種族蔓延成一片高原[55]

〈射日弓〉與〈桂娥〉的典故，只要是黃土地上的中國子民，沒有不熟稔的。《楚辭‧天問》記載了射日角色的登場：「羿焉彃日？烏焉解羽」，在彙集諸多上古神話的《淮南子》，則更為詳細的敘述后羿的功業與背景、以及嫦娥得仙奔月成月精的兩段因緣[56]。在典故的應用上，〈神話〉裡登場的不僅兩則神話故事，也引用了同樣出自

北京大學五四文學社，1985），頁 300-302。

[55] 楊煉《禮魂》〈神話‧半坡組詩之一〉，收入老木編選《新詩潮詩集》（北京：北京大學五四文學社，1985），頁 300-301。

[56] 原典部分引自《淮南子》：〈射日弓〉出自《淮南子（卷八）‧本經》；〈桂娥〉〈神媧妙手〉皆出自《淮南子（卷六）‧覽冥》。

《淮南子》女媧補天、以及《山海經》的夸父追日、精衛填海。後期《人》的書寫,按照詩人自己的註解,〈自在者說〉分別引用了《山海經》羲和御六龍而載日、莊子、達摩等典故,〈與死亡對稱〉則引用《詩經》、《史記》、《楚辭》等詩文作品。鋪陳出歷史人物、神話角色的詩歌主題,讓看似不相關的引文╱典故環環相扣,擬構出典籍間的共識,最終,這些打從歷史、神話走出來的主角整合成一個獨具意義的章節,我們好似能看見艾略特筆下運作的「漁王」和「聖杯」的塑形模式。

艾略特使用的敘述方式,在以大量的、繁複的用典,企圖跨越時空的向度,重組歷史景象,陳列數種歷史(神話、古典文學)人物並置於同一場域。詩歌的鏡頭快速跳躍,製造一幕幕無法接續的衝突景象,多種文本混雜其中,艾略特靈巧的進行穿針引線的改寫,形成「文本互涉」的「互文性」[57]概念。之所以能夠支撐起如此龐大典故資料庫,其實是源於艾略特的學程背景,出身在神學氣息濃厚的家庭、曾在哈佛大學修習哲學和英法文學學位的艾略特,同時通曉法、德、拉丁、希臘語言,所以擁有如此廣泛的古典文學基礎。乍看之下,用典導致詩歌晦澀難解,在綴合典故的片段後,這些看似散枝亂葉的思想片段,卻能凝聚成全詩的唯一精神主題,避免了「吊書袋」的賣弄學識、用典氾濫的學術評價。

曾經是知青身份,中學教育中斷的詩人楊煉,從《禮魂》到《人》的作風,從「用典」這「一系列的舉措」上,就很難不令人聯想起《荒原》曾在中國發生過的諸多影響效應。

艾略特、楊煉二人的用典構思相近,在技巧上,仍是有些區別的:艾略特的用典,常常是僅摘引一小句話(歌詞、台詞),必須相當謹慎去拼湊這些細瑣碎片,也得回到原典參看上下文,始能解譯全文結構;楊煉的用典則是一整塊故事拼圖,一首詩就是一則神話、一個典故濃縮於一行詩,也沒有龐大的、或過度冷僻的典故群組提供參引。

---

[57] 王家新《為鳳凰找尋棲所》(北京:北京大學,2008),頁 146-147。

如何處理這些典故，許是因襲學術慣性，所以艾略特將典故加註，明白的交代出處，不僅留下線索，甚至直接給予讀者「謎腳」，直接告訴讀者「漁王」和「聖杯」，其出處與寫作動機來自《金枝》和《從祭儀到神話》兩本文化人類學的書籍裡[58]。

楊煉似乎也注意到艾略特的寫作癖習，在〈神話〉最後，楊煉為詩裡出現得頗為突兀的「母親的雕像」，加了一行注釋「注：西安半坡遺址前有一座母親的雕像。我想：那也許是女媧」，減免了讀者揣想的空隙。將「用典」加註的手法，不僅出現在〈神話〉一節裡，〈石斧‧半坡組詩之二〉也清楚的附上引語來源。《ㄓ》詩集內含共十六頁的〈後記〉，以及首頁的〈總注〉，與其說是創作心得，不如說是詩人對《ㄓ》的說明與注釋，並且，《ㄓ》的語言頗為隱晦難讀，楊煉似乎就更期盼能有一個長篇的文字空間，讓他能方便的去闡明、去表白詩集的結構方式，艾略特的註解方式，是有一個專業背景的習慣或考量，而楊煉的撰寫態度，顯然矛盾許多。

試想，詩人自謂《ㄓ》為集大成之作，有別於早前著作，意象設計和詩文內容卻不易理解，既是刻意編列而成的文本結構，何以要置入說明文字暢談他的理念如何鋪陳？這提醒了我們，此般缺乏詩意的說明性文字，解消掉詩集內設計的晦澀概念，是否有可能是楊煉追步艾略特風格的一種表現方法呢？影響理論中的常例是先驅詩人理當成為作家誤讀的範式，楊煉亦同，譬如〈神話〉的註解「我想」一詞，是詩人挾帶主觀（情感）的發抒，《ㄓ》叨絮的「理論文字」只能看作是詩人的創意詮釋，並不能放在學術檯面上，同《易》經傳或八卦思維相提並論，先驅詩人的學術習慣，因為詩人楊煉的誤讀，內化為說明性的理論文字風格。

《荒原》一詩，在用典的特色上，涵括了幾類宗教的概念／典籍。宗教與文化的互生關係，這是研究艾略特的一個重要課題。在楊煉的

---

[58] 這二本書的共通特質在於原始文化、藝術、宗教的研究，將上古先民由自然的、原始的巫術信仰發展而成的思考模式，視為人文精神及文明進程的一個重要階段

詩作，我們也能窺見這道神秘的宣諭，藉由宗教召喚文化的生命與歸宿，猶如儀式般的生命態度。楊煉發現艾略特善用宗教元素，能夠提供詩歌相當大的詮釋空間，形成解讀上的層層關卡，加強人文內涵的深廣界域，是將「哲學」引渡入詩的最簡易法門。因此，較《禮魂》稍後創作的〈西藏〉組詩，就使用了和《荒原》相同的宗教典籍素材，內五首詩皆摘引《奧義書》經義作為開場白；在寫作方式的處理上，就「引語開展主題作出詮釋」的方式，同艾略特引用西方世界最為傳統的拉丁文所摘錄的西比爾典故，是如出一轍的。

　　以〈西藏組詩・天葬〉為例，「天葬」儀式的真諦，在於不執著對肉身的眷戀，藏族的死亡觀，就是一種藝術表現，擺脫了生命的苦集滅道，肉身還付自然，楊煉引了《奧義書》「現在，不管他們替這個人舉行什麼葬禮，他都是走向光明」[59]，〈天葬〉最終的詩句是「從黑暗深處歸來，光，徐徐降臨」[60]，以復返光明作為結束，既呼應開場白，又緊緊扣住全詩旨歸。難免讓人聯想起《荒原》裡，西比爾的出場，由這段題獻詞引出預言／寓言的教義，同時也隱喻了《荒原》的精神主旨。並且，《荒原》漁王角色所要表現的一個關鍵思想，即是如同〈西藏〉這類從現世的廢墟中憑悼往日、最終仰望明日的精神歷程。技法上，楊煉偷天換日，將東方宗教滲入詩歌；在詩作的總體精神上，艾略特以不死不活的狀態質疑「存在」，楊煉從《禮魂》到《♀》不時也發出相似的拷問。可以說，楊煉的確有著深入洞悉、吸收、轉化一首詩的敏銳度，聰明的抓住了艾略特的幾個關鍵特性，從而將創作復刻上「文化人類學」譜系的一脈。

　　「中國手稿」的幾年間，先從早期〈自白〉、〈烏蓬船〉傳承的渴望，轉而深切的投入古典文化，楊煉帶領讀者漸次走進更深的時空隧道，不過，這趟旅程，雖是打著復返傳統的旗號，其實與《荒原》形

---

[59] 楊煉〈天葬〉，收入老木編選《新詩潮詩集》（北京：北京大學五四文學社，1985），頁 372。

[60] 楊煉〈天葬〉，收入老木編選《新詩潮詩集》（北京：北京大學五四文學社，1985），頁 377。

神難以分離；既是楊煉自我的歷史想像空間，也是《荒原》的中國分堂。不僅〈西藏〉或〈半坡〉組詩可以抽檢出《荒原》的質素，在〈禮魂〉後的幾年裡，受到文學史家肯定的數首名作：〈敦煌組詩〉、〈諾日朗〉、〈墓園〉及〈逝者〉等詩，艾略特只寫了一節的〈死者葬儀〉，楊煉卻選擇反覆演繹這個「死亡（傳統）─儀式─新生」的輪迴主題。「死亡」固然是歷代眾詩人熱愛講談的題材，但是，楊煉卻與艾略特作了近似的處理與反思，歷史即涵蓋昔時的輝煌光彩，因為不可往復，故與死亡視為位階相當，死亡於此，可以表徵為個人存在的考量，也可以擴大為對傳統文化的追悼；再者，是詩人身處時代造就的因果與命限，後文革時人必然得正視傳統文化殘缺的問題，新時期的局勢賦予詩人看待未來的新期許，透過儀式召集歷史的靈氣，復甦文化，喚醒／凝聚國族的共同信念，我們可以感應詩人跨越國境所展現的平行視角，這是屬於西方戰後世界與後文革的兩個詩人，對待人文的相同關懷。

顯見，相較於一九八二年前創作的幾首文化組詩，《禮魂》已漸漸消減對聶魯達的信仰熱誠，減少情感的吶喊，增添對哲理的渴望，楊煉也進入寫作的輪迴（複製）模式，全心貫注於如何逐步「分解」艾略特《荒原》的技藝，而這個「庖丁解牛」式的舉措，將皮骨分離的過程，就這麼一路延續到了《￥》時期。

融合了文化人類學為骨架、宗教思想為肌質的創作綱架上，《荒原》的視線，關注著人的命運存活，楊煉創作的初始，也環抱住整個中華民族，這種不謀而合的相似，是「誤讀」的起因與結果。而在《禮魂》以迄於《￥》階段，寄宿在過往作品裡的「民族鬼魅」，再次受到艾略特的影響而召喚出來，以「人類命運」為焦點的題材寫作，讓《荒原》成為這個時期楊煉的神主牌，意象、語法及命題從而借屍還魂，再現二人間，現代派詩人的「詩歌譜系」。

在這段「譜系追尋」的路程上，從沿途景觀開始，就有著神似的風貌。艾略特在〈雷霆的話〉第二節，以長達二十九行的篇幅，描述荒原猶有似無、似無若有的詭異狀態：

這裡沒有水只有岩石

……………

是岩石堆成的山而沒有水
若還有水我們就會停下來喝了

……………

山上甚至連靜默也不存在
只有枯乾的雷沒有雨
山上甚至連寂寞也不存在

……………

而是水的聲音在岩石上
那裡有蜂雀類的畫眉在松樹間歌唱
點滴點滴滴滴滴
可是沒有水[61]

這套語言形式，被楊煉如法炮製了相似的氛圍：

他們走過河流，但是沒有水
他們敲打岩石，但是沒有火
他們彼此交談，卻互相聽不見聲音

……………

沒有什麼留給孩子，甚至痛苦
太多悔恨，早已不值得悔恨
於是倒下，一堆失去餘熱的灰燼
冥冥中乞討自己的靈魂

---

[61] 艾略特著，趙蘿蕤譯《荒原》，收入《中國翻譯名家自選集·趙蘿蕤卷》（北京：中國工人，1995），頁 15-16。

．．．．．．．．．．．．．．．．．．

是記憶又不是記憶，十個月的黑暗紛紛翱翔[62]

《荒原》二十九行的意境，楊煉濃縮為三句來表現。打繞在同樣的自然意象：水、火與岩石（土），如此凝重、粗狂且空曠的畫面，以及毫不含蓄的暴力語感，從物質的存在／虛有，進而延展至性靈狀態的空乏，物質或人都像是得了失語症，明明有著具體的器官（存有）卻無法相互傳導，有與無都失衡了。這個擬仿《荒原》的物質情境裡，容納《荒原》物質的有／無張力以外，楊煉一再主觀詮釋對生存的認知，其後出現的人類生態，則又形塑了一個奪胎換骨的《荒原》。

在這個活得異常且困頓的世界裡，艾略特提出了和人生命運息息相關的決疑工具「泰羅特紙牌」，同時也是西方傳統文化的象徵之一；在中國，楊煉也找著了同樣能斷占運途、指引方向的中國工具《易經》[63]，有時也以「卜辭」作為《易經》的同位語，甚至耗費四年歲月，完成以八卦取象排序而成的《☿》詩集。從命運開展而來，除了艾略特用作的「工具觀」、形而下的基本教義以外，並且隱含著歷史的人文價值，其中隱隱約約的神祕氣質，使得文學作品帶上籤詩般的朦朧、玄妙；而《易經》之於楊煉，使用頻率的高飽和度，也呈現出中國傳統思維的最根柢處，完善了這趟尋根之旅。

人類最終能否走出這片精神坎陷的荒原？《荒原》末章〈雷霆的話〉，從雷神發出的「DA」三個音節[64]，以及引自但丁《神曲‧地獄篇》指證著命運尾聲的行進路線：

---

[62] 楊煉〈穹廬‧半坡組詩之四〉，收入老木編選《新詩潮詩集》（北京：北京大學五四文學社，1985），頁 311。

[63] 泰羅特牌（Tarot，即塔羅特牌）與易卦除了斷卜占測的功能相同以外，也都是以符號表徵，卦象、牌面皆可以哲學取義，由解卦（牌）者加以詮釋，因而有著趨近於無限的解讀空間。在歷代文獻紀錄裡，也常與宗教相關，具備了形上學、神祕主義的內涵。

[64] 雷神典故源自《薄伽梵經奧義書》。

Dayadhvam：我聽見那鑰匙

在門裡轉動了一次，只轉動了一次

我們想到這把鑰匙，各人在自己的監獄裡

想著這把鑰匙，各人守著一座監獄

「鑰匙」這個能夠誘導人產生主動行為的物件，是荒原裡決定困守與否的媒介物之一，而雷神的發聲，放在全詩的終章，是上天給予人類的最後預警，同時震撼了讀者的感官與心靈。楊煉覺察到這節的特色，遂萃取〈雷霆〉一節的形象入詩：

那麼你，我的魚兒，從什麼時候躍出旋渦，失落你的曲線

⋯⋯⋯⋯⋯

永遠等候天空的蔚藍，用雷霆打開這命運之鎖

一座浮雕著生命的死亡紀念──你的藝術是銘刻自己墓碑的悼文

⋯⋯⋯⋯⋯

我的魚兒呵，降臨到棕黃原野上的純真、主宰生命的首領[65]

除了以上〈陶罐·半坡組詩之四〉一詩，楊煉另有〈甘丹寺隨想（毀滅的頌歌）〉也用上了雷霆意象：

哦輪迴之地，卻不知輪迴的時辰

洪水之源，可憤怒已絕跡，雷霆已遙遠

我的白骨站滿一個世紀又一個世紀

我的寧靜：無可奈何。無動於衷。[66]

---

[65] 楊煉〈陶罐·半坡組詩之四〉，收入老木編選《新詩潮詩集》（北京：北京大學五四文學社，1985），頁 307。

[66] 楊煉〈甘丹寺隨想（毀滅的頌歌）〉，收入老木編選《新詩潮詩集》（北京：北京大學五四文學社，1985），頁 372。

　　上文已言及用典是楊煉詩風轉變的特色之一，此處的雷霆意象及魚的形象，則強調了典故取義與象徵的巧合。「命運」對楊煉來說，似乎成為了探討的主軸，試圖從幾個不同（文明廢墟）的取材上，持續研發屬於命運的特定面向。對照前後文，「雷霆」的使用並非偶然，首先是期待「魚兒」出現的心情，最後帶著歌頌的語氣形容是「主宰生命的首領」，「魚兒」從題目定義來看，理當是陶罐上的紋飾圖像，楊煉將寫作策略導向在《荒原》正在垂釣的漁王，等待著希望，在《荒原》中關鍵的「雷霆」神諭，再現於楊詩，其功能也被用來「打開生命之鎖」。下段引文中出現的「雷霆」，放在「洪水之源」、「輪迴」之後，而這兩個關鍵字，隱約連結至《荒原》的背景：荒原的乾涸、以及宗教觀滲透的輪迴底氣；不幸的，楊煉筆下的荒原，神格「雷霆」已遠離了；於是，白骨紛立，造就出死亡的盛大氣象。「無可奈何、無動於衷」一語，也契合了《荒原》的「不死不活」活屍狀態。當「雷霆」這枚關鍵字現身，便是楊煉將《荒原》全詩概念濃縮的時刻。擴大來說，楊煉對於「命運」的思考或書寫，啟發自聶魯達，之後就像是艾略特的疊影，並且印證了艾略特文論所提出的「非個人化傾向」[67]，逐漸冷酷的視角，詩人的情緒也隨之隱遁了，收斂起當年鬥士的吶喊，在北美風格的薰習下，成了冷靜理性的文人君子。

　　關於生或死，艾略特的領悟首先來自宗教的輪迴說。〈死者葬儀〉一節，出現的種種已逝和過往，掩埋在塵土下，既能復活，也是歷史意義的呈現：

　　一堆破爛的偶像，承受著太陽的鞭打

　　·················

　　我要給你看恐懼在一把塵土裡。

[67] 「詩不是放縱感情，而是逃避感情，不是表現個性，而是逃避個性」。詳參艾略特著，卞之琳譯：〈傳統與個人才能〉，收入張德興主編《二十世紀西方美學經典文本第一卷·世紀初的新聲》（上海：復旦大學，2000），頁518。（按：卞譯本寫成於一九三四年，是中國最早的譯本。）

去年你種在你花園裏的屍首，

它發芽了嗎？今年會開花嗎？

………………

叫這狗熊星走遠吧，它是人們的朋友，

不然它會用它的爪子再把它挖掘出來！[68]

　　楊煉也頗為認同艾略特的價值觀，所以他寫下類似的詩句：

陽光施展，廢墟的象形文字寫滿空白

瓦礫堆的浪頭擊碎仇恨與憂傷

而黃昏，狗群濕濕的鼻子伸進歷史

嗅出塵土下一群殘缺的偶像[69]

太久了，面前和背後那一派茫茫黃土

我萌芽，還是與少女們的屍骨對話

用一種墓穴間發黑的語言[70]

埋在地下的屍骨承載著過往，也象徵難以復返的歷史，而艾略特和楊煉則擺脫現實人間的束縛，大反其道，賦予「發芽」的可能，那麼，已逝的過去，在詩人眼裡就有再生的可能。楊煉主動與這些「歷史」進行對話，用獨特的語言，擔起現代巫祝的職司，隱喻了寫作歷程裡自我設定的使命。在文革後，孤獨又前衛的從事與傳統接軌的工作，吸納艾略特的傳統思維，站在古典主義的山頭，楊煉復以詩作與艾略特發出回應。塵土下的偶像、狗的挖掘，楊煉縫補艾略特的詩句，加以衍義出歷史的暴露，悲觀的表明歷史已經是殘缺了，既悼念過去的輝煌，又希冀在碎瓦礫堆上迎接新生。這兩個詩人，都在想著違逆時

---

[68] 艾略特著，趙蘿蕤譯《荒原》，收入《中國翻譯名家自選集・趙蘿蕤卷》（北京：中國工人，1995），頁 2-4。

[69] 楊煉〈甘丹寺隨想（毀滅的頌歌）〉，收入老木編選《新詩潮詩集》（北京：北京大學五四文學社，1985），頁 368。

[70] 楊煉〈飛天・敦煌組詩之三〉，收入老木編選《新詩潮詩集》（北京：北京大學五四文學社，1985），頁 328。

間的大夢，最後只好寄望輪迴，這是現實荒原上，孤單的醒覺者最為深沉的哀傷。

　　以上的精神主題，皆朝著雷同的方向行進，出現某幾類特定性質的意象，也是理所當然的，倘若，再加上技巧模擬的相似度，就容易被視為是仿真度極高的贗品，這是個危險的圈套，能否克服前驅詩人的阻力，避免只是平行的技術移殖，一段新詩人步向強者詩人的考驗，正測試著詩人的才氣與自覺。《♀》耗時四年方完成，經歷了數年磨練，理應會清除早年練筆、摹仿的痕跡，力圖超越與挑戰前期的自我。依照詩人的說法，《♀》是前些年創作概念的凝鍊精華，在這部心血結晶的長詩集裡，從思考模式、到寫作技巧，皆可見前驅詩人在《禮魂》及其之後的逐步影響，《荒原》誠可謂為楊煉轉型期的重要影響媒介物，並且內化於他的書寫性格。

　　在〈第三部：幽居〉，楊煉對作品的取義如此：

> 十六首詩，構成人對自我存在的無盡懷疑和追尋，最終，於徹
> 悟中肯定追尋的自覺。[71]

從追尋到醒悟的過程，其實就是《荒原》裡聖杯與騎士、漁王的典故組件。將《禮魂》時期的思考架構挪移到《♀》使用，重複的叩問（命運），因循著雷同的命題與技巧。細讀同一章節，則再度陳列了艾略特的經典技法：

> 不逃了**那都是昨天的事啦**不逃了
>
> 不知該如何去死卻早已死去
> **自作孽不可活**
>
> 燒吧燒吧**習慣成自然**所有黑鴉鴉的蝴蝶說
>
> ‧‧‧‧‧‧‧‧‧‧‧‧‧‧‧‧‧‧‧
>
> 或這或那**好死不如賴活**[72]

---

[71]　楊煉《♀》（台北：現代詩社，1994），頁195。

黑體字是楊煉用以標示俗語及格言的記號，從而讓人想起《荒原》內，也喋喋不休、複沓的口語寫作：

> 活的，也未曾死，我什麼都不知道
>
> **這年頭人得小心啊。**
>
> 你是活的還是死的？你的腦子裡竟沒有什麼？
>
> 請快些，時間到了
> 請快些，時間到了
> 請快些，時間到了
> 請快些，時間到了
> 請快些，時間到了
>
> **燒啊燒啊燒啊燒啊**[73]

艾略特借用俚俗方言從而在詩中製造多重聲帶的共鳴，楊煉受到這幾句「或死或活」的啟發，以及穿插口語入詩的方式，也玩起文字遊戲，既有歌謠的戲謔，且疊句帶來迫切的時間感，加速音韻的節奏，形成閱讀的刺激與焦躁。在〈幽居〉一章裡，楊煉有不少類似的寫法，「俗」的口語性質，減少了詩作中玄虛、形而上的學究味，也損耗了從朦朧詩以來經由英雄角色所建立的精英高度及雄渾氣魄，俗化之餘，卻相對增添解詩密碼的難度。楊煉數年的苦心力作《⚲》，呈現給讀者的其一面向，是透過旁徵博引的方式而去接近中國文化的「根」，那麼在〈幽居〉中所應用的格言諺語等口語工具，是為楊煉對中國文化內涵解釋的語彙之一。

---

[72] 以上三段引文分別來自楊煉〈水第一〉、〈水第三〉、〈水第四〉，《⚲》（台北：現代詩社，1994），頁 109-114。

[73] 以上數行引文皆源自艾略特著，趙蘿蕤譯《荒原》，收入《中國翻譯名家自選集・趙蘿蕤卷》（北京：中國工人，1995），頁 3-14。（按：本段引文底線為論者所加，用以標示艾略特的口語寫作）。

　　艾略特在〈傳統與個人才能〉一文中，論及「歷史感」，必須是詩人彙合整個文學傳統於創作之中，傳統的「過去性」與「現在性」同時並存，其詩論與詩，可以視為艾略特為自己定下的條規，有條不紊，像行走在英美規律的生活軌道，詩與文相輔佐，用來說明他的寫作習性。楊煉看待寫作與傳統的關係，也提出了文論：

> 自一九八二年起，我就在想像一部長詩……它是全新的——因
> 為他基於一個現代詩人獨特的感受，又因為這種感受的深度，
> 而與中國傳統的精髓相連。就是說，這部詩本身，將成為在一
> 個詩人身上復活的中國文化傳統。[74]

「傳統」無非是作家最好的寫作資源，既能引用、也能無限的改寫，將傳統與寫作的合一，是這兩個詩人共同的論調。看似通往艾略特的文學觀，實則楊煉增強了攻進傳統文化精神內涵的野心。談到「詩人感受須與傳統精髓相連」，在博大精深的中國，楊煉的說法滿懷著高遠的理想。首先，何謂「中國傳統」？這是一個頗大的命題，檢視楊煉，從《禮魂》到《𝌀》，持守中國的「文化關鍵詞」，許多字詞確實來自千年文明，這些關鍵詞使得楊詩散發古典味，不過，所謂「復活的中國文化傳統」，在除祛關鍵詞後，與其說是「與中國傳統的精髓相連」以振興中國文化精神，不如說是復甦了《荒原》詩魂，楊煉的思考起點並非來自傳統中國的文化／學術演進背景，《𝌀》內既未涵藏儒、釋、道的義理追尋，亦不符合《易經》原典的核心，再者，現代詩的體裁與表述內容，自有一套時代體系為基底，那麼，「聯繫傳統」詩人的靈通能力，是否僅能落實於詩作中的「文化關鍵詞」之上？這是詩人在中國手稿時期遺留的一個未知難題。

　　艾略特的降臨，給了神諭般的教條，領導楊煉在文革後的時代荒原，朝向傳統墾拓。所以，在中國，楊煉能保有一家之言地位的原因，就在於對傳統的認知／掌握，起步得早且持續灌注續航力。再者，以

---

[74] 楊煉《𝌀》（台北：現代詩社，1994），頁 187。

《♀》為名的寫作，論其正面意義，如同布魯姆（Harold Bloom, 1930- ）在《西方正典》提到的經典陌生化，其間形成的張力與互動，建構出文學的演繹與再造空間。楊煉沒能更貼近中國傳統核心，卻穿梭在《荒原》路上，通過艾略特的喉舌說話，意外造就出另一種「去中國化」的效果。

　　楊煉與艾略特最大的契合，就在於二人皆是孤獨的醒覺者。楊煉在詩文裡，曾表白對屈原的嚮往與仰慕，並以屈原的身分向天提問，將自我想像歸宗於「世人皆醉我獨醒」的狀態，所以，接觸到荒原上尚存活人氣息的艾略特，自然感到親切。尤其是經過了幾年的創作歷程，楊煉接受了「寫詩」信仰的洗禮，自我進修觀察與摹仿的能力，繼續摸索著生命的出路，幾年深造，逐步領會創作／存在的真諦，待爐火純青、磨礪成器，最終進入詩人以為的文學／生命的聖殿。聚合艾略特的寫作經驗，闡發《荒原》教義，從意會到言傳，修行人楊煉的身影，專一而堅決。

結語

　　我們讀到楊煉詩作中，詩論的思維模式、導入的寫作性格，都是有（前賢的）跡可循，從學徒期到執意修煉的成長期，南美洲的聶魯達與北美洲的艾略特，兩種截然不同的語系和文化，同時交錯於他的體內，聶魯達和艾略特在詩學史上來說，不僅藝術表現有著不小的差異，創作成因及其背景更是自成格局，唯一的近似點在二家皆自然的流洩出對人類文化的關照。聶魯達擁抱他的同志手足，立足廢墟，聯繫上荒蕪與衰竭的感思情調，失根的現實引他復返歷史，詩人進而意識到個體的存在與空茫，時間在流失之中，縮短了人與時間、與死亡的間隙；而艾略特擇以眾多的用典處理文化題材，援引文化人類學直指文化的根，造成看似大量典故堆疊而起的情境虛筆，實為描繪現世戰後的人類精神世界，不死不活是《荒原》盛行的情緒，所以，艾略特相信，宗教的作用或許能救贖精神層面已然空洞的人們，尚存遙望

明天的祈許。換言之，人類存在狀態無疑是兩個前驅詩人關懷的重心，聶魯達表現的情感較為明顯熱烈，相對於聶魯達的奔放聲線，艾略特則呈隱匿含蓄的基調。

　　楊煉可能產生的寫作焦慮，就在如何解決前驅詩人們斷裂與調和的問題。

　　他感覺到二個詩人共同意識落點放在追思文化、國族或個人的生存層面，於是，他從中調和，文革轉進新時期的時勢是未知的，再者，文化的空曠、參照歷史引發的今昔對比、存在意識的追尋，不安的詩人遂發出與前驅詩人近似的時代感懷，頻率對應，遂承接〈馬楚‧比楚高峰〉及《荒原》的思維運作，影響泛及創作主軸，而寫作手法的因襲，則呈現了技巧層次的吸收，可謂技術與本體的影響兼而有之。當然，隨著楊煉閱歷的增加，必然也有吸收再轉化、演繹為自成一家的風範，但不可否認的是，雜糅了自然粗獷與嚴謹的雙重形象，「雙重血緣」誠為楊煉獨到之處，「大師的陰影」形同最大幅度的用典。理性與哲思是他後天的教化，而野性和暴力仍不時顯影於字裡行間，最後，折衷成了穿著文明西服，行走在泱泱古國的原始人，並不全呈東方範式，亦非完整的西風原型。楊煉在「中國手稿」階段灌注的寫作功力，其實深藏了美洲的開闊與多元，真正來自東方的，或許只有部分題目或意象的取材罷了，作品裡的人文精神，是這兩種前驅詩人的轉／換，創作歲月的捲軸漸展，我們看見的是一個隱藏在畫筆底層的美洲血統。

　　廣義來說，尋「根」或也是人類的共有文明特質，譬如原始的巫術儀式本就是人類活動與發展的基礎，本文並未全然否定楊煉經營「文化尋根」的策略，透過層層推導，我們可以發現，抽象的語言感覺、家國與文化主題，及意象和語法結構，皆可證得詩人啟蒙的閱（誤）讀與修正痕跡，並擴張文化尋根概念，從中摸索出「文化尋根」的自我定位。其詩作最大的核心價值，約莫是「傳承」精神的展現，這和聶魯達洋溢著民胞物與的大愛精神，像是一體二面的思維。無論是詩人主動挑起的職責，或是他對世代交替、對光明的期許，這份人文關

懷，反而比用上許多古典意象，更為穩固楊煉的中國本位立場，楊煉「中國詩人」的地位自然是被肯定的。談文化詩歌，讀者難以忘記楊煉的民族情感，卻會忽略聶魯達與艾略特的靈魂演出。

　　倒是楊煉以恆常的詩筆撰寫反覆出現的詩眼（中國文化詞組），及一再闡述的詩論，頗近似西方的「賦格（Fugue）」曲風，在簡短的旋律間，發展出或大或小的曲子，旋律間的互相重疊，塑造出既是應和也是伴奏的和聲效果。楊煉的創作行進方向，就是這種單旋律賦格的延伸發揮。在「中國手稿」時期的數首詩作，詩人的筆法展示風格的一貫性，奠定他在詩史上「文化尋根」詩人的身分，其源可溯，「創作（而不是心理發生學）的哲學必然是一種關於想像的譜系學」[75]，詩人對影響的焦慮，來自領受兩個前驅詩人的文字寶血，且貯存在寫作的聖池，將詩歌的「擴張運動」[76]付諸實踐於「中國手稿」時期，這些年來，楊煉始終不忘他的慕道者工程，他所承繼的、信仰的，便是緣自美洲的強者詩人譜系。

　　然則，從這套召喚儀式中得到復活的，並不是楊煉以為的中國傳統與古典，而是〈馬楚·比楚高峰〉及《荒原》。

---

[75] 布魯姆著，徐文博譯《影響的焦慮》（南京：江蘇教育，2005），頁 119。

[76] 「創作本身則是一種擴張運動。優秀的詩歌是修正運動（收縮）和令人耳目依新的外相擴展的辯證關係」布魯姆著，徐文博譯《影響的焦慮》（南京：江蘇教育，2005），頁 97。

第四章　自撰天書，或成一家之言
——由「造《஥》策略」管窺精神史的質變軌跡

前言

　　《஥》的出生，是楊煉「中國手稿」時期的最後作品，也是多年來，深埋於創作路上的伏筆，因此，身為尋根朝聖者，他必然得前進心目中的終極聖地。《஥》象徵了楊煉文化尋根宣諭的落實，他與素有中國學術根源之名的《易》連結，揣擬《易》的化成、援引《易》象義，《஥》遂成為《易》的擬結構，又融合了遠古神話、歷史人物、俗諺入詩，可見他對尋根目標的追索，確實是不遺餘力，有別於以往組詩。《஥》的文本佈局、及晦澀意象／高密度語言，楊煉以數十頁的篇幅說明《஥》義，他並為《஥》的體制編排了四部組詩，各部自有其意旨，卻又能彼此聯繫，最終以「同心圓」的理念體現詩人的生命步履。

　　在當代文學史論著當中，學者們對《஥》的討論並不算多，大抵說來，評論的聲浪和楊煉的期許有相當大的落差，楊煉以為〈總注〉、後記〈關於《஥》〉都說清楚了他所要傳達的詩文訊息，也將《஥》視為成熟之作，不過，眾多評論者對《஥》所秉持的評價，卻與詩人的自我期許截然不同：

> 結構的龐大繁複，詩歌意象的密集艱澀，以詩來演繹他所以為
> 的古代哲學觀念的設計，都使大多讀者望而卻步。[1]

---

[1]　洪子誠《中國當代文學史（修訂版）》（北京：北京大學，2007），頁251。

> 這類作品主要有《天問》、《與死亡對稱》等，更加深奧難解……楊煉的詩作所陷入的文化困境也是十分明顯的，人們不禁要問，楊煉所苦心經營的玄奧的文化主題究竟對現代人的精神有何補益？而且他後期的寫作已遁入了文化謎語式的自我循環與重複之中，以《易》入詩，是詩的極境，也是絕境。[2]

> 一些在《諾日朗》中已初現端倪的缺點在《自在者說》、《與死亡對稱》中大大加大了。活文化被死文化覆蓋，靈氣被沖得七零八碎，無聊的語言遊戲充斥其間。……語言的「輝煌」下是生命力的衰竭和心靈的空洞。[3]

不僅詩作受到質疑，連帶著有注疏性質的後記〈關於《￼》〉，也招致如此評論：

> 這部詩如此之複雜，以至於詩人要寫一篇長文作為導讀附於詩後，沒有這部導讀，讀者很難搞清楚這部詩的來龍去脈，但就是專業研究者，也很難有耐心讀完這篇繁瑣複雜的自我解讀。那麼，普通讀者又如何能夠理解詩人的一片苦心呢？[4]

針對《￼》詩集發表「專詩探討」的言論不多，查考各家詩評，也大抵是著重於《￼》的語言難解、語意零碎，所以將《￼》的評價以空洞、困陷、艱難等負面詞彙形容之，這和詩人為求輔助說明而寫的後記，呈現背道而馳的現象。《￼》在評論者眼中，不如前期的詩作來得矚目，詩人最終極的尋根志願，似乎也沒有獲致眾人的肯定。《￼》作為楊煉「中國手稿」的最後藝術成果，何以違逆詩人預期的期許，再相比前期作品，《￼》所得評價顯然有些差距，《￼》究竟如何特出呢？再者，《￼》的龐大篇幅，理應滿溢著詩人的恢弘氣度與視野，但卻被冠上「衰竭、空洞」的品評。詩人與評論者之間認知的歧異差

---

[2] 王萬森主編《新時期文學（第二版）》（北京：高等教育，2007），頁 85。
[3] 劉翔《那些日子的顏色──中國當代抒情詩歌》（上海：學林，2003），頁 74。
[4] 陳曉明《表意的焦慮──歷史祛魅與當代文學變革》（北京：中央編譯，2001），頁 239。

距，如此矛盾，值得我們關注。這也意味著，必須探進《羿》的四部組詩，洞悉《羿》的四部行跡是如何延伸，瞭解詩人的精神是如何發揚、演化，進而形成他的古文化語境，如此始能釐清種種問題。

換言之，這是一種「精神史」的重構與審視，穿透詩歌文本，直指思想的核心。

關於「精神史」的定義，由於不同學派和不同學科之間，對其範疇的界定與認知大不相同，迄今尚未形成一個準確的共識[5]，各家自有一套論述，概括來說，「精神史」的研究，必然是探研心靈質層的流轉與變化。寧稼雨擇以字源解釋何謂「精神」，在西方，有兩個與「精神」相關的單字，具有既近似、又可類分的雙重涵義，分別為「mind」和「spirit」。

> 「mind」指一個人思想、精神和願望，在哲學上與「物質」（matter）相對應，與意識（consciousness）相一致的哲學範疇，它是由社會存在決定人的意識活動及其內容和成果的總稱。「spirit」來自拉丁文「spiritus」，意思是輕薄的空氣，輕微

---

[5] 台灣歷史學者李永熾以為德國的「思想史」研究即為「精神史」（Geistesgeschichte），注重時代精神，其要旨為「掌握同時代的全部精神構造以明其歷史推移的思想史」；日本學者吉川中夫將「精神史」研究範疇定位在「思想、宗教和學術的綜合體」；對關注社會科學歷史觀的法國年鑑學派（the Annales school, 1929-1989），則將「精神史」定義為「精神狀態史／心態史（history of mentalities）」；北京英語學者孫有中將「intellectual history」譯作「精神史」（或有論者譯為心智／智識史），又提出「精神」具有「與人的意識和思維活動相關的一切東西」、「精神文明」的涵義，所以，孫有中認為「intellectual history」同年鑑學派的論點，應是具有共通性的。以上各家論述，詳參李永熾《歷史的悲音》（台北：遠景，1984）；吉川中夫《六朝精神史研究》（東京都：同朋舍，1984）；彼得・柏克著，江政寬譯《法國史學革命：年鑑學派 1929-89》（台北：麥田，1997）；孫有中〈當代西方精神史研究探析〉，《史學理論研究》2002 年第 2 期（2002.4），頁 31-37。歸納李、吉川、年鑑學派及孫的說法，本文以為，「精神史」必然和文化史息息相關，同時，「精神史」的研究也具有跨文本的特質，惟其出發點皆重視人的精神世界，這正是本文研究取逕之處。

的流動、氣息，它與「肉體」（body）相對應，既指個人的心靈和精神，也指表現其心靈和精神的氣質和風度狀態。[6]

寧稼雨又指出，黑格爾（Georg Wilhelm Friedrich Hegel, 1770-1831）的著作《精神現象學》闡釋的「精神」便是「mind」，意指「哲學知識形成的過程」。無論是法國年鑑學派，或是以研究語文、文學或歷史著名的學者，在各派的相關論述裡，大抵可以發現，「精神史」的研究根柢於人的內在思維，從而擴及至人與外部世界的互動，其鏈結性質，使得這套學說呈現了一個多元的有機體。

對於楊煉這個好談（哲理）詩論的詩人而言，又以龐大的文字規模構成《𣘘》詩集，挾帶著（詩人認知的）千年中國意象，大氣磅礡，一舉攻進現代詩的古文化場域，既著眼於現代主義的重要話題——人與存在，也置入宗教、神話典故與古文明物，在他中西融合的寫作舉措中，以想像的文化母體詞彙與意象喚醒讀者的視覺經驗，《𣘘》具現了中國形象文本的特質。本來「尋根」書寫行為便暗示著嚮往古代、企渴著拋卻當下的思想，一度看似全心鑽進古典領域，進行詩文雕花的動作，然而，他卻受到教育程度的先天限制，造成開掘古文化時的知識危機。之後，命定的流放生涯，則改變了他跟文化地理的距離。他必須突破現實帶來的桎梏，進行現實與歷史的對話，才能實踐他「文化尋根」的藝術理念。

針對《𣘘》詩集的組構，從書名的創字擬音概念、詩文、同心圓的思維主幹、以迄具備說明性質的前言與後記〈關於《𣘘》〉皆生於

---

[6]　寧稼雨對「精神史」研究的預期目標，設定在「通過魏晉文人的音容笑貌所反映的精神世界，去探索造成這種精神世界的思想、文化等各方面原因……以『spirit』為研究的突破口和主要對象，進而達到從『mind』的高度對『spirit』的把握」。雖然寧氏從字源出發，和前註諸家略有不同，不過，共同目標仍是立基於人文視域，擴及人與文化、文學、與（歷史）社會互動／對話等關係的鏈結研究，如果我們以這種廣泛的話語視之，旨在「詩人心態史」研究，則寧氏和前註的各家論述，並不矛盾。詳參寧稼雨〈《世說新語》與古代文學的精神史研究〉,《中南民族大學學報(人文社會科學版)》第 25 卷第 3 期(2005. 5)，頁 167-173。

楊煉之筆，囊括對《易》、《＄》哲理的解析，創字或詩文意象用上了
為數不少的中國文化圖像，文本中的圖像講述詩人欲傳達的「可視語
言」，我們可以視為「形象的語言學／文本的圖像學」[7]。立基於楊煉
編制的圖像及符號的文化場域，他所支配的文化尋根意識型態中，決
定了《＄》的生產方式，合成詩人的文化尋根母體地圖，我們由此得
到詩人行文與詮解的意念脈絡。換言之，《＄》既是中國符號的載體，
在文化集體記憶之中，亦再現了視覺化的古文化圖像。

　　那麼，在尋根文化的運作場域中，從他專注的戀（古）物式態度
裡，朝聖之途是否臻至完足呢？瞭解《＄》學說與詩人人生觀的建構，
借用「精神史」的進路，使我們可能掌握詩人智識與神魂的流變，透
析詩人和經典對話的關係，而這正是一個理解楊煉「綜合體」／「心
態史」的方便法。其次，是解決經典及詩集的關係。本來純為運作創
意的詩集，並不需要佐以正典版本、或是學術視野的理論和方法嚴加
審視，但因為楊煉附帶上對經典《易》的詮釋，告知讀者《＄》《易》
呈擬結構的關係，《易》遂成了瞭解《＄》與詩人批判中國歷史、文
化、原典的一個重要中介物，毫無疑問地，我們必須將正典《易》與
詩集《＄》相互參照，藉由正典的版本，在校正中解讀、吸收詩人意
圖與讀者交流的智識認知，解析詩人對歷史文化可能「佔有或革新」
的想法。本文就《＄》的詩文暨其後記詩論，分別論述《＄》的塑形
策略，以及透過他藝術理念的自白，檢視其語言傳遞與實踐的過程，
經由詩人觀念顯形的沿革，逐步發現其風格的建成。

第一節　正典的輪廓：《＄》的生成與演示[8]

　　楊煉的尋根／朝聖旅程，約莫在《禮魂》前後就開始策劃[9]，從
一九八二年以來，《＄》的神思，淪肌浹髓，早已埋伏於各篇詩作中，

---

[7]　W. J. T 米歇爾著，陳永國、胡文征譯《圖像理論》（北京：北京大學，2006），
　　頁98。

[8]　「演示」一詞，本為《易》常用術語，本文擬以強化卦「象」內涵之體現。

每一篇的詩作,都在追逐《Yī》的身影。楊煉以《Yī》為書寫的圓心,行進於中國繁複的歷史記憶之間,從而設置了隸屬於古典與傳統的結界。我們依據楊煉的自白,可以推測,這部自一九八五年開始書寫、至一九八八年始完成的作品《Yī》,如此體積龐大的詩篇,正是詩人自認為集大成之作,也可以視為其書寫歷程的昇華與精髓。《Yī》的誕生,便是楊煉「中國手稿」時期,階段性任務的完成,換言之,《Yī》是楊煉近十年朝聖之旅,最終極的「聖地」。

在《Yī》這一個大型的古文化磁場裡,鎔鑄了楊煉歷年的筆法,也吸納了諸多文化符碼,自然也是楊煉思想的總匯,其架構之宏偉、以及象徵著民族血脈的精神內涵,足以顯示出這是一部積聚了詩人野心的成果。既然詩人決心要將創作比擬於中國經典《易》,那麼,我們必須以嚴謹的態度去檢視《Yī》,以「大義微言」式的細讀法則去面對它,「大義」來自於字裡行間的求索,「微言」則在書法之外,尋求與體會楊煉的終極詩學理想。中國當代文學評論家多將《Yī》視為詩界之天書,其實,理解楊煉精神史的流變,等同解析了《Yī》的精神內核,我們首先透過《Yī》四部組詩和〈《Yī》後記〉,以層層文獻梳理,解讀其題旨大意,藉此辨析楊煉比附經典的意圖,從他揀選的歷史與文化的解釋方式,推衍這段朝聖路上,詩人精神的質變軌跡。

《Yī》由「四部(組詩)」構成,每部組詩分別在不同的年份裡完成:

> 《Yī》的寫作,自一九八五年起,於八八年完成〈降臨節〉,平均每年寫作一部,八九年在新西蘭總體修改,共用了五年。全部六十四節作品,其中,詩四十八節,散文十六節。每十六節組成一部。四部題目分別是:一、〈自在者說〉;二、〈與死

9　「自一九八二年起,我就在想像著一部長詩……八二年到八四年寫作的《禮魂》,八三年寫的《天問》八四年的《西藏》,短詩《易經、你及其他》直到《逝者》,四年中《Yī》隱身看著……在《逝者》完成的語言高度擴張與意識結構高度濃縮之後,《Yī》誕生了。」楊煉《Yī》(台北:現代詩社,1994),頁 187-188。

亡對稱〉；三、〈幽居〉；四、〈降臨節〉……以詩的結構和語言，還《易》自然和自由的本來面目。《♀》通過《易》，把詩的最深背景，開向孕育出整個黃河流域文明文化的那片自然。[10]

四首組詩底下再細分十六首短詩：

> 一、〈自在者說〉特定內涵是：人面對自然。中心意象：氣。卦象：天與風。……詩的特定結構是天與風間隔的自然排列：
>
> 天風天風天風天風天風天風天風天風
>
> 二、〈與死亡對稱〉特定內涵是：人面對歷史。中心意象：土。卦象：地與山。……「對稱」是這片黃土地上社會和美學的典型傳統形式。
>
> 三、〈幽居〉：特定內涵是：人面對自我。中心意象：水。卦象：水與澤。「自我」之黑暗，實與外在的世界一樣。每個人在自己內部幽居，如水曲折……
>
> 四、〈降臨節〉：特定內涵是：人的超越。中心意象：火。卦象：火與雷。「火」的熾烈與明亮，肯定與清晰，構成這部詩的基調。[11]

談楊煉思想的塑形進路，我們得切換時空，轉移到少年楊煉寫作的年代，當時他懷抱著豪情萬丈的英雄氣概，生在曾經蹂躪歷史的政局下，走過文化荒原，自覺自發的扛下家國文化重擔，登上象徵中國民族的山頭（實則是文化廢墟），積極打出要團結、回顧歷史的口號。年輕的詩人吶喊起來，總是分外賣力，從而註定了他的尋根企圖。隨著政局的穩定，他漸次轉入文字的深耕，像是一個考古學家，致力於鑽研／挖掘出土的、未出土的、口傳的、文獻記載的，種種一切和中國相關的古文明標的物。並且，為了大型文化組詩的篇幅要求，他不

---

[10] 楊煉《♀》（台北：現代詩社，1994），頁 189、191。
[11] 楊煉《♀》（台北：現代詩社，1994），頁 192-196。

得不去擴張古典意象的疆域，好來應付那份說不出口（時局的穩定，已不需要他再多說什麼了）、日益膨脹的文化激情。

當「古典物件」出入在詩裡行間，曝光頻率愈發頻繁之際，我們可以發現，政局再怎麼變化，楊煉的眼裡，只有歷史是保值的，他的書寫需要這些「中國（歷史）載體」來填充／維持傳統與他的聯繫，所以，他越來越被激化起他的「尋根焦慮症」，要能走得比同輩、後起的眾詩人更加迅速、更為深遠，就得將眼光放遠至「根」的最深處，《易》是中國的經典，也是許多文學、宗教、哲學思想的根源。他的激情，進化為野心；他發現這個「文化根柢」足以填滿他這些年的激情與投入。

所謂中國的「根」，對於不能親赴遠古實境的今人而言，古文明的發展狀況，是透過考古發現、文字及知識的想像，掌握文獻，再推斷古人生活的精神意圖，如此始能瞭解與詮釋歷史。《易》是上古人文化成的產物，這已是學界的普遍共識，所以《周易》的傳世便提供了上古時人生活、思想的最好典籍，將《易》視為中國文化的「根」，也是難以否認的。那麼，作為文化尋根的實踐者，詩人楊煉所走的尋「根」之路，以《易》為根柢，從中國文化發展的時間看來，他的尋根目標是準確的。

楊煉文化尋根謀略可以大致畫分為幾個項目，其一，為創生一個專屬於自己的當代經典大系，一個現代詩的小宇宙系統；然後，創造字象，合以詩觀作出創意的詮釋，明示世人，這是一本復刻本，一如史官倉頡轉世再生；再者，他複製出的卦象結構，截然不同於《易》的卦象、重卦法則及結構，儼然以（中國新時期）周文王演《易》的聖王姿態，放眼當代新詩壇，楊煉的願望和企圖心，顯然是相當的強烈與崇高。

他又透過〈《￼》後記〉的自白：「**這部詩本身，將成為在一個詩人身上復活的中國文化傳統**」[12]，所以，我們可以得到這樣的訊息：楊煉試圖建立和上古的聯繫，《￼》正是這些年來的創作經驗積累。

---

[12] 引文粗體字源自楊煉。楊煉《￼》（台北：現代詩社，1994），頁 187。

　　由於文革時期的教育政策和文化封閉的局面，以及現代主義的譯介思潮，楊煉的寫作靈感隱然得到「強者詩人」的啟發。對艾略特（T. S. Eliot, 1888-1965）詩學的閱讀與消化的歷程裡，艾略特提供了楊煉文化與個人存在等等省思，誘使楊煉走向文化尋根的路徑。在《荒原》裡，艾略特肩負傳教的工作，洗滌人心，又攬下追獵傳統的實戰任務，扣穩傳統與歷史的板機，朝向人與生存的思考路線發射。或許是挾帶著英國玄學派詩歌的餘威[13]，艾略特選用具有悠久歷史的占卜工具「塔羅牌（tarot）」[14]，這枚子彈的火藥威力，直指古典文化核心，以文化人類學的原始巫術思想為主軸，且投注數派宗教玄典於其中，《荒原》便染上了神秘主義的氣質。處在尋根焦慮症中的楊煉，因為「影響的焦慮」亢進而釋放文字能量，放在他的書寫錦囊中。要站在「歷史文化本位」的擂臺上和當時的詩人們較量，楊煉的選擇是以艾略特為模仿對象，所以，他必須先揀擇出級別相近的素材。在中國，《易》可謂為終極武器模組了，專屬於中國，承載了數千年的義理闡釋，佔據獨一無二的文化霸位；其卜辭、算卦的實用性及神秘氣質，又和塔羅牌相呼應，所以，楊煉如法炮製出一個《Ⓟ》，而《易》的多重用途及哲理內涵，既是擴張了楊煉的創作視野，當然，也強化了詩作中容或具現的文化深度。

　　復次，是楊煉戰術的使用，他企圖整合一切有關古文明的聖言、神話、宗教等義理之說，這些東方符號，為《Ⓟ》裡本有的神秘主義再度加持，《Ⓟ》便呈現了一個虛構的古典與歷史形象。楊煉的尋根文化的詩人形象，早已隱隱蠢動的文字心願埋伏於「中國手稿」裡，到了《Ⓟ》，其象徵的風格終於底定，楊煉開天闢地的創舉，決定了他創意的取材方式與經典的連結。

　　在第二部〈與死亡對稱〉，展開了他處理歷史圖像的工作。他將歷史與神話人物統編為一組，「八首『地』取同一形式，各自處理中

---

[13] 1921 年，發表《荒原》的前一年，艾略特先完成了專文論述〈玄學派詩人〉。

[14] 舊譯為「泰羅特牌」，詳參艾略特著，趙蘿蕤譯《荒原》。今日多譯作「塔羅牌」，本文為敘事方便，故以「塔羅牌」代之。

國歷史中一個人物……自左邊排列的詩行，直接表現歷史人物（史實或掌故），語感近乎敘述」[15]，筆下分別配給八名歷史人物置於組詩之中，不盡是時間的線性順序被重組了，破除紀傳體專有的人物位階格式，他所輯錄的角色、行為素材則突顯詩人的偏好，解構整個《易》的卦、象及天人對應等概念。而「敘述」這個字眼則指示了他的意念，也帶出另一個《易》的特質，《易》與史學的關係。

《易》與史的關係，在學術史上可以略舉數例。《四庫全書總目》將《易》學發展分作兩派六宗，「史事易」[16]即為其中一宗。楊煉對這節的寫作概念，作的定義是：

> 特定內涵是：人面對歷史。中心意象：土、卦象：地與山。這裡，「歷史」是廣義的，代表整個人類社會……詩有了歷史的深度，同時歷史從史實中解脫出來，活生生地加入現代人的感受……是以把歷史從固定的「敘述」中解放出來，重新還原成一些片段、一種語言，由詩人重新組合（例如打亂時序）來表現的。[17]

前人解《易》與史，是以《易》為正本，每條卦爻辭的歷史文字，有可能是構造上古時期的一項憑據，前人的訓詁嚴謹態度，當然不可能「從固定敘述中解放」，前人從事的工作，是在現存文獻上搜尋任何有關上古的線索，一心尋根的楊煉，卻反而是「重新組合、打亂時序」，歷史應該是時空兼具的，他卻刪去了時間的接續，僅存分割的空間，再者，倘若歷史能從「史實中解脫出來」，恐怕就不是「歷史」了吧。

---

[15] 楊煉《🅰》（台北：現代詩社，1994），頁 193-194。

[16] 《四庫全書總目》標舉出宋朝李光、楊萬里的以歷史事實闡述易理，《總目》謂為「以史證易」；或是顧頡剛的「以史證經」，抽檢卦爻辭的歷史故事考辨《易》與上古史的關係；以及胡樸安的《周易古史觀》一書，將卦、爻、《象》、《象》一概視作古代記史之書。幾個《易》學史上的標的，說明瞭不同的觀點、不同的研究素材，當然各有疏漏，卻都足以成為識《易》面向的有效門路，不過，李楊的史事易、顧、胡諸家，他們的詮釋內容，並沒有離開過正典（經、傳），亦不乏訓詁考證工夫的貫注。楊煉的直率推論，確實是相當大膽的。

[17] 楊煉《🅰》（台北：現代詩社，1994），頁 193-194。

　　我們當然理解楊煉詮釋之用心，而在中國思想史發展的脈絡上，尤其是先秦諸子，他們各自的持見，就是一種對待歷史的詮釋，而歷史的傳述性質，本就帶有神話色彩，《易》學史上，也不乏有邵雍、黃道周等各家，以《易》象解釋帝王和朝代更迭的歷史現象，極天道明人事，但是，這些前賢大家的立論基礎，無非是奠於正典的數理易象之上，推演歷史的軌跡。但在《易》裡，固然提到了卦象，但歷史和神話人物的出場，如何和卦象比附呢？何以挑選這幾位人物，究竟有何共通點，可以成為地象、山象的代言者？歷史神話人物的現身，宛如從天而降，在說明性質的〈關於《易》〉一文中，這是個無足輕重的話題。

　　關於這些疑點，詩人朦朧的帶過，歷史神話人物和卦象如何契合的考量，並非需要釐清的重要任務。我們無可否認「土」的堅實性質，不過，如果說，「土」涉及歷史，這就匪夷所思了，何以「土」獨具歷史位格呢？難道「火、水、風」就不能另外開設／成立歷史話題嗎？楊煉的自然卦象法則根本不能通說，而如何締造「土」與歷史的對話，創設這個寫作風格的，不正是影響楊煉的前驅詩人聶魯達？不僅是山象、土象的理則與正典比附，因為詩人的創意而顯出突兀，其他三部組詩亦是如此。很顯然的，楊煉無意以學術話語解決「以史證易」、「以易解史」、「以史識易」的《易》—史連結。楊煉的理論，以大膽假設的方式成立他的邏輯，他頗富創意的解讀方法，與正典違和，讓《易》經或傳「流變」至此，原義只得支離破碎。「史」對楊煉來說，是典故拼圖的價值，幫助他維持與古代的聯繫。

　　卦象與歷史的配套，以及他如何構成八卦，楊煉的說解，如同《易》的異化：

> 應從自然象徵體系的角度上探討《易經》。歷來的注《易》者，多以自己主觀的宗教、哲學觀念，曲解這部古老的巫書，強行把《易》納入某一個固定體系（如儒、釋、道），本來零散、片段的卜辭，被牽強附會地連成一體。……因此，《易》由陰、陽而成卦象，由三爻的單卦而成六爻的複卦，並非為了傳達某

　　　　種特定的「易理」，僅只描繪了古代中國人生存的自然環境及
　　　　其變化，以及人類對此漸漸複雜的觀察。[18]

這段話，道出他直觀取象的見解，也點出（他所認知的）「巫」的卜
筮文化。楊煉直接否定《易》所孕育出的「易理」，《易傳》發揚了《易
經》的人文哲思，經由綴合、去重、辨偽等考證工作的甲骨卜辭，被
楊煉以「牽強附會」形容詞否定之，又批判注釋者是「強行納入」的
行為，我們不論考古學者所陳述的詮釋向度是否合宜，楊煉指正諸家
的言說，以及他勇於「誤讀」的學習態度，雖然每每說得肯定，但審
視起詩論與詩，卻又不夠清晰明確，他秉持粗疏模稜的理論，或是講
談不夠準確的文字，來建構／回應所有的問題。解經，應當是尊重尊
重傳統的說解，並建基於此，闡發己見，不可能是絕然斬斷，一腳踢
開。從這個狀況，我們可以得知，楊煉始終在創設的只是中國文化輪
廓，營造古文化氛圍，尤其是他對中國字句或經典傳意的推測方式，
顯示他似乎沒有修得精關的實學[19]。

　　他又以創見企圖提醒讀者：前人的「主觀」話語論述可能具有偏
狹，但這番出自詩人口中的言論，是否真能客觀呢？矛盾的是，這個
詩人也是提交了一部《￼》、論述了《易》的生成及卦象組構，《￼》
自有它的格局，楊煉可能覺得《￼》不是「一體／固定體系」，換句
話說，《￼》難道是流動的、不固定的物質嗎？而他頗為革新的說解，
是否在暗示讀者：《￼》是除去偏見的典範（paradigms）或模型
（model）？

　　然後，楊煉提出他的卦象主張，試圖使用系統化的知識建構，用
以鞏固他《￼》說的正統尊位：

---

[18]　楊煉《￼》（台北：現代詩社，1994），頁189。
[19]　如果對字句認識不足，就和他的寫作理念「對中文表現特點和表現可能性的
　　　探索」、「從傳統中發現中文文字的美」相違背了。引文詳參楊煉《￼》（台北：
　　　現代詩社，1994），頁198。

> 我想說《易》並非如後人穿鑿的，有一個按第一個卦、第二卦……直到六十四卦的「線性」次序。……卦與卦之間，不是「線」的邏輯，而是「空間」的聯繫。
>
> 因此，《Ｙ》以《易》六十四卦為內在結構。六十四，僅僅是一個假設。
>
> 卦象的排列，對位也是自由的：我只是將每一單卦（單象）放在上邊，下邊依次更換天、地、山、澤、水、火、雷、風，就組成了八個複卦（複象）。[20]

《Ｙ》成書的卦象模組，讀者自然感到陌生，因為楊煉的解經之說，並未依循學院派引經據典的傳釋方式，這般前無古人、驚世駭俗的翻新「析疑」，竟讓原為闡明詩人寫作理念的〈關於《Ｙ》〉，也顯得像是一篇「匠心獨具」的「詩意化的散文」創作了。卦的生成，在未見證所有文物出土之前，任何論述都只能算是一種揣測，所以，楊煉如果推理合宜，他的方法論自然得以成立。如他所言，六十四卦或有可能是「假設」，是否同時生成，也許邈無定論，但是楊煉的話語裡，沒有推測和憑據，就生產出結論，而這個結論是「空間的聯繫」。楊煉以「一爻變就整卦變」、「葉落則樹變、樹變則整片風景變」二例說明何以消解「線的邏輯」，就這段引文對「線」的認知，我們可以界定「線的邏輯」為「時間的先後」，那他所列舉的這兩個例子就啟人疑竇了，一定是因為「葉落」才會導致「樹變」，「葉落」與「樹變」理應有前後因果關係，《周易》有著它的時位概念[21]，「位」的概念著重於空間的變化，和「時」構成精深廣大的易道生命內涵，爻變、卦變有時空的決定因素。

---

[20] 節錄自〈關於《Ｙ》〉。楊煉《Ｙ》（台北：現代詩社，1994），頁 190-191。

[21] 「夫儒者命占之要本於聖人，其法有五：曰身、曰位、曰時、曰事、曰占」，詳參〔宋〕趙汝楳《易雅·占筮第九》。「『時』、『時義』、『時用』象徵自然或人事在不斷變化的過程中，某一瞬間的現象」詳參賴貴三〈說「易」在上古的形成、流傳與詮釋〉收於《易學思想與時代易學論文集》（台北：文津出版社，2007 年），頁 149。（按：「時」即易道存於時間中的流轉變動，「時」的生發作用影響吉凶悔吝，時位觀猶自然間的生生轉換，流動而不息。）

楊煉的論述，表現出與《易》截然不同的路徑，覆寫經典，卻等同與《易》作切割了。

復次，是創作結構，楊煉先標記「《￼》以《易》六十四卦為內在結構」，接著又說「六十四，僅僅是一個假設」，究竟八卦如何演化為六十四卦，楊煉似乎不很清楚其中端緒，他的言論猶如擺盪於虛實之間，這段話語邏輯的矛盾，也讓我們很難理解，楊煉是要比附於《易》，抑或是行使創意的率性心態？

關於《易》的卦名與卦序，學界大致概分為兩種說法，一為取象說，認為八卦由來於直觀自然物象，或由卦畫釋卦名；二是取義說。然而，理論對楊煉而言，並非他首要關心的重點，所以，他的卦象配對與排序自有別於正典，以第二部〈與死亡對稱〉為例，他的列位結構是：

　地地地山山地山山山山地山山地地地[22]

三畫八卦相錯成綜，故得六十四卦，《易》之六十四卦之組合，隱含對待之理，這個結構分明是仿擬爻位的設計，但他卻對爻的變化略而不論。卦爻排法是（上段引文裡說的）「下邊依次更換」，地與山，上卦與下卦，楊煉使二者之間毫無瓜葛。雖說從自然物象、上古先民生活概況與卦象聯想，「地—山—歷史」由土埋葬著亡者，所以有歷史，縱使可以名正言順的成立在楊煉的想像裡，但他的文章裡，還是夾雜了太多急於推翻前人的新解。卦象理解的錯誤，《易》重卦的生成，更不是楊煉如此隨性的安排與構成；卦義的編排法則，則是藉由卦象「內在」的「相近性質」排序，以便與氣土水火連結，但這既非五行亦非四象，顯示出他對卦義的認知，偏差之餘，難免也略嫌單一。

「強調八卦模式，就是用來裝填和反映事物具體形象的」[23]，「象」是傳導《易》的語言，因此，識《易》足以培養個人觀象的悟性，照

---

[22] 楊煉《￼》（台北：現代詩社，1994），頁193。（按：論者為求論述圖示清楚之便，故此行加寬字距。）

[23] 徐志銳《周易陰陽八卦說解》（台北：里仁，1994），頁55。

理而言，每一爻都具有其個體所象徵的意義，可以聚合成一卦，是以每一卦、爻都具備了獨特涵義，形成「秘響旁通」的特質。

卦卦之間的對反序列等問題，細察楊煉的詩文，雖然第六十四首尾句與第一首首句相同，隱約涵藏了〈既濟〉、〈未濟〉二卦呼應、終始的體制，但除此之外，審視各部組詩，即使從〈地第一〉切換到〈地第二〉，除了撰寫人物的不同以外，讀者很難領會各篇目該如何同他篇作出徹底的區別。所以，陳曉明認為楊煉「完全是根據自己的想像在創造『天行健』的景觀」[24]，楊煉既取消經典裡的正宗卦序與原始卦象，又以「六十四」為虛設單元，所以，《易》的六十四卦〈乾〉至〈未濟〉卦辭卦義，在《❀》裡，全然不見。

經典的形象化語言，是先有抽象的觀念，再以不同的事物互相譬喻，所以，會有字面的，以及字裡行間、意在言外的義涵，要說《易》純為文學著作顯然是牽強的，但就因為《易》的形象化語言，達致「言有盡而意無窮」的效果，所以，中國古典文學的形象理論往往多視《易》為起源。將《易》象與詩學融合，歷史上已有鄭玄以《易》箋《詩》建構其審美聯想，通過比、興，使取象與文學技巧連結。遺憾的是，在楊煉的比附裡，即使瞭解他的直觀取象[25]，但正典的義理與語言的關係，例如語言做為一個具象的符號，在正典裡的神聖性如何，他並不關心，忽略了經典本身的風貌言辭，所以，楊煉的經典解讀，雖然企圖透過後記對詩集作出比況和襯托，然說明與創作卻幾乎是截然二分的，也難免引人質疑新詩的語言，是否足以成為乘載正典義理的表義工具？

楊煉撰寫〈關於《❀》〉的初衷，是為了跟《❀》詩集進行對照及輔助瞭解，最後帶給讀者的成效如何，我們無法確知，依據楊煉的設計，瞭解《❀》應為《易》的擬結構，然而，透過他在〈關於《❀》〉對作品佈局的相關指涉，以及《❀》的文思表現，讓《❀》成了不完整的《易》

---

[24] 陳曉明《表意的焦慮──歷史袪魅與當代文學變革》（北京：中央編譯，2001），頁 240。

[25] 例如他將土象與死亡作出視覺經驗上的聯繫，可參〈詩，自我懷疑的形式〉曾言及對土地與死亡的省思。

邏輯模型。甚至,〈關於《〇》〉的出現,傳遞詩人對《易》《〇》的理解,〈關於《〇》〉裡出現不少訛誤,使得《〇》像是《易》的離題之作,這篇原為說明性質的後記,終成詩人對《易》的想像話語,像是一場闡明《〇》的「創意結合古文化」的講座罷。楊煉的詩集因著這篇文,離開了詮釋學的開放性,以武斷的態度解經,成為一封閉型敘事系統。

〈關於《〇》〉一文的誕生,反而證實了《〇》和《易》二者無法貫通,截然斷斬了潛在於《〇》-《易》之間的臍帶關係。

楊煉的解《易》言說,從他的創意開始破格,形成自成一家的變形「義理」。尤其是千百年傳承下來的前人說解,遇到如此鍾情於歷史的楊煉,所有的正典、名家聖賢的詮釋,反倒失卻傳承的意義。就《易》與《〇》卦象公式來看,楊煉以為毫不相關的失當言論,等同於對前賢典籍的挑戰,即使「夫易者,變化之總名,改換之殊稱」[26],《易》確有其可以通說之處,解釋經典,每一位作者、注釋者都是「發揮派、演繹家」[27],不過依然得有所本。這也顯示出一個弔詭的現象,當一個慕古者嚮往歷史,希冀收納、保存一切歷史圖景之際,卻也反駁前人言說,推陳出新,以革命心態企圖佔有歷史的一席之位。

尋根計劃裡,一切與歷史或文化大統的血脈繼承,被「創意」的語言與觀點翻攪後,他的開新與延伸宛如一把雙面刃,歷史之於他,只是用作裝填文化詩篇的包裝(即使是以人物為題,楊煉的表現方式,卻跳脫讀者預期的敘事寫法,僅參入幾個與人物相關的詞語),看似憑悼傳統,實則偏離傳統軌道,並且,對傳統文化的認識有限,或是《易》的零餘殘片詞彙、義理的誤解,都和他早期建立的智慧形象「必須千方百計地佔有知識,從而擁有供分析、比較的原料,把握永遠在變化、發展而又具連貫性的民族精神」[28]差異甚大,最後,《〇》的價值僅顯出創意的餘暉。

---

[26] 〔唐〕孔穎達《周易正義》(台北:台灣古籍,2001)。

[27] 鄭吉雄〈從經典詮釋傳統論二十世紀《易》詮釋的分期和類型〉收於《易圖象與易詮釋》,(上海:華東師範大學,2007),頁4。

[28] 原文主要在論述如何臻至「成熟的智慧」的境界。楊煉〈傳統與我們〉收於

　　北宋道士張君房的《雲笈七籤》記載了一則「壺公」的故事[29]，壺公一生的玄想，是納天地宇宙於壺中，傳說反映人對天地的奢求，甚至膽敢發出駕馭宇宙的萬有與博奧的狂想，超越二度空間的限制。在中國歷史發展上，代代都有壺公身影現身，人總是希冀追索未知宇宙的奧義，對天觀想，醞釀出獨特的時空意識及審美觀，楊煉就像在演繹壺公的精神。誠如壺公一般儲天地於壺中，《易》也收編了一套天地宇宙，他對神秘冥思的吸收與轉化，先仰賴「易」人天關係展現，然後是整頓八卦概念，更新古今之說，但他的解讀過程不足以成為任何學術憑據，從而可以推導出他的詮釋角度，主要是凝聚於詩性的創意。

　　《易》學史上，不乏如黃道周之能人，融天文曆法、歷史人事與爻象變動為一家之學，涵納古今且貫通天人，含攝了自然天象盈縮及人文精神。楊煉的野心顯然也是強烈的，所以他也解經、談如何治《易》，《易》無疑成了楊煉的縮形宇宙（miniature），是為他文化尋根的理想投射。

第二節　巫者的幻術：解經與治《易》之要

　　強者詩人之作《荒原》中出現的塔羅牌，寓含神秘與卜問一途，與之對應的《易》則是中國的古文明產物。在楊煉寫作經驗值得到提升後（過了練筆期），以《易》為尋根活動的前鋒，他高顧遐視的文化精英神貌、及詩文充斥玄奧晦澀的意蘊，搭上神秘主義詩學的風潮，形成「文本神秘場」和「語言神秘流」的詩歌品格：

　　《楊煉、友友個人文學網站》（http://www.yanglian.net/yanglian/pensee/pen_
　　wenlun_13.html）。
[29]　「施存，魯人，夫子弟子。學大丹之道，三百年，十練不成，唯得變化之術。
　　後遇張申為雲臺治官，常懸一壺如五升器大，變化為天地，中有日月，如世
　　間。夜宿其內，自號「壺天」，人謂曰「壺公」，因之得道在治中」。詳參張君
　　房《雲笈七籤》卷二十八〈二十八治・雲臺山治〉（上海：上海古籍，1989）。

99

> 建基於現代神秘主義之上的世界詩歌總秩序由兩股力量構
> 成：由空間凝固性與暗示性的結構力量──文本神秘場和具時
> 間流動性與爆發性的解構力量──語言神秘流合力而成。[30]

「文本神秘場」可被釋義為「語言言說的神祕自足系統」，即作者首先採以具有神秘暗示的詞彙，再透過符碼與符指的對應關係，在這個緊閉空間，放射出突發與壓制的雙重情感力道，最終，作者（帶領讀者）潛進這個讓詩意安身立命「文本神秘場」的獨立界域，感受藝術的本真與超絕。而「語言神秘流」則指涉文字「自由與流動」的不穩定特質，當玄想落實成「被言說」的文字，意謂著詩的誕生，同時也解構了現實的秩序，重組／再造人對世界的認知。

在《☥》的東方想像裡，運作的便是這組神秘的文本／語言系統。

《易》對整個中國民族的認知而言，無論古今，皆有著「神秘」的共識，楊煉遂抓住這個意識形態，以巫術為思考軸心的神祕思維，掌控了《☥》的文字鋪陳和語感特性。

《易》何以神秘？在中國，曾經接觸過中國方術、難以計數的民間書生，或是對《易》名稱略有知曉的市井俗儒，談到《易》，多與「算命占卜」之途畫上等號，考察春秋時期，《左傳》裡記載的數則《易》例，紛以卦象、卦義詮釋事件演進，俱顯示《易》的占筮之用，已成為眾人識《易》大宗。《易》的先驗預測之威能，構成神秘的語言，再者，是《易》的起源論問題，嘗有論者以《呂氏春秋·勿躬》、《世本·作篇》記載的「巫咸作筮」為證，更形容造筮的「巫咸」為半人半神的巫者[31]。上古傳說中的文王演易、伏羲畫卦，或是巫咸作筮，說解殊異，然去古

---

[30] 毛峰《神秘詩學》（台北：揚智文化，1997），頁 124-125。

[31] 詳參朱伯崑《周易知識通覽》（濟南：齊魯書社，2004），頁 5-7。李零在《中國方術正考》一書也整理了四種筮法的來源，對於「巫咸」的看法，李附註上「巫咸是商王泰戊之臣。這是把筮法的發明推到商代」，詳參李零《中國方術正考》（北京：中華書局，2007），頁 49。（按：依據李氏的時代考察，將「巫咸」與筮術推考至商朝，那麼，受到薩滿思維主導的商朝，《易》與筮術顯然就更靠近薩滿信仰了。）

已遠，歸納諸說，反而為《易》的神祕再添一筆，尤其今日出土文獻仍未全面現世，造就歷代治《易》者詮釋的空白與斷裂，使得「千古不傳之祕」紛歧了百千年，仍未達共識，這顯得更為神祕了。

占筮的預測學功能、或與巫者間的聯繫，及《易》其被神化的權威地位（例如：一事不二占），以卦爻符號諮詢神意，展現神啟運作、或是「鬼謀」的超自然力量演示[32]，《易》、巫者（薩滿巫術）與接通「天人之際」的媒介工作，溝通其間的線性次序，都和「神祕」產生了千絲萬縷的聯繫，換言之，雖然學術界對《易》的作筮者身分、或是《易》的起源，仍是眾說紛紜，但是，鎖定了《易》的神祕氣質，沿著這個路數，扣緊《易》的重要特色，自然不太會引發學界或世人產生「究竟詩人『對傳統理解多少』」的爭議或質疑。如同買了一張駛向古典東方的船票，上頭刻印了行使叩歷史門戶必能「安全過關」的保證鋼印。位在文化尋根運動的前哨，楊煉為中國的「文化尋根」發出第一響鳴示：《易》象徵了民族傳統的宅門，當楊煉跨過這道門檻，無疑是更接近上古文化以及中國人的「根」。

關於起源論述，楊煉在《♅》詩集內以開天闢地的〈天第一〉，為《♅》的起源記上一筆：「一頭金蜥蜴」[33]，在《易》的學術文獻裡，「易」的定名與涵義，曾有論者以「守宮」釋名[34]，楊煉參引「守宮（金蜥蜴）」概念置於《♅》的起源說，將之鍍「金」強化「中國特產」的尊貴價值。而《易》的神祕思維，早見於春秋時的卜筮記載、至後世數術之學的流衍，《易》的多元用途，擴展了經典在中國民族的文化地盤，占筮使用的人神溝通媒介工具，先有龜甲、獸骨及蓍草，其後，卜測活動在民間盛行不衰，造就占驗工具種類之繁多，反映了在傳統文化生活的中國民族生活經驗的積澱。

---

[32] 王夫之《周易內傳・繫辭上傳》「若龜之見兆，但有鬼謀，而無人謀」。

[33] 楊煉《♅》（台北：現代詩社，1994），頁8。

[34] 「筮書所以稱《易》者，《說文》:『易，蜥易、蝘蜓、守宮也，象形。祕書說：日月為《易》，象陰陽，一曰從勿。』象蜥蜴之形。祕書說於古無徵，必不可信，其用作書名，當為借義。」高亨《周易古經今注》（台北：樂天，1972），頁5。

歷史上有許多的習《易》者，多視象、數、理、占為《易》的四聖道，由「占」衍伸而出的這項術數界所傳「袖裡乾坤一掌中」的民間絕學，就被楊煉收在〈天第八〉「我張開的手指五行相剋」[35]，取義於手卦的功能。傳說中有張良、諸葛亮、劉伯溫等人擅長的「屈指一算」神通手卦，或是「七星宮八卦掌」用以知天機、察地府，亦有以後天八卦序，分別與手指的各個指節對應，而五行和《易》的結合，則形成了納甲、六壬等占筮系統，並且成為專門學問。「蜥蜴」、「手卦」這兩個詞彙，或許源自《易學史》及民間數術書籍，將卜筮元素滲透進《♈》，於是詩人「好似」得到正典的背書。

在結構上，也或許是楊煉刻意的編排，「就這樣至高無上」詩句，分別出現在第一部第一首詩〈天第一〉的第一句，和第四部最後一首〈雷第八〉的最後：

> <u>就這樣至高無上</u>：無名無姓黑暗之石，狂歡突破兀立的時辰（〈天第一〉）

> 惟一一條地平線紋絲不動，<u>就這樣至高無上</u>。（〈雷第八〉）[36]

我們可以看見《♈》對《易》的比附，將第一首首句和第六十四首尾句遙相呼應，整本詩集彷若意念不停流動，終始循環，猶似《易》的卦序承繼、或是類似於卦爻象相對、反對的效果，一如葉維廉所言的「內在迴響」。

除此之外，楊煉引渡入《♈》的「《易》關鍵詞」還有：

> 那麼，如何以一種儀式囊括獸性的喘息或綠葉的凋殘？你們

> 惶惑於自身之中那不可接近的境地，<u>取象於飛鳥</u>，<u>卜算</u>

> 於遇難之舟，直到一灘黑血無視吉凶……

35　楊煉《♈》（台北：現代詩社，1994），頁44。
36　楊煉《♈》（台北：現代詩社，1994），頁7、183。按：底線為論者所加。

> 誕辰焚燒如厄運之星。不可逆轉，無由參透的天象我行我素暴
> 屍灰爐[37]〈風第三〉

使用這類接近上古時區的「古文化」字彙，想必能符合讀者的期待視野，借用這些有著歷史餘暉的字眼，穿梭於字裡行間的古文明象徵，反而能喚醒讀者的文化記憶，使之走進深邃歷史的神祕管道，拉開古今的時空距離感，體驗「尋根」的古典質感或是詩人的用心。

然後，是楊煉對《易》學理解角度所引伸的問題。

在較《￦》出版更早些年時，楊煉發表過〈智力的空間〉一文，嘗做如此論述：

> 《易經》是中國古代一部偉大著作。它雖然不是詩，卻由於巫
> 術與詩的先天聯繫而具有共同的因素。[38]

楊煉的這段話，提供了讀者關於他鑑賞《易》的視角，因為他對《易》的理解是抽象的，所以他更加費心的雕琢《￦》神秘氛圍，企圖傳遞「巫術與《易》可以聯繫」的訊息，遂將詩文導向玄妙的巫術方向去寫作，也就此建構起《￦》的文脈。

但是，《易》終究不單是他所知悉的單一工具取向，也絕非純以巫術為主軸的思想。

在《左傳》、《國語》都記錄了用《易》占筮的例子，不過，這只是《易》呈現予人的其中一種面向。例如〈大畜〉卦以飼養牲畜，喻示聖王養賢之道，〈乾〉九三「君子終日乾乾，夕惕若，厲，无咎」的君子修身理論等等，都顯示了《易》並不全然作占筮之途，尚有道德內涵、政治教化等義蘊。所以，占筮的活動，應只是《易》的詮釋語言之一，楊煉對《易》的理解，在他的詩筆下，卻停留在「營造神秘感」的思路，借用數術字眼，偏離了經傳文字，詩裡，也很難見得其餘與《易》真正相關的意涵。

---

[37] 楊煉《￦》（台北：現代詩社，1994），頁 21。按：底線為論者所加。

[38] 楊煉〈智力的空間〉收於《楊煉、友友個人文學網站》（http://www.yanglian.net/yanglian/pensee/pen_wenlun_13.html）。

　　楊煉對《易》的認識並不完整，我們可以得知，楊煉引用的並不是《易》的學理觀點，他需要的僅只是一個結構，以「六十四」的數字藏納他的篇幅，方便成立他的一家之見。或者說，《＄》的為文重點，只是作者借來一個象徵文化的「根」的概念。反之，真實的考據學術或是文化象徵，對他來說，無關緊要。

　　令人不解的是，楊煉在結構編排（卦象、詩集體制）上盡力的揣摩《＄》－《易》的血緣關係，也寫了注釋言明四象與《易》的新詮，但是，這些「《易》關鍵詞」僅以零星碎片的姿態出現於第一部，再看整本詩集，第一部之後出現的次數無幾，那麼，《易》的實質／架構之用途在《＄》中，份量似乎不算太重。對照起後記〈關於《＄》〉，不免令人質疑起他的崇高宏願如何呈現，以及，詩人對《易》的寓意帶著偏離的理解，也許是詩人執意著眼於詩性的創造，使得《＄》的寫作徵狀主以神秘的隱喻與象徵展演而成，這是楊煉賦予《＄》的內在哲理，亦是《＄》的認識論。

　　楊煉有一套自己對《＄》神祕符號／中國象徵的論述，他在這個由「智慧」自足而完構的「樣品屋」，再生新的八卦序位及其對應的自然物質，行在這塊「凝固的」[39]淨土，不忘以語言「革新」跟他唇齒相依的歷史人物片段，融入卦象系統，完成他文化尋根的嚮往。《＄》就是一個封閉型的文本神秘場，盡挑與神秘相關的素材，復以詩歌詮釋縫隙的空白，導向神秘語言流的意識書寫。

第三節　天人與《＄》道：視覺圖像的解讀

　　為詩集定名的工程落實於造字概念，因為有了詩集的「名」，所以，名要求實以符其實，楊煉設想的「實」，來自於中國思想史的熱門關鍵詞，他以「天人合一」概念為造字字根──取象為「＄」，

---

[39]　楊煉的八卦配序及其詩文結構應是先行於創作之前，始能完足這本架構雄偉的詩集。「凝固」一語，用以對應前段毛峰「神秘詩學」的引文。

「[字]」是變形的物象，由於無人知曉新字來歷，為求名實相符，他遂在〈關於《[字]》〉寫了不少說明文字，闡述字的生成與取象，以視覺符號決定觀看意識與文化視域。以書名為首，原先建立在巫術軸心的思想，至此，神秘感得到強化，詩集的創意包裝似乎更顯空靈玄虛了。

　　這個自創文字的符號概念取義於「天人合一」，楊煉的造字圖式，類似於文化人類學提到的介於圖畫與文字之間的「圖畫文字（picture-writing or pictography）」，他運用中國獨特的象形構字思維，將象形字「日」與「人」貫通，以形會合，效仿六書的會意造字法則，針對擬音為「易」（Yi）的「形象語言學」作了幾番陳述：

> 《[字]》不是字。它是一幅圖畫，或僅僅一個符咒。[40]

> 《[字]》是我以中國古代造字法造成。「日」即「日」，「人」即「人」。人貫穿於日，象形含義為「天人合一」。與中國傳統文化的命題相同。[41]

> 四部的題目分別是……總題目即那個無字之字：《[字]》。[42]

> 去過陝西乾陵（武則天墓）的人都知道，該陵幾乎與此結構完全相同，它由乾陵山、雙乳峰和面對的八百里秦川平原組成。遠看圖形為[字]，從空中俯瞰則如一仰臥女人。[43]

以上的引文內容，可以看到楊煉的構字概念，誠為「圖像研究」（iconography）的起點[44]。在「[字]」圖像的觀念裡，有如存在歷史語

---

[40] 楊煉《[字]》（台北：現代詩社，1994），頁 187。

[41] 楊煉《[字]》（台北：現代詩社，1994），頁 188。

[42] 楊煉《[字]》（台北：現代詩社，1994），頁 188。

[43] 楊煉《[字]》（台北：現代詩社，1994），頁 202。

[44] 「這類意象、故事和寓言的確認，通常正是屬於『圖像研究』（iconography）的範圍……圖像分析處理的不再是題材，而是意象、故事和寓言。……當然，它要求的是要熟悉文學作品裡特殊的題目和理念」。Erwin Panofsky 著，李元春譯《造型藝術的意義》（台北：遠流，1996），頁 34-40。

境中的「通配符號」，享擁中國社會脈絡下的通用地位及深植人心的文化意識型態。欲涵納「法天象地」的意圖，既有抽象的符咒、無字之字的神秘色彩，復以人貫穿於日，邊談論「天人合一」，亦不忘攝取地象靈感，引自陝西乾陵武則天墓地形景觀，將「◉」拓展至「地象（地理）」圖畫的鳥瞰視野，這或許也是楊煉造《◉》策略的「◉天地人」三才系統。

以「◉」與地理天象結合的圖示，又提升到玄虛的表達。圖像是知覺在回憶圖景中領取事物的印象，潛藏作者（觀者）的感知，卻也因為他歧義的言說，造就難以理解的複雜，同時也出現了一些矛盾。儘管楊煉認為「◉」不是字，是「圖畫、符咒」，但他又視之為「無字之字」。在中國，神秘怪誕的圖畫文字，早從戰國時期始，就被巫師術士使用於與鬼神溝通，雜合了星象圖讖和各種龍形鳳撰的變形文字，「◉」的一字多義，再加上楊煉的模糊說詞，讓他的創意彷若發散著迷魅的東方式靈氣。

這麼一來，作者朝不同的方向推擴「◉」義，使得讀者對於作者究竟想表達什麼，更顯迷惑了。前文言明「◉」為「天人」或「地象」，至此卻又遞換上了另一個符咒形象。可見楊煉意欲將「◉」作多元的結合，卻混淆了圖示所可能象徵的核心意義。意謂楊煉自〈智力的空間〉以降，對《易》仍保持一貫的認知。於是，「神秘感」成了這本詩集的思考主軸，無論詩集名稱，或是他選取的《易》素材（例：上文的「手卦」概念），無一不是圍繞著「神秘感」而實踐的。

解構楊煉的創字思維，「人」貫穿於「日」，像是會意字的演繹。「兩個視覺事象的並置與羅列，即是艾森斯坦所提出的『蒙太奇』……而『蒙太奇』技巧的發明，卻是從中國六書中的『會意』而來」[45]，「會意」字重組象形元件，從而形成一個嶄新的成品，形象的交疊就具備了中國獨特的「傳意方式」，葉維廉的解釋是：「所謂『意』，實在是

---

[45] 葉維廉《歷史、傳釋與美學》（台北；東大，1988），頁 70。

相容了多重暗示性的紋緒」[46]，傳意過程的衝突與張力，是造就中國古典詩歌韻味的經典元素之一，而楊煉或許是對藝術效果的多元化所有期許，所以，他又多作了幾重不同的玄虛詮釋。楊煉的構字概念，其藝術效果是不能否定的。

如果，我們採納作者各部份的說詞，統整楊煉「天人」與「地象」的創意，或許可以「圖騰（totem）」視之，「圖騰」一詞，隱含了圖像內在傳承的民族氣韻與文化力量。通常詩評家賞析圖騰時，所考量的審美觀，並不只是展演一場詩人的文化蒐藏，而是詩人在使用原始表徵的背後，隱顯於文字間的精神涵義。這個圖騰，顯示了原型意象（archetype），在「人」與「日」意象並置的模組上，望形生義，由視覺的具象化為思維的抽象。「♀」其中的「日」被楊煉設定為「天」的概念，楊煉的「天」除了提示自然與人的和諧以外，更走入原始部族的太陽崇拜界域，以抬頭即見的「日」，取代有陰陽日夜交遞的「天」，楊煉採取發生學的角度，透過字象「♀」疊合於字之對應物象「人」／「日」，化約為直觀取象的造字法，既強化了字的詩性，也深廣圖騰後的神秘意旨。

在卡西爾（Ernst Cassirer, 1874-1945）晚年集大成之作《人論》一書，關於人類與符號、文化間的互動關係，提出的文字論述是：

> 我們應當把人定義為符號的動物來取代把人定義為理性的動物。只有這樣，我們才指明人的獨特之處，也才能理解人開放的新路——通向文化之路。

> 符號化的思維和符號化的行為是人類生活中最富代表性的特徵，並且人類文化的全部發展都依賴於這些條件。[47]

以人為中心點、文化為基柱，透過符號為傳導媒介，在卡西爾眼中，人是符號的動物，人的作用，在於創造和操作各種符號表現的活動，

---

[46] 葉維廉《歷史、傳釋與美學》（台北：東大，1988），頁 71。

[47] 卡西爾著，甘陽譯《人論》（上海：上海譯文，2004），頁 37-38。

符號的功能，則是做為人與文化的橋樑和紐帶，串連起人與文化。人運用符號形成文化，在創造文化的過程，也就構造了自我塑型的方向。

回溯上古史，對於符號的模擬、創制與運作，首推符號易時期的「易學首聖伏羲氏」了，《繫辭傳》記載了「觀象制器」的文明建設過程，在傳說中，由伏羲氏畫八卦、定人倫，規天矩地，安定社會，有著聖王形象，奠定中國法天而治、仰觀俯察的思維傳統，人祖伏羲氏創造八卦，而爻畫進化為文字生成，所以，「文」模擬自然與天道，是記載著神聖天道表現的符號，這麼說來，創造文字初始，就已經朝向與天同構的神祕途徑發展，也具有象徵的特質。那麼，楊煉將「天人」觀引渡入《𨑨》，造字的創意有益於使他接近先民，將藝術理想用以與「尋根」相稱，似乎也無不合理。

楊煉尊《𨑨》為書名，除了他擅於書寫自然、直觀自然的原始視角以外，另一個示意是：他似乎並不全然認同現存文字，而自行創字是可以滿足他的尋根訴求的，便於向遠古看齊，體現了「人是符號的動物」的論點。所以，圖騰成為傳意的載體，以便導向「中國手稿」時期的最根柢處，並且，他從中樹立了一塊（他一手建立的）中國的聖境。而「𨑨」的圖式特徵，在以人貫天，人出現在符號哲學邏輯起點，肯定了人的存在，其實也呼應《易》中天地人三才的核心概念。

整本《𨑨》，徹頭徹尾，他都行走在自己創設的符號世界裡，享受／通向（他所認知的）古文化之路。

楊煉已經在「造字」這個融匯抽象具象的傳意動作上，將《𨑨》的神祕感塑造的合法了，但是，楊煉又作了矛盾的詮釋：「𨑨是圖畫、符咒」、「無字之字」註解，試圖導向文化人類學的層面，使得《𨑨》移形換影、被冠上幾種截然不同的文化面貌。學界與民間諸說或多元或殊異，但當楊煉依循「神祕感」思考主軸書寫，進行這一系列相關的言論時，即便讀者可能會發現其言論含糊不清，卻也因為中國歷史文化的悠遠浩瀚，所以能受到廣博「文化」的庇蔭，讓他的「𨑨」說接受度無往不利。

　　楊煉使用的「神秘感」書寫基調，尚且合乎文化情理，但綜觀他的詩與詩論，其實曝出一個有待思考的問題：

> 厄運的圖騰；步步隱沒於荒蕪之上、步步輝煌
> 水刻劃星群的無情，在無名無姓的高處一再復活
> 一頭金蜥蜴[48]〈天第一〉
>
> 一根手指，把紛亂的廝殺引申成寂寞
> 白骨封禪蒼茫群山
> 他肅立，俯瞰無光的面孔向另一片國土
> 石頭的頌辭，蔓延成風
> 在空中怨恨低語：何所冬暖
> 何所夏寒[49]〈地第五・他：霍去病〉

「厄運的圖騰」很自然誘使讀者想起《易》的功能，「金蜥蜴」的遙相呼應，《易》的形象復現其中，第二部使用的名將霍去病，運用中國式的語彙和蒼茫氣魄，展演浩大格局，引領讀者復返歷史場面，無論是用典，甚或歷史畫面再映，皆援自典型的中國圖像，毋庸置疑。然而，《昜》的四部組詩裡，僅只第一、二部較有取材中國的傾向，三，四部又另成口氣，形成不同的美學性格：

> 螞蟻說對了　這棵樹不止是樹
> 世界上空出沒的太陽
> 孤寂而枯黃　像病人嘴裡鬆動的牙
> 螞蟻說　這夏天不止是夏天
> 從一場風暴到另一場風暴
> 充滿偷渡者[50]〈火第三〉

---

[48] 楊煉《昜》（台北：現代詩社，1994），頁8。
[49] 楊煉《昜》（台北：現代詩社，1994），頁81。
[50] 楊煉《昜》（台北：現代詩社，1994），頁157。

夾雜種種象徵中國的古文化關鍵詞，大都集中在第一、二部出場，而〈火第三〉這類口白式的語調頻繁出現於詩集三、四部，成為另個分割的單元。然而，在詩人編排的創意裡，整部詩集，與《易》相關的詞彙相當罕見，即使出現的《易》詞彙，誠如前文所言，多半還是「數術」類取向，和詩論文字中對待《易》的雄辯頗為分歧，尤其，《易》道之廣，僅取「神秘」特質著實可惜。換言之，楊煉對《易》的掌握度可能不足，所以，他必須提出其餘與學術文字相關的論點，填充《易》的認知缺陷。

針對這點，他依著尋根的腳步，在上古圖騰意識和當代文字藝術的思路銜接上，楊煉的造《￼》訴求，除了保有（他所認知的）約定俗成的「中國傳統文化」層面，還提出自成一派的「天人」言說：

> 實質的不同在於：中國傳統文化中的「人」，僅僅從屬於天，服從於天……在這裡，卻變成人貫入天，人天同在。人變天亦變——人越深入體驗自己，也就同時體驗著一個更豐富的世界。「天人合一」即人與他自己所認知的世界間永遠的「變化中的統一」。[51]

這裡，楊煉的創意，顯然和學術典籍傳達的「天人」訊息，有些出入。史冊斑斑，文獻告訴我們，一向備受重視「天人合一」的命題，正是中國古代諸家言說的核心話語，隨著時代不同，各派哲人自有一套演繹工夫，而楊煉選擇的路徑，既是以《易》為仿效雛形，那麼，上古之際的天人觀，理當成為楊煉就地取材的造字背景。《易》雖因為與占筮功能可以結合，所以學者常認為《易》因為占卜，從而留有巫術文化的殘影，不過，《易》與「天人」的關係，並不如楊煉「僅僅從屬於天，服從於天」、「人貫入天，與天同在」的認知。

周朝以降，天的絕對權威下降，至戰國時期的天人觀，可以〈乾‧文言〉這段話為代表：「夫大人者，與天地合其德，與日月合其明，

---

[51] 楊煉以為，「￼」與中國傳統文化命題的關係，僅只是「字面」上的相同。楊煉《￼》（台北：現代詩社，1994），頁 188-189。

與四時合其序，與鬼神合其吉凶。先天而天弗違，後天而奉天時」，這段話說明的「天人合一」，必須是人法天，依循著自然普遍秩序，亦突出了「人」的主體能動性；〈象傳〉提及人與天的一致性，也以「天行健，君子以自強不息」表明人當法天道，晝夜不息，契合宇宙自然的運行，並強調人本身自修的重要。八卦性質、六畫卦的構成、六十四卦序列，都體現了三才的關係，《易》的哲學，就是透過天地人的構造表現其價值。總結《易傳》之說，在正典裡，並沒透漏任何「僅僅、從屬於天」的天道惟尊立場，雖在〈象傳〉也有出現「順天應人」的思維[52]，卻不脫上述《易傳》對道德品質、實踐德行的重視，依然護持住「實踐德行」的底蘊。

楊煉的言說顯然與《易傳》的天人之說難以彌合，審視楊煉，再參照今日《易》學者論述，「人」與「日」的「天人」思維，應以鄭吉雄的主張「易道主剛」之說最為強而有力，鄭吉雄推導出戰國以降《易》家思維的可能根源，主張《易》的原理來自於日光的隱顯即陰、陽，並將地軸傾斜與四季之分的自然規律，以地球科學和筮法為論據，得出《易》本於以太陽為中心的宇宙論」思想[53]。再考察經文，《易經》以人與天地宇宙相配應，人為世界的中心。《易》當是結合自然與人文的天人哲學，楊煉的「人貫入天」，毋寧有些近似巴別塔（Babel）的「通天」期許了。

楊煉是個好談「智力、思考、深度」的詩人，但探勘《易》與天人關係後，我們抽檢經典文獻、學界之言再與楊煉對證，可以得出這和楊煉口中的「人變天亦變──人深入體驗自己，也就體驗著世界」，並不符合。楊煉這兒，不談修養、不談道德實踐，沒有宇宙自然生成的順序，「人」在楊煉的論述裡，又該怎麼與天道對應？楊煉省去談

---

[52] 詳參〈象傳〉釋〈革〉〈兌〉二卦，皆以湯武革命為背景。見朱伯崑《易學哲學史》（北京：崑崙，2005），頁 50。（按：依史華茲的想法，「周代天命」的「順天應人」說，差不多就是政治宣傳口號，「順天應人」仍挾帶著尊天的餘溫，和楊煉的「人變天亦變」以人為變動主體、天次之（順從於人），有主從位格的差異，當然，出發點和目的也都不一樣。）

[53] 詳參鄭吉雄〈論易道主剛〉，《台大中文學報》第 26 期（2007.6），頁 89-118。

論與天道對應的實際步驟,終了,要如何實踐「人貫入天」呢?如果說,楊煉的企圖可以簡約為「吾心即宇宙」,然而,對照他的「人天」比例,人固然重要,但是這個隨著人變化的「天」,又似乎比較像是人生活的「環境」,而不是古籍裡的「自然、宇宙、天道」。陸九淵自有一套心本論實踐理路,楊煉的略過(『存/不存』而不論?),難道他的絃外之音,是要表達「內向型神秘體驗」[54]嗎?

楊煉的說解和《傳》的義理不同,《周易》裡的天道和人事具有一致性,也和楊煉認知的「中國傳統」天道獨尊想法不盡相同。而「變化中的統一」一語,則更像是以經典對應人生的感嘆句,寄以安身立命的情懷,將《周易》「易簡、變易、不易」的基本性質,融會了他在流離遷徙的生活下,顛沛際遇的感悟、以及對(尋根)創作的唯一信念。《♈》和《易傳》的天人說解,並沒有義理上的關連,《♈》比較近似於他的讀《易》心得感悟,而「中國傳統」之於楊煉,他似乎也沒有達到全盤的瞭解。這證明了楊煉對於傳統文化,並沒有一個完整的體系性認識,這使得他不得不好發新論,提出一己之見,便於使詩集的創生意義得以完足,但他的言說,卻多是結果論,「過程」的實踐工夫,是他對於傳統文化的忽略,也顯出他的新見流於獨斷與片面。

楊煉的「♈符咒說」、「人貫入天」,決定了《♈》「天人」關係的視野。

符號易時期,是以「天垂象,見吉凶,聖人象之」,由伏羲氏垂象觀天而演成八卦,天地人三才質性共構,同類相通,透過天象開示,顯現出宇宙的奧秘內蘊,聖人始遵循天意行事,護持世界的生生秩序,教化子民。而人類為求生活,必須和自然界有著密切的互動,面對種種的生存挑戰,都告訴他們,天的強大和浩瀚,有必要生起敬畏與崇拜的心,加上先民的認識能力有限,將情感投射與比附於自然,關注宇宙萬有的整體,就形成了超自然力量主導的神靈之天。楊煉採用先民的直觀取

---

[54] 詳參 W. T. Stance 著,楊儒賓譯《冥契主義與哲學》(台北:正中,1998)。

象，作為他認識世界的法則，「◎」尊崇的原型模式，便是沿擬這套「天體崇拜」藍本，也是由「神秘」主軸而企圖鋪展的另個子題。

　　討論上古天人關係的現當代書籍裡，多半會提及《尚書‧呂刑》及《國語‧楚語》記載的「重黎絕地天通」的傳說。在「絕地天之通」的時代之前，正是「民神同位」薩滿信仰的盛行期。神話裡被斷絕與天（鬼神）溝通的人民，最終，通往屬於人類該回歸的「德明」世界，這個故事，可以用來描述《◎》中「人貫入天」，楊煉所要追尋的時代背景和精神指標。他從事的是「人天相通」的策略，求的是默契道妙、參贊自然的玄祕境界；那麼，楊煉便是向著一條逆反天地自然機械順序的「回歸」路上走去，回到氤氳渾沌的「不文明」世代。對照學術史，「天」在中國古代呈現多義性，楊煉的野心，則是企圖吞併種種與上古時期神祕體驗的部份。

　　本來我們讀到「◎」的生成，會覺得楊煉的起源論模稜兩可，卻由於楊煉將創意杵立在巫風盛行的遠古時代，導致《◎》的種種詮釋多落實於「神秘感」的氣氛上，不致啟人疑竇。例如占卜這類「前兆迷信」的民族活動，在文化人類學上總是與巫術斷不了干係，占卜僅只是《易》的其一用途，楊煉卻與《◎》作了聯結，並以此特性大書特書，先醞釀出神祕且朦朧的特質，再揮毫造字，分別提出「造字法」來自觀天地之象、符咒論釋義「無字之字」或是「日」、「人」構形，楊煉的造字諸說，樣樣都很籠統，甚或可以說是毫不相干，但如果放在中國的文化血脈下，怎麼立論，卻又都顯得合情合理，可見他意不在純粹的回歸傳統，有別於古典傳統的舊典，他的出位，首要便是開創新的表現形式，透過通配符號的功能與價值，完成他「風格的歷史」[55]。

　　〈智力的空間〉一文，透露出楊煉對（部分）上古思想的瞭解，就是「巫術」，而他在數篇（詩論）文論出現的屈原，便來自崇拜巫

---

[55] 「我們其實是在研究『我們所見之物』，依據的是，在不同歷史情境下，表現物與事的形式。如此一來，我們將我們的實際經驗，依附於一修正原則之下，這個修正原則，或可稱之為『風格的歷史』」。Erwin Panofsky 著，李元春譯《造型藝術的意義》（台北：遠流，1996），頁 40。

覡、自然宗教狂熱的楚薩滿文化。古代巫覡的職務涵括了天文觀測、記史、醫病、祭司、祝禱及卜筮等多元職責，以及橋接人天的媒介特質，身為祭祀和占卜時的人神仲介，既能交神鬼也能寄生死，而楚人初期的奉祀對象，便以拜日、崇火、尊鳳的圖騰崇拜和祖先崇拜為重。楊煉取用了「日」頂替「天」，人在日下，有著人日之間的高下秩序，在藝術的表現上，「日」像在等待世人頂禮膜拜的至高神。除了奔流出詩歌內在原始的野性，並以「日」的陽性力道、雄健的肌理線條，形成他獨霸天下的尋根思維框架。

不僅是造字的視覺藝術效果，詩集內文亦充斥大量且擁擠的古文明意象，此中，陳設了大量的視覺效果：

> 就這樣至高無上：無名無姓黑暗之石，狂歡突破兀立的時辰
> 萬物靜止如黃昏，更逍遙更為遼闊
> 落日慶典步步生蓮，向死亡之西緩緩前進
> 再度懷抱
> 一隻鳥或一顆孤單的牙齒
> 空空耳膜猝然碎裂
> 聽不見無辜聽不見六條龍倒下綠色如潮[56]〈天第一〉

視覺圖象在此處將氣氛渲染的極為突兀與猛烈，寂靜表象揭示暴動的畫面，密集的古文明意象和難以接續的語義相互對峙，製造斷裂、閃現的鏡頭。廣泛運用視覺效果，「慶典」同「落日」結合，座落於尋根文化脈絡之下，頗契合「中國手稿」階段他對文化、歷史輝煌難再的一貫識見，這是場沒有歡愉聲浪的慶典，只有代入宗教意念的視覺象徵「步步生蓮」，寧靜神聖的導向，開顯出詩境的形上氣氛；疊句「聽不見」後「六條龍倒下綠色如潮」的圖像，以視象代之，於是聽覺隱蔽，圖像遂呈現出內蘊的精神力量。

---

[56] 楊煉《𩂣》（台北：現代詩社，1994），頁7。

我們可以得知，楊煉對視覺效果描摹的心力，圖像在楊煉眼中，具備了語義學的表述。所以，楊煉曾以「字思」為論，發表個人風格與「母語程式」結合的可能，是為他書寫文化尋根的認知：

> 無論如何，一個命中注定用漢語寫作的人，對母語的特質缺乏意識和思考是不可原諒的。……僅就文字層面而言，例如動詞的非時態化，自由——模糊人稱、詞性不定、詞序自由等等……使文字的運用具有高度的靈活性和多種可能性，在充分發揮視覺、聽覺上的造型功能的同時，形成諸如對仗、對偶那樣的獨特的空間美感……由「意象」而「意境」地呈現精神，以及將個人風格融入「母語程式」[57]

換言之，楊煉的構字思維大抵也是如此了，必須要有視聽的效果，「●」不只是有其象，還有楊煉賦予的獨門擬音。視覺上，由人日結合的「意象」，再談武則天陵墓「地象」，「天人」之道的新解，或是「符咒、無字之字」不可言說的神祕「意境」，先勾勒出古典東方的意象線條，以傳統文化接續渲染他的意境，遂形成古文化輪廓。又因為他主張文字具有自由與彈性的使用功能，所以，「●」究竟有無確切的定義，非關楊煉造字的初衷，他的創意原點理當是向上古看齊，但要滿足「深度」的訴求，寫出更多駁斥古人的言論，或是大加闡發新見，就是造字之後的次階段工作了。

在古文化領域裡，為了接近古文化，他直接選擇一個歷代哲人好談的暢銷話題「人天同在」，反正各家各派自有申說，造成「天」的多義性，那麼，再多楊煉的一家之言，雖然未必佔得學術界一席之地，但運用天人的神祕性格、學術正統地位（天人話題總是學術主流），就很難再引來任何對「智力空間」、「詩的自覺」的挑戰聲浪、也難有人懷疑起楊煉詩歌的文化厚度。但是，他必須要為自己的論述展開合理的護航行動，以彌補他對上古學識不夠熟稔的殘缺，所以造「●」，

---

[57] 石虎、楊煉、唐曉渡對談〈當此關口：絕非僅僅關於詩的對話〉，收於謝冕、吳思敬主編《字思維與中國現代詩學》（天津：天津社會科學，2002），頁6。

沿著《易》的岩點攀爬，牢牢抓住神秘氣息的繩索，走在巫術這一條路，既可以連繫《易》的占筮用途、還能擁有匠心獨具、前無古人的巧思；特別是站在上古薩滿文明的線上，就更不會被放大天人理論的縫隙，這股原始思維還恰巧地合融於他的野性粗獷的語感之中。

必須注意的是，無論楊煉如何暢談觀天、知天、法天、應天，或是學者析論的人格天、自然天，天人合一的文字，除了在後記簡略代過以外，在詩集裡，並沒有其他（明確的）天人相合的進路，這讓他的理論與詩互相分離。楊煉的天人關係之晦澀，是以「𩇕」字藝術抽象的表現，讀者只好全然仰賴後記的說明了，卻又在條理不夠暢達的狀態之下，終返回蒙昧不明而難解、神秘不可言說的楊煉視域。《𩇕》與《易》是不同的，甚至楊煉的理解異於學界主流，在他造字、詮釋造字、掌《𩇕》又解《𩇕》的一系列返古儀式活動裡，透過幻術之筆的包裹，於是，別於舊故說解可能造成的錯誤，隱然遁形。尤其書名的題旨難解，即使楊煉作了解釋再三，卻是名與實各異，「象」的博雜運用，合以詩句間的大量留白，和詩集刻意晦澀的書寫風格，《𩇕》就更走向「天書」的胡同了。

《易》是中國的百科全書，楊煉的《𩇕》則是文化符號的資料庫，神秘符號「𩇕」誠如神話原型理論「置換變形」文化規律的應用，善用中國則天觀念的流衍，以一個符號歸納詩人收編「大、小宇宙」[58]的野心，「天」在學術史上，是為求切合、適應時代需要而生出各家異同說解，楊煉的天人初衷，在於他再造新字的手段，這招技法美化了《𩇕》理論可能的缺陷。尤其是圖畫文字的朦朧不明，像是神諭的隱約與待詮釋，這是「𩇕」的空白與獨有的神秘，鋪陳神祕氛圍，鋪天蓋地，自然就應合了《易》卜筮巫術的上古文化之途。

《易》是尋根之行的聖地，也是「中國手稿」最後階段，必然得樹立的精神紀念碑。巫術是楊煉對《易》內涵的認知起點，所以，從艾略

---

[58] 大宇宙（即天道、數術之學的由來）、小宇宙（即人道、方技之學的由來）。大小宇宙概念，出自李零《中國方術正考》（北京：中華，2007），頁15。

特《荒原》啟示而來的「塔羅牌」靈感，歷經四年，《Ｙ》始大費周章的描繪古文化輪廓，以及營造似是而非的哲理氛圍，楊煉所秉持的重心是盡力渲染神祕感詞彙，以偏離的隱喻製造詩意，藉由詩性的創造突破傳統主流論述，這個獨創的符號出自於神祕感的運作，為《Ｙ》的發跡奠下玄虛的基礎，這正是建構起他對中國／形而上認知的思維主軸。

第四節　生存的假說：理想的傳遞與實踐

　　《Ｙ》的文本佈局，在楊煉精心策劃下：「《Ｙ》以《易經》為結構」[59]，以《易經》為模擬樣本，設計出一套與《易經》類比的系統與形式。《周易》創制的功用或形式，及其涵納歷史、神話、占筮卦爻辭等元素，顯現出這部中國經典所承載的特有價值，所以，戴思客（Scott Davis）曾經針對層層如此龐大的架構，提出《周易》的構成是：「組織所銘記的資料，文本形式設計成具有記憶機能，像放置史料的分類制度。使得這些資料本身豐富地提供了圖象和文字的象徵特性」[60]，所以，他提出「類辭典」[61]的概念，也論及這是中國人「敘事性格」的展現。依據戴思客的論述，《周易》的確有著多重文化面向，所以，《易經》文本的誕生，自有其時代語境相應。楊煉取樣的「《周易》的中國文本空間」範式，則傳達了楊煉自身所感應到的精神風景，面見時代動盪、衰盛流變，以及他個人從英雄氣質轉至放逐的無常生涯，《Ｙ》便是楊煉「敘事性格」的陳述；同時，作為一個有著尋根理念的詩人，往這片聖地走去的朝聖式寫作方向，自然也架高了他的藝術理想。

---

[59]　楊煉《Ｙ》（台北：現代詩社，1994），頁 1。

[60]　戴思客〈古代中國的文本空間——《周易》的模型設計〉，收於李豐楙、劉苑如主編《空間、地域與文化——中國文化空間的書寫與闡釋‧上冊》（台北：中研院文哲所，2002），頁 11。

[61]　戴思客〈古代中國的文本空間——《周易》的模型設計〉，收於李豐楙、劉苑如主編《空間、地域與文化——中國文化空間的書寫與闡釋‧上冊》（台北：中研院文哲所，2002），頁 14。

藉由《周易》為雛型而擬造的《[YI]》，楊煉將編排法則分列於〈總注〉與〈後記〉兩篇文章，一來可以用作解釋《[YI]》的「作者」自白之聲，二來是楊煉（作為「讀者」身分）對《易經》的解讀心得。關於讀者／作者與作品對話的互動過程，葉維廉使用「傳釋」這個詞彙：「作者傳意、讀者釋意這既合且分、既分且合的整體活動，可以簡稱為『傳釋學』」[62]，特意標舉出與詮釋學的區別，以便兼及作者與讀者解讀作品的視角，葉維廉又以「寫作、重寫」[63]為傳釋行為下了定義，透過葉氏的讀寫剖析，可以領著我們認識《易》《[YI]》與楊煉之間的「傳釋活動」。

楊煉與經典的讀／寫表現，大致聚焦於〈總注〉與〈後記〉的記述，以上二文呈現他讀《易》的啟示，即《易》對楊煉「傳意」的落實。當楊煉以《易》取模打板，又以自我認知重組／再造八卦排序、卦義、易道內涵，《[YI]》就成了他對《易》的「釋意」，他對易理的種種新見，呈現出葉氏「傳釋學」所言的「重寫」表現，由此看來，《[YI]》也是楊煉對讀者「傳意」的媒介，《易》的存在具有媒介性質。於是，我們可以得知，介於「經典文本《易》」與「結構再造詩集《[YI]》」之間的楊煉，其身分既是傳釋者、也是再造／重寫者，傳釋活動與楊煉的關係，讓《[YI]》成為《易》的「擬結構」，而在傳意與釋意的「整體活動」策略，使得《[YI]》的讀者們，很自然的便將《易》《[YI]》註記上連結的記號。

本文使用了葉維廉所言的「重寫」一詞，在於強化楊煉「再造」的動作，楊煉自己也說了：「還《易》以原始的自由特徵，人類一直在『重寫』這個古老的啟示」[64]，換言之，這位新時期的中國詩人，也認定了自身正在從事經典「重寫」的再造工程。《[YI]》既為《易》

---

[62] 葉維廉《歷史、傳釋與美學》（台北：東大，1988），頁 17。

[63] 「假如我們說作者把心象表達於作品（傳意）是一種『寫作』，那麼讀者去瞭解作品（詮釋、釋意）便是一種『重寫』」，葉維廉《歷史、傳釋與美學》（台北：東大，1988），頁 45-46。

[64] 楊煉《[YI]》（臺北：現代詩社，1994），頁 1。

的擬結構衍生而出，那麼，我們所見得的這本詩集，儼然就是楊煉「心象」[65]的演繹，從楊煉為詩集的定名而創字、或是對《易》象理的詮釋，發出開新與代雄（推翻前人）的話語、以及推陳出新的「史事易」詩組等等，種種被鑲嵌進詩句裡的上古圖騰或歷史片段，都成為他東方想像的拼圖。

　　《易》的文本被視為具有文化記憶機能，《□》也陳設著一套專屬楊煉的上古想像圖譜。有別於〈逝者〉之前，在《□》詩集裡，參雜著愈發加長的詩句，甚至出現了幾篇散文詩，楊煉擴大他的文字密度，超越了早先的篇幅，這告訴我們，這個詩人迫切道出更多的言語、展現更多的技巧，他也擺出「類辭典」的文本架勢，將練筆期前後的「多元化上古中國」學習成果，統統放在一本詩集裡，以作為「中國手稿」階段的最終任務。楊煉的「創意」舉措，為他闢出一塊極少被批判的「智力空間」，在他身上（或是說由《□》所建立起的印象），批評者們幾乎要忽略了他的成長背景，仿《易》的《□》，讓他原先的「文化尋根」前導者身分，再次獲得確立，而這本詩集的誕生，就更為鞏固他的（朦朧詩）詩壇菁英地位。

　　楊煉在〈總注〉、〈後記〉分別寫上《□》的創作觀，兩篇文章，也為這本玄之又玄且「高度濃縮」[66]的詩集，提供了「作者注釋」的訊息，這是讓我們瞭解其創作理念的第一手資料。透過楊煉的傳意與

---

[65] 語出葉維廉，詳見上註。葉維廉又說「詩人寫詩，無疑是要呈示他觀、感所得的心象」；劉若愚嘗論及對葉維廉「心象」的認知，劉以為「心象」即「mind-picture」。詳見葉維廉《歷史、傳釋與美學》（台北：東大，1988），頁45-46、頁112；劉若愚著、杜國清譯《中國文學理論》（南京：江蘇教育，2005），頁60。（按：本文使用的「心象」，除了援引葉維廉的概念，又，在經典《易》論及「卦象」，本文擇以「心象」與《□》對應，二者既都表現「象」的隱喻作用，亦展示出「象」截然不同的關係，同時，再次強調楊煉「再造與重寫」的書寫活動。）

[66] 語出楊煉「在《逝者》完成的語言高度擴張與意識結構高度濃縮之後，《□》誕生了」。楊煉《□》（台北：現代詩社，1994），頁188。按：由引文可見，《□》的出生是詩人歷經焠鍊而生出的心血之作，「濃縮」了他數年來的創作經驗。

釋意，究竟《易》是否真能使用新詩語言或將經典的形式再造呢？尤其是現代詩本身語義的不穩定性，再加上《易》形象化語言及其奧義，促使詩集的形上思維幾乎是無限制的虛化、擴張、膨脹，呈真空式的發展，這麼一來，詩人的藝術理想，或是他的技藝展示，該會傳達至多麼空無的狀態？倘若讀者僅就詩集的前後二文來理解楊煉的用心，又是否該以《❦》的背景文本──傳世經典《易》，一併奉為參照的圭臬呢？這些問題的答案，我們必須從作者自白裡，檢討與吸納他所想要傳遞的訊息，其完整性如何、或是有無達到作者希望的高度，這將是本節的研討目標。

在開章明義的〈總注〉，楊煉在這篇文章的最後一個段落，寫上：「萬物皆語言，詩人在語言中與萬物合一，建立起詩的同心圓」[67]，這說明了詩人理念的高度，透過詩的「同心圓」，以《❦》形成涵納萬物的格局，呈現出詩的語言與自然意象之間的融洽和諧，如同他創「❦」的心態，視萬物等同文字，所以他說「萬物皆語言」，他甚至試圖以「語言」跨過「經典詮釋」的鴻溝，破解傳釋的距離，抵達「詩的同心圓」。是故，我們在詩集的編排上，可以看見最後的章節〈雷第八〉，楊煉與「同心圓」互相連結，標記上詩人生涯的歷練和感悟：

> 一個同心圓層層深入，層層蕩開，我的鬼魂在四面八方活著，成為每個字──這裡遍地是災難的中心。
>
> 一個同心圓，以毀滅為半徑。每天一次創造我就像我創造一片斷壁殘垣。[68]

「同心圓」的組構，楊煉將之設定為「層層」的圓圈型態，這個模型是多元的，究其內涵，是為楊煉生命的化成，也是他人生的軌跡。在〈雷第八〉的前二首詩，提詞分別為「還鄉」、「遠遊」，最後才醞釀了「同心圓」，尤其是第六十四首詩〈雷第八〉，還出現了過去常寫到

---

[67] 楊煉《❦》（台北：現代詩社，1994），頁 1。
[68] 楊煉《❦》（台北：現代詩社，1994），頁 181。

的「斷垣殘壁、黃土、手」等人事景象，再次入詩，猶如領著讀者進行了一次「中國手稿」的回溯旅程：

> 我創造了茫茫人流中的落日…………這失血的臉與星群互相俯瞰，有一種黑色石頭的美。
>
> 我創造了對稱的形式。墓道兩旁剝落的壁畫，在剝落的朝代中依次延續。陶俑們的死亡是一片黃土的死亡，而黃土下的節日是風中陣陣松濤。我創造的手裡生長出另一雙手…………
>
> 我創造了字，人類第一次敲擊石頭收穫的火，永遠是第一次[69]

星群、石頭、土、松濤使人想起〈半坡〉組詩時期的自然書寫，墓碑、剝落的壁畫則來自〈敦煌〉組詩，楊煉過往的文字足跡，像是曾與上古先民共同生活的原始體驗，野性樸質，在中國手稿階段的尾聲，《￥》的第六十四首詩，數度出現「創造」這個詞彙，點出了這些年來，身為尋根寫作前導的自信與驕傲。換言之，《￥》詩集的完稿，總結了他（出道至成熟的中國手稿時期）所有寫作成果發表，尤其以尾詩〈雷第八〉，點醒了我們，詩人自出道以來最專擅的一切「詩眼、詩境」。

　　而詩集內的六十四首詩，他又刻意將「同心圓」放在最後一首，在其他各首卻遍尋不著「同心圓」一詞的出現，明明是在回首昔日創作的常用詞語，然則，「同心圓」卻成為〈雷第八〉裡頗為新穎的關鍵字；再檢視〈雷第八〉的文體，幾近於散文，向散文靠攏的寫法，語意可能會比純詩表現來得更為滿足細密些，也有別於詩這類想像幅度大為寬廣的文體。楊煉的安排，陳列出他所觀感的心象，在一九八八年離開了中國土地後，必然會產生情感的變動，〈雷第八〉可能是闡明中國手稿時期的伏筆究竟為何的最後線索，「同心圓」的意象／藝術理念，必然不可忽視。

　　假設被放在尾聲的「同心圓」對楊煉來說，是一個（中國手稿時期的最終）生命體悟，這篇有別於詩的文體，就顯得像在刻意營造的

---

[69] 楊煉《￥》（台北：現代詩社，1994），頁182。

朦朧與晦澀詩意中，較清晰的曝光他的信念，「闡明」他的生存與奮鬥意志，〈雷第八〉陳述了他面對尋根之旅的完結，發出的告別語言，既已到達尋根的聖地，所以，「同心圓」的毀滅或創造，根本都來自楊煉的寫作意志，〈雷第八〉彷如烈士殉難前的回顧遺言，《Yi》成了他的生命（生存）啟示錄。

不僅出現在前言〈總注〉及詩篇〈雷第八〉，到了〈後記〉，楊煉又再次申說「同心圓」在《Yi》的地位、內涵與意義為何：

> 《Yi》的四部份，是互相關連的一個整體。每部分既有自己的獨特的結構、語言方式和內涵，又互相聯繫，層層深入，構成一個精神上的同心圓。詩人的感受在不同層次上展開，卻又都歸於同一圓心：人之存在。[70]

又說：

> 《Yi》不難懂。詩雖萬象，唯一的題材是詩人。唯一的主題是「人的存在」。同心圓層層指向中心：「我存在嗎」——這個深淵下，是「存在——不在——不得不在」的永恆輪迴。[71]

「同心圓」的真正宗旨，詩人終至〈後記〉才道破詩作主題：「圓心：人之存在」，從「存在——不在——不得不在」這段線性過程，由積極的肯定、消極的否定到無奈與抗戰兼備的「不得不在」，期間個人情緒的變動，意味著他可能正歷經重重的精神轉折。依楊煉所言，他將四組文本的主旨界定在同一共識「存在」，而「唯一的題材是詩人」一語，則直捷了當的說明《Yi》的創設始終聚焦於楊煉的個人視界，圍繞著他的（生活）觀感而作。所以，「人之存在」之於楊煉，雖然是自人文精神理路出發，不過，他其實無意擴大關心到眾生的生存命題[72]，更不見任何與《易》經傳相關的開示／詮釋，《Yi》的文字僅

---

[70] 楊煉《Yi》（台北：現代詩社，1994），頁 191-193。

[71] 楊煉《Yi》（台北：現代詩社，1994），頁 200。

[72] 《Yi》時期的楊煉，也的確告別了初始寫作的仿聶魯達式激越熱切的陳情風格。雖然在他接觸艾略特後，情感已轉趨內斂，不過，他在《Yi》裡，則清

僅用以呈示他的心象，「同心圓」的思維或組成，顯然不是從《易》派生或歧出。

依循楊煉的思考路徑立論，「同心圓」的成形，應是四部組詩的精神昇華，四部組詩彼此間是「互相聯繫、層層深入」的有機體結構，即便各成單位，卻因為扣合圓心為基點，故能夠化為各子題間的架接橋樑，以反芻「存在」通貫他的寫作生命，無論詩人是迷途、或闖蕩、或尋索，終將會復返起點（這個圓心）。

從前言、內文及最後的註解，三次關於「同心圓」的記敘，提供了作者的意圖。在楊煉的構思裡，已表示圓心即為「存在」的思忖，半徑為「毀滅」，從圓心出發而層層擴大。關於同心圓理論，我們大致可以想見有一問題核心、狀似樹木年輪圖樣，一層層呈放射狀向外推擴，在沒有離開主軸（或是核心）的條件下，由核心向外發展認識萬象；倘若反向，由外而層層縮減至核心處，則是透過各層的萬象進而顯微出問題的本質（核心）。各個層次（四部組詩）所開拓的子題，皆來自問題本質的某種意識揣摩而發，四層圓圈就隱含了個人與時空的交疊。圓圈的中心「存在」是《☯》的理路基礎、是四部組詩的內核，既作為《☯》的主體，那麼，他是如何決定（圓心）切入點的主觀角度呢？切入點的差異，足以對「存在」產生截然不同的理解，針對「存在」如此廣泛的哲性話語，要掂掇楊煉的持見，必須解剖「同心圓」，以逐層「互相聯繫，層層深入」的圓圈領會圓心的存在真諦。

楊煉首先分配八卦卦象為每一組詩的主要象徵，再按照（他所領悟的）卦象性質聚合為「氣、土、水、火」四象，貌似毫不相干的組合，楊煉為求使他的「同心圓」理論合理化，所以他提出這番言論，俾以為理論打底的基礎：

> 因此，《☯》詩四部，又可以這樣的線索概括其精神：外在的超越；外在的困境；內在的困境；內在的超越；每一部的結構

楚坦白的道出個人關懷視域在於己身：「唯一的題材是詩人」。

語言，都表現獨特的精神氣質；「氣」的奔放、「土」的凝實、「水」的流溢、「火」的明艷。[73]

〈總注〉與〈後記〉都出現了類似文字，內外在的精神境域其排序也相同，〈總注〉又說這是「貫穿線索」[74]，四層結構的排列首先揭開啟人疑竇的序幕，是以這四重精神狀態分列四組詩，或是各組詩裡都同時蘊含了四階段的內外在意義，楊煉並沒有提供更為深究的答案，我們僅就字面得知：這是認識四部組詩的論點主軸。如果將這四層結構的精神意義開展，則楊煉的邏輯反而會是問題的肇始，我們或許能概略臆測何以「內在的困境」後是「內在的超越」，這可能是趨近詩人困陷到突破的心境，或經由累積書寫經驗及思維的幾番實驗與摸索，所走過的一段沿革過程。但是，再依序推演，則「外在的超越」及「外在的困境」導向「內在」的過程，先有「超越」，而後才遇到「困境」，著實有些矛盾。其各階層的順序，像是借鏡於中國儒家的「內聖外王」，著重「內外」兼備的系統，但楊煉洞悉自我的方式，由內而外的次序則更像是取法宗教的修行觀，修行終悟正道。

四層內外在精神進程是楊煉筆下「同心圓」的「貫穿線索」，依上段引文的「貫穿」、「線索」、「概括」等詞，大致上應是形似軸狀、直線伸展，所以，軸狀物始能自圓心通貫至圓圈的各階次。接著，回到同心圓的構成，同心圓的第四層必然和第三層的思想意識相關、第三層也理當由第二層、第一層的發展再延伸、擴展，凝聚各層的經驗理旨，最後，識見問題的核心本質──「圓心」。但是，楊煉的「內／外在」的「困境／突破」反而像是人生際遇裡所遭受到的一道道關卡，和自身生活經驗息息相關，理應是隨著時間而發生種種遭遇，與其說形似年輪狀，不如說更貼近線性發展來得更為恰當。

如果這是圓圈，所謂的「同心圓」，應是可以逐圈擴張的（個人思想）版圖，圈圈彼此間的子題，應當能同圓心主題相互吻合，亦可

---

[73] 楊煉《￥》（台北：現代詩社，1994），頁197。
[74] 意即：貫穿四部組詩的線索。楊煉《￥》（台北：現代詩社，1994），頁1。

符合由圓心輻射出去的狀態，假使，這四層精神進程的設想是以「存在」為出發點，且以圓心為主題下筆成章。但是，四圓圈的視角著實過於寬廣[75]，而楊煉立下的條件卻是「互相聯繫、層層深入」，即便這四階段都來自他心象的抒發，可以「互相聯繫」，但是，人生歷程畢竟不是可供分割的塊／環狀，楊煉同心圓的環環推擴設計，比較近似一代人（群體）所承受的精神共業。

這麼說來，楊煉的期望，確實是和他的實踐無法齊平，再者，四層精神境遇也難以達成同心圓的年輪狀、層遞的觀感，逐層遞增／減的關鍵是什麼，在楊煉的詩文裡，從不曾提及。「同心圓」的結構，在這裡似乎像是使用蠻力拼裝來的圓圈，扣不起來、也沒有任何由淺至深、由大到小的圓圈，足以被排序、被涵納組織，解析楊煉的說詞，「同心圓」的顯現猶如（被時間）塑形為直線的圖示，而唯一能連接起四道子題的，與其說是「人的存在」，不如準確的說是「楊煉的存在」——他的生命境遇與文人感懷。

楊煉理論與實踐造就的矛盾，使讀者難以體會他的理想，也反映出他對藝術的「崇高」期待[76]。同心圓的原始構思來自於四部組詩，理解四部組詩，等同於進入這四層圓圈的側剖面，要梳理這一脈絡的條理，四部組詩，提供了我們切開同心圓精神結構的端緒。

第五節　心象的傳釋：「精神」的線性理則

沿著詩人完稿的時間順序，應當是在長詩〈逝者〉完成後，《￥》詩集的第一部組詩〈自在者說〉甫動筆進行，併以〈後記〉一文揭示他的設計：

---

[75] 此處「寬廣」的意思是指楊煉的不夠嚴謹，例如「外在的困境」與「內在的困境」層次相連接，但讀者很難準確的理解這兩境界究竟意謂著什麼。四階段的排序，反而讓楊煉的理論與實務的文字處理，產生矛盾與衝突。

[76] 此處「崇高」的詞彙使用意義，是在省思楊煉的理論：是知音難尋造就的崇高冷僻？抑或是他每次言說道理卻總是說得不清不楚，所以不易被理解？故論者使用了「崇高」一詞，便於闡述下文將面對的問題。

特定內涵是：人面對自然。中心意象：氣。卦象：天與風。這
裡，「氣」飽蘊莊子所謂「貫天地一氣耳，聚之則生、散之則
死」的浩蕩與混沌，在「天」與「風」中展開。……「風」的
運動是一條曲線，恰以「天」的寧靜圓滿為歸宿，像大自然永
遠是激動不安的人類的歸宿。[77]

依據引文，〈後記〉改編了莊子〈知北遊〉的一段文字[78]，用以支持楊
煉的「氣」論。出乎讀者對「中國手稿」（中國文化內蘊及詩人智力
空間）的期許，他的內文並沒有針對引用的《莊子》加以著墨[79]，而

---

[77] 楊煉《￼》（台北：現代詩社，1994），頁 192。

[78] 「人之生，氣之聚也；聚則為生，散則為死。若死生為徒，吾又何患！故萬
物一也，是其所美者為神奇，其所惡者為臭腐；臭腐復化為神奇，神奇復化
為臭腐。故曰：『通天下一氣耳。』聖人故貴一。」《莊子外篇·知北遊》。

[79] 《莊子》書中出現「一」的論述頗多，歷來相關詮釋亦頗為繁眾，然大抵不
離其超越對立、絕去對待等中心思想。楊煉雖是參引，然而最為代表莊子形
象的逍遙與超脫，卻與〈自在者說〉沒有太大的關係，楊煉的語感反而表現
得更為暴烈與緊密。再以〈天第二〉為例，楊煉在〈後記〉提及這首詩主要
題材為《莊子·逍遙遊》的「大鵬」，然而，這首詩應當出現的主角，卻是模
糊難辨，既有「鵬」、又有「鷹」、及「黃蜂」，楊煉也抽去了變身為「鵬」之
前的「鯤」，而寓言裡的地理背景「北海、南冥」在詩裡也不見蹤影，最終現
身的竟是〈逍遙遊〉禦風而行的列子，〈逍遙遊〉的「鵬」被拆解得相當碎瑣。
就這首詩而言，楊煉從事的工作似乎不若他自陳的有一主題，反而像在應用
／拼湊〈逍遙遊〉的數則寓言片段。〈天第二〉這首詩，尾聲的粗黑體字「同
一」，在這首詩徵的意涵，恐怕也不能完足／呼應莊子。楊煉又寫了「每個
人生於死亡，而生命死於生命」，我們看得出他企圖要接近莊子的去差別相、
齊一，然而楊煉的認知仍有著死生兩造的距離，刻意劃分封限後，再打破殊
相各異的疆域，楊煉如此作為，易流於拼湊、合併的駁雜，下一句「每個軀
體被軀體所包圍／像葬禮被葬禮遺棄，籃與籃相望成空曠的孤島」，其中的「遺
棄」、「空曠」與「孤島」二詞，若與莊子的達觀相比，難免有些過度情緒化。
〈天第二〉是〈自在者說〉十六首詩裡，（據作者自陳）這是以《莊子》典故
為題材的詩作，而這首詩根本沒能善用、點出莊子、大鵬、列子角色獨有的
特色與深度，那麼，其他也打著「同一」旗號的幾首詩，另還提及「達摩、
義和」等典故，格外顯得〈自在者說〉的博雜，更遑論〈後記〉內文，楊煉還
將文本佈局提升到「氣」的高度了。楊煉固然有他的一套創意表達，但是他文
字所道出的書寫期許，與他詩作的實踐，明顯帶出其中的衝突，造成無法「切
題」的技術性落差，這恐怕是《￼》難以被理解／翻譯的原因之一了。

〈自在者說〉裡，數首詩皆以粗黑體字標明「同一」，似在意圖參引《莊子》「齊一」[80]，也隱約與書名《𤴐》天人「合一」對應。楊煉「一」的理旨主要是自然、天人、物我的「合融」，似有「同於大通」的恢宏渴望，但就其整體性觀照，〈後記〉的闡釋則與詩難以貼合，〈自在者說〉沿襲〈逝者〉組詩，仍持續擴張不安與狂躁的語感，他所列舉的「風」、「天」抽象特質[81]，在〈自在者說〉，可以看得出他有意仿造莊子卮言，內化為自成一套的格言語錄，遂以新詩體立下具體的文字藉以到達他希冀的藝術高度，不過，縱使使用了散文詩體，其具體實踐還是無法臻至他的理想：

> 面壁無垠：那太初的石英，上千次提升這片星空
> 無所顧忌的手插入，整個世界在最高點流去
>
> ………………
>
> 源源不斷，我在我身上是生者也是死者
> 枯骨們的集市在我嘴裡
> 叫賣永恆[82]
>
> 我的血泊裡一片黑夜一片眾星沸騰之巢
> 每個人生於死亡，而生命死於生命
> 每個軀體被軀體所包圍

---

[80] 本文以為，如同對《易》的認識與重寫，楊煉僅只是企圖「參引」莊子，但莊子之於楊煉，楊的文字或思維，皆談不上是參透或正確理解。

[81] 以〈後記〉的「天第八、合一」特質為例，詩句「那看不見的鳥說：歡樂／而翅與翅，昭示茫茫不毛之地／無人離去也無人到來……我張開的手指五行相克」、「此山無我，此山是我：雲住雲飛，像群狼在嘔吐」。節自〈天第八〉，楊煉《𤴐》（台北：現代詩社，1994），頁44-45。以上片段，會引人聯想起任何與「合一」相關的畫面或文字印象嗎？〈天第八〉頗多這類語句，雖然仿擬了禪宗語要，但他盡力於描摹蠻荒、玄冥、孤寂至靜的境界，其語言裡隱含的偏激或是暴力的勁道，其實很難讓人信服楊煉所自訴的藝術理想：「天」的特質「寧靜圓滿為歸宿」。

[82] 楊煉《𤴐》（台北：現代詩社，1994），頁23-25。

像葬禮被葬禮遺棄，籃與籃相忘成空曠的孤島

逍遙嗎？首領，馭六月風

張開熏熏醉翼，夷八方之亂為一片徹骨的寂靜[83]

第一段引文，楊煉用的典故是佛教祖師達摩面壁九年，第二段則是莊子〈逍遙遊〉的大鵬鳥，不過，除了極少量的典故相關形容詞，例如「面壁無垠」、「逍遙」，如果沒有楊煉加以說明典故，那麼，無論是達摩或是莊子，都成為「死亡／生存」的註腳，角色之間的界線是很模糊的。楊煉的語調仍照本宣科先前〈逝者〉詩作，以嘈雜的畫面，呈現虛無與寂靜。楊煉的書寫重點，仍是對生死問題持續琢磨，死亡也總是與黑暗、枯骨相生，活著與死去在楊煉這裡是交疊的，所以，典故的出場主角根本不重要了，楊煉只是複沓的告訴讀者：生即死、死即生，他是一個對死亡關心的詩人。

經典的誤讀，足以誘使詩人發揮驚人的創意，但《𤫊》的〈後記〉註釋文字卻使得整組詩更為蒙昧難解，雖是組詩，卻沒有完整組織的思想，意境、註解與詩人一併恍惚了，對照起後幾組詩，從〈逝者〉以來的公式化寫作，讓「天」、「風」、「氣」或是這一組詩的特定內涵「人面對自然」，皆無法顯出獨特氣質，甚至，我們可以說，〈自在者說〉的文字，與後續詩組對照，並未擁有不可取代的價值。

第二部組詩〈與死亡對稱〉，楊煉又再一次引用歷史、神話人物為題材，所謂的「黃土」，是楊煉對「死亡」與「歷史」的暗示[84]，這一節雖是集結「地」、「山」合為「土」的自然意象，但其寫作技術，正是套用前一部〈自在者說〉模式，以中國歷史神話題材再作延伸（找了更多的歷史人物出場），而且比〈自在者說〉莊禪（自在逍遙）的脈絡來得更為失序，楊煉大致（或是隨意）揀擇了歷史和神話上幾位

---

[83] 楊煉《𤫊》（台北：現代詩社，1994），頁 14。

[84] 土地與死生連結，是楊煉自摹仿轟魯達〈馬楚・比楚高峰〉以來所遵循的固定思路。

著名人物，又新增散文體用以表現「我」的主詞發聲訴求，楊煉如此解構歷史、與歷史對話的最終目的是：「我通過這些詩，表現人類置身社會的痛苦，同時，重新選擇自己的歷史」[85]。

　　楊煉在散文體裡，寫了不少暗喻人生荒誕、死生無常的相關文字，藉由這幾篇短文，我們可以見得他（相較於詩）更為尖銳與批判火力十足的意識形態，楊煉形塑的世界，隱約透顯著類似《荒原》上活得精神枯竭、卑劣猥瑣的人們[86]，這股不死不活的悲觀情調，搭配熱熱鬧鬧的中國節日、大喜之時[87]，所謂的中國文化便顯得格外諷刺，這也是楊煉身為尋根作家，由歷史與現實，看到的整個中國的腐敗與荒蕪。其中，〈山第六〉「人變成蟑螂」為引子，喚起我們對現代主義大家卡夫卡（Franz Kafka, 1883-1962）《變形記》（*Die Verwandlung*）的印象，楊煉在中國寫作的八〇年代，也恰好是現代主義思潮盛行的時期，固然在〈與死亡對稱〉裡，他延續了上一部的寫作技巧，不過，楊煉的抨擊視角與嘲弄口吻，明顯受到艾略特根深柢固的影響，「存在」這個問題考量的起點，他儼然不是從尋根或是中國歷史而學會的，而是接受了艾略特的思慮基調，從這點看來，約莫也是楊煉（有別於〈自在者說〉的中國素材）即將另闢寫作精神路徑的時候。

　　前二組詩，皆援引了歷史神話人物並描摹其神態，透過傳說的斷面、和詩人拼湊的古中國時空拼圖，我們瞭解這個階段的楊煉，延續著〈逝者〉、或是更早的〈烏蓬船〉那種期許著與中國共生的夙願。不過，〈自在者說〉隱約埋下西方式「自我存在」思考的伏筆，至第三部〈幽居〉之際，艾略特的形神，遂重現於《●》的字裡行間了。

---

[85] 楊煉《●》（台北：現代詩社，1994），頁 194。

[86] 〈山第五〉「可不？那些沒等著『未來』就死的白癡活該啦，連委曲求全都不懂，還能有好下場？！」、〈山第四〉「據考證：青銅器上那頭叼著半截人身子的饕餮，象徵的就是一隻活生生派大蠕動的胃。笑著，用神力祐護子孫萬代綿延不絕。」楊煉《●》（台北：現代詩社，1994），頁 77、74。

[87] 詳參〈山第六〉、〈山第四〉，楊煉《●》（台北：現代詩社，1994）。

座落於《⊕》的第三席次，代表的卦象是澤、水，中心涵義為「人面對自我」[88]，所以，〈幽居〉配置的重點在於：

> 〈幽居〉是《⊕》中語言最直接、坦白的，惟其坦白，才更表現出人性深淵的無底黑暗。這裡的我，是加引號的。既存在我內部，又無從認識與和捕捉。這個「我」與〈自在者說〉中的「自然之我」，與〈與死亡對稱〉中的「歷史之我」相呼應[89]

楊煉認為，是以自然、歷史包圍住「自我」，讓《⊕》能自經典中特出詩人主體（即大寫的 I），換言之，自然與歷史隱喻著與「國族」息息相關的詩人長成環境，所以，必須藉由第三部的「自我」確立《⊕》的思考定位，經由第三部詩突顯詩人「我」的存在，然後才能過渡至第四部的「超越」。

也就是說，楊煉從第一、二部逐漸建立的「形而下下」[90]，得經過第三部「自我」的「追尋與超越」[91]才能臻至第四部的「形而上」。

有別於前二部，依據楊煉的說法，〈幽居〉等同於他的靈魂以詩文現世，是屬於本我的，不假外求，不偏倚任何外在環境生成（不若前二部詩，〈幽居〉不受制於歷史或自然），只是，楊煉又說〈幽居〉前八首書寫無法找尋自我的孤獨，後八首是人在絕望中持續尋索的宿命，以「最後徹悟到『以死亡的形式誕生才真的誕生』」[92]為終點，楊煉點出的「死／生」，仍然還是原地踏步，複誦了前二組詩。〈自在者說〉試圖參雜莊子去差別相的齊一觀、〈與死亡對稱〉引歷史與現世互相對照以為省思，借逝去的歷史作為「死亡」主軸，寫到〈幽居〉，

---

[88] 楊煉《⊕》（台北：現代詩社，1994），頁 195。

[89] 楊煉《⊕》（台北：現代詩社，1994），頁 195-196。

[90] 對同心圓、《⊕》的四部分，楊煉這麼形容：「這就是『形而下下——形而上』之路。」楊煉《⊕》（臺北：現代詩社，1994），頁 191。

[91] 「構成人對自我存在的無盡懷疑與追尋，最終，於徹悟中肯定追尋的自覺」，語出楊煉《⊕》（臺北：現代詩社，1994），頁 195。

[92] 原詩出自〈水第八〉。楊煉《⊕》（台北：現代詩社，1994），頁 195。按：死生的思考，其實也是呼應他的寫詩初衷，可參其文〈在死亡裡沒有歸宿〉。

雖然換了一個介面（表現方式），卻依然是針對「死亡」闡發感觸。不過，這個死生話題仍然呈現迴圈狀態，因為楊煉無論使用何種卦象、更換文字包裝他所謂的「特定內涵」，其陳述的中心意念，從第一部至第三部，議題始終如一，而且沒有定論。

　　為了清楚解說上述問題，必須細讀《幽居》組詩中的〈水第八〉：

> 以詩句為生的人　內心一片荒涼
> 在死水晶的稜鏡中埋葬自己
>
> ………………
>
> 永遠在走　永遠走不出說出的不真實
> 或說不出的真實　黃昏不多不少是黃昏
> 死亡圍繞著自己　用刻出五官的人頭碰杯
> 一聲忍不注的咳嗽
>
> ………………
>
> 深入肉體的黑暗核心炫目於終極的裂縫
> 一頁白紙
> 以死亡的形式誕生才是真的誕生
> 化了雪　擁有全部啟示[93]

詩人的觀感依舊荒蕪，而且死亡話題幾乎是命定的如影隨形，無法逃離，第一部組詩即在進行思考的死生重疊問題，到了第三部，「永遠在走／永遠走不出說出的不真實…死亡圍繞著自己」顯見詩人的情緒一直滯留於此，也因為始終徘徊於對死亡的省思，詩人的迷惑，找不到解決的方向，故有了「同心圓」的出現。雖然，楊煉說「以死亡的形式誕生才真的誕生」，但是，這個啟示根本不能平撫還活著的人，如何活著並且體驗誕生？這恐怕是普羅大眾難以體會的生命經驗，那麼，楊煉走到第三部的思路及論據過程，所設想的生死問題，猶然是形同虛設。

---

[93]　楊煉《人》（台北：現代詩社，1994），頁 139。

　　相較於前二部組詩，我們可以發現隸屬於中國文化的關鍵詞大幅減少，〈幽居〉使用的「黑體字俗語與格言」，本是刻意鋪陳（語言）直白的一面，進而襯出人性的黑暗，但是楊煉的「用典」技法並不完全引自中國俗諺，內含不少自創的白話句，夾雜其中，例如：「一朵蓮花是死亡的切片就該透明」、「田野在房間裡詮釋命運的謎語」[94]，亦不乏類似艾略特的語義出現[95]，跳脫讀者對「尋根」或「中國經典」的認知／期待視野，甚至，〈幽居〉裡出現了艾略特慣用的「動物話語」[96]，並且，他又寫了更多骨骸、黏滯腐爛的肉體臟器，瀰漫著詭異與焦慮的涵蘊。〈幽居〉數次直書「黑／黑暗」，這股死亡原色顯現著活人卻彷若鬼魂的殘破，也預示著種種不確定、被隱蔽、被制約的強烈情感，楊煉引領讀者窺視這粗暴且冷寂的心靈圖景，也為「面對自我」作出了有如自傳般的詮釋。

　　〈幽居〉已經離開前二部詩「取材中國」的模式了，最後一部〈降臨節〉，楊煉設置卦象「火、雷」象徵「人的超越」[97]，〈降臨節〉主要得自「火」的二重創意，齊聚了「死亡的讚禮」[98]及再生的意義，回歸自我，到最後通過內在達到與萬物合融的終極期許，也引人聯想

---

[94] 楊煉《￼》（台北：現代詩社，1994），頁 128，129。

[95] 例：〈澤第七〉「活在語言中的人　是沉默的化身」、「徹骨沉默　沒人能把它再說一次」，和艾略特的詩句相當類似：「語言，音樂，都只能／在時間中行進；但是唯有生者／才能死滅。語言，一旦說過，就歸於／靜寂」。引文底線為論者所加，用以強調楊煉與艾略特近似之處，二人皆以語言與靜默、存在連結。楊煉《￼》（台北：現代詩社，1994），頁 131-132。艾略特著，杜若州譯《荒原‧四首四重奏》（台北：志文，1985）。

[96] 艾略特的「動物話語」主要以《荒原》為主，《荒原》裡出現的魚、貓、老鼠、鳥、雞等動物各有其典故，在《荒原》裡也扮演各自的角色內涵，所以有學者指出「動物話語」是艾略特「非個人化」文論的藝術效果展示，詳參黃宗英《抒情史詩論》（北京：北京大學，2003），頁 103。楊煉在《￼》之前，最擅用的動物是轟魯達〈馬楚‧比楚高峰〉屢次出現的「鳥、鷹」，但到了〈幽居〉，十六首詩裡，也使用了數次貓、老鼠、鳥、魚等動物，還是留下了艾略特的筆跡。

[97] 楊煉《￼》（台北：現代詩社，1994），頁 196。

[98] 楊煉《￼》（台北：現代詩社，1994），頁 196。

到《易》的〈噬嗑〉卦[99]，此卦具有咬合、刑罰之義，卦象取光明與行動力的結合，反觀楊煉後來的流離生涯，隱微的傳述了他的感懷。

依照楊煉的信念，〈降臨節〉應當與第一部〈自在者說〉的「同一」概念會合，一如首尾詩句「就這樣至高無上」遙相呼應，但我們可以看到〈火第七〉、〈火第八〉題目旁出現一行標楷體，依序為「還鄉、遠遊」，隱約對應了楊煉一九八八年之後的種種人生機緣，更加深我們對《￥》詩集隱含的「自傳」印象。對照楊煉自白「人的超越」一語，「超越」竟是楊煉生命實境中的「離境、流放」代名詞。

〈降臨節〉的中國古典文化成分依然是不比前二部，詩集的最末首詩，記述了詩人多年來「中國手稿」時期書寫經驗：

> 這是一個沒有記憶的地方，記憶不過是活在腦海裡的鬼魂。……一個同心圓層層深入，層層蕩開，我的鬼魂在四面八方活著，成為每個字——這裡遍地是災難的中心。
>
> …………
>
> 直到我發現自己也是水，更乾枯的水，滿佈裂紋，深處漂浮的都是別人被淹死的屍體；
>
> 我創造了字，人類第一次敲擊石頭收穫的火，永遠是第一次……
>
> 數年前那一把焚書之火比人類更耐久，點燃今日的焚屍之火。在天邊在我骨髓的黑色礫石間，這沒有記憶的地方是同一個地方。
>
> 同一片黃昏降臨節，籠罩你們茫茫人流中茫茫無人風景，籠罩我使我走出我。在同心圓中心，瓦解成每陣風、每塊土、每滴水和明亮的火，到處活著，靜靜地呼吸。[100]

---

[99] 可惜的是，楊煉真正將卦象與心象結合的詩篇，在詩集裡實在稀罕。

[100] 楊煉《￥》（台北：現代詩社，1994），頁 181-183。

當年抱持光明視角、激湧著民胞物與意志的青年楊煉，至此，詩人靈魂呈現的是困頓、以及因為不得不妥協所生發的頹軟平靜，不復年少拚力吶喊，楊煉彷彿在進行最終章的記憶回溯，他將手邊最常使用的意象系列，接連堆疊於〈雷第八〉，這既是一次的成果展，也是一場告別式，是尋根活動的殉難。可悲的是，他所執著與追尋的歷史，到了尋根的終點，「記憶不過是腦海裡的鬼魂」他的認知已呈現昨日黃花的色彩，歷史圖象（種種已逝的時空）在〈雷第八〉，再也不如前二部〈自在者說〉、〈與死亡對稱〉出場人物如此的鮮明活躍，然後「今日的焚屍之火」燃燒，才發現他的努力原來是文化孤臣的虛無蒼白。身為獨自尋根的文化鬥士，楊煉依然運用「創造」、「第一次」等開天闢地式的辭彙，直與他人生的早期代表作〈自白──給圓明園廢墟〉的「我創造自己的語言」[101]一語，相互呼應。

階段性任務完成，即使不見當年輝煌的驕陽，但「你們誰能目睹這片不屬於任何主宰的黃昏？」[102]，楊煉懷有不可一世的自信與霸氣，即便遠遊，身在異鄉，在《ℙ》留下的中國遺願轉化為風土水火自然元素，達到他所企求的「人天同在」。

「黃昏降臨節」這一天的誕生，略顯唏噓，「節」在中國，一直是家家戶戶早早便殷切著籌備慶典，在度過那一天節日各種儀式的嬉鬧喧騰後，留下哄亂以及人群散場後的靜寂。時間界址落在「黃昏」，顯見楊煉塑造／感知的自我是悲劇英雄的結局。《ℙ》的卦象，成了楊煉心象的演繹，隱喻／指示了世路與思路交疊的心境動線：

> 一首詩在沉默中運動，這整個早晨因此重新命名，重新誕生於
> 死亡的高峰上。那是：群鳥翔翔、鳥兒遨遊的時辰。天地間一
> 片潔白的時辰。〈雷第六〉[103]

---

[101] 楊煉〈自白──給圓明園廢墟〉，收入姜耕玉編選《20世紀漢語詩選・第四卷》（上海：上海教育，1999），頁252。

[102] 楊煉《ℙ》（台北：現代詩社，1994），頁182。

[103] 楊煉《ℙ》（台北：現代詩社，1994），頁173。

整個生命是一首詩
為毀滅哀號在毀滅中想笑就笑

…………………

我已成為大地　並與神的蔚藍同在〈火第六〉[104]

這時的楊煉，幾乎已經受到一種形而上的力量感召，火象的光明、雷象的震動，似乎都為詩人的人生帶來極其美好的可能，詩境散發胎動的訊息，即將由死而生的「重新誕生於死亡的高峰」，昭告了詩人即將超脫苦痛，尤其是拉拔到與神同在的信仰高度，物我同一的懷抱，看起來似是洗滌了〈幽居〉極端的沉滯與陰鬱，所以能與「毀滅」和平共存，於悲情調性中，生命有了詩的節奏，這個詩人懷抱的超然平衡，似已臻至莊子之境了。

死亡有無限的耐心
跟著我們徘徊　等候我們歸來

…………………

床上掙扎的情侶或死者
一瞬間看見自己就是深淵
我們在我們外面

…………………

所有無人　回不去時回到故鄉〈雷第七‧還鄉〉[105]

從此出走的世界和出走的我攜手同行

從此死亡的峽谷在我一動不動的軀體中
開鑿它的運河〈火第七‧遠游〉[106]

---

[104] 楊煉《♀》（台北：現代詩社，1994），頁 176。

[105] 楊煉《♀》（台北：現代詩社，1994），頁 177-178。按：原書將〈雷第七〉標題誤植為〈水第七〉。

前二首詩，泰然逍遙，飽含新生將至的期許，但是，〈還鄉〉以及與之相對的〈遠游〉卻又復返私隱淡漠的情緒，人雖活著，「我們在我們外面」魁儡一般，失去了自我意識，死亡的黑暗與厚重感，並沒有遠離，即使遠游，卻是任由死亡工程運作，回到了詩人的身體裡墾拓「開鑿它的運河」，雖生猶死，所謂的「回鄉」，像是回到死亡，那麼，這個詩人在前二首鋪陳的光明與自在，彷彿是曇花一現，短暫的自我療癒。

　　「超越」如此深邃高遠的理想，我們在〈黃昏降臨節〉多半見到的是自傳意味濃厚的詩句[107]，近似回憶錄型態，此般顧影自憐的氣質，這是「超越」或「困陷」的定義呢？獨自從文化荒原醒來的楊煉，在〈幽居〉、〈黃昏降臨節〉猶然停滯在艾略特的文字／哲思聖境，保存對艾略特的閱讀與消化習慣。經由第三、四部組詩解讀他的閱歷，可以感覺到截然不同於前二部的古典中國基調，他對自我的體悟、對存在的定義，甚或如何認識自由意志與大千世界，幾乎受到大師陰影的覆蓋。是故，楊煉仰賴前驅詩人的邏輯思路、借鑑文字語義，俾便於領會何謂「自我、存在」，第三、四部的歧出，溝通串連起這兩部的便是艾略特，艾略特所使用的意識、技法、符碼也成為解譯三、四部組詩的線索，換句話說，艾略特的強烈能量，不僅是文化尋根者的心志嚮往，更左右了其思考力場。

---

[106] 楊煉《￼》（台北：現代詩社，1994），頁 179。

[107] 例如後記裡便說了：「《￼》最後一節詩題為〈遠游〉，前一首題為〈還鄉〉，這正是我將開始人生中最長的一次遠游，而且，渴望還鄉卻幾乎絕望的時候：『所有無人，回不去時回到故鄉』」。詳參楊煉《￼》（台北：現代詩社，1994），頁 201-202。按：如果楊煉後記時間屬實，這時的楊煉，約莫已身在紐西蘭了，在〈火第七〉再次浮現死亡的凌厲與威脅，他以詩句「兇猛的爪子／把所有人抓得鮮血淋漓」表示，所以，他的「鄉」又與死亡扣合，「鄉」的意義，除了他的精神上的遠古想像以外，現實中的生存環境，則像是再次回到文革，只是詩人已不再年輕，沒有吶喊的力氣，轉向與毀滅共存，人在異地，以文字與中國道別，無怪乎整本《￼》詩集，情緒總是如此深厚凝重了。

　　楊煉以亦中亦西的組合，發掘他的文化尋根空間，再與他所強調的寫作目標——探索中國文字和語言相配套，等同於挑戰文體的極限，容易造成期望過高與理論實踐的困難與危機：

> 表現特定內涵的同時，也構成了中文中規模最大的語言實
> 驗——這或許是詩最重要的內涵（尤其在中國）?對中文表現
> 特點和表現可能性的探索，是向兩個方向努力去做同一件事。
> 從傳統中發現中文文字的美，又把它與現代人的複雜感受結
> 合，擴展成詩的空間結構。讓全詩貫穿始終的思想，完全融入
> 一首首詩、一個個句子、一組組意象。通過語言的——詩的創
> 造，思想獲得了活生生的、自然現象般的感覺。這樣，探索語
> 言，本身也就成了探索思想。詩成了詩人闡述智慧的最佳方
> 式。[108]

詩人以文字展露智慧，或是身兼大思想者或哲學家身分，在文學史上，總是時有所聞，楊煉相當聰明的發現中西文字造字法則的差異。他希望引據文字表達他的詩思，從書名「𠬶」可管窺他以字象標識心象的企圖，在同一代的朦朧詩人、以至於近當代詩人群，楊煉的這番講談，足以賦予他的創意擁有相當的辨識度，再援引《易》,《易》本就具有詮釋的彈性，如果妥善運作「通說」的特性、掌握《易》道原則，那麼，自傳統出發又結合現代，這將會是既前衛創新、且能擬古復古的潮流之作。楊煉立意的出發點，有他獨到的品味，不過，〈關於《𠬶》〉一文顯現他對《易》經義認知不符正典，再以第三部〈幽居〉為例，楊煉列舉「水、澤」卦象，取義為「人面對自我」，中心意象為「水」，這並非師法於《易》經傳的〈水〉、〈澤〉卦義，反倒近似於人由水面映照而來的影像故以「面對自我」。正典的解經學及便可以旁通詮釋，卦卦間仍有著特定的象徵，並不等同楊煉的歸納法。

---

[108] 楊煉《𠬶》（台北：現代詩社，1994），頁 197-198。

　　依據楊煉的視域與寫作風格，可以將《￥》詩集的各部組詩進行歸納，即第一、二部維持取材中國的形象，可與前作的思維接軌，至第三、四部減少中國素材，再行反思及諦觀人生，中心思想就是「存在」；前二部為一個階段，三、四部則呈現另一組心境，如此，詩集便可以依其精神態度的近似度，化約為兩組生命歷程了。要檢討的是，倘若可以省簡，配合四象、八卦卦義、六十四首詩的結構，還有沒有無可取代的意義？是否還存在《易》的卦象輪廓？四部組詩的近似度，使得卦卦之間的「象」限被楊煉弭平了，《易》八卦衍生六十四卦，《￥》則是讓八卦縮減為「氣土水火四大元素」，並將卦與卦並連（每部組詩分配二卦，二卦再凝縮為一類元素），跨越八卦、卦象各自內涵的人文精神向度，使讀者無法再區分／細分卦象，試問，卦與卦可以簡化嗎？再者，楊煉似乎也忽略了中國字的構形，必然有著不可取代的表義功能。

　　楊煉對卦象的自然直觀法，讓我們注意到，在第一部組詩〈自在者說〉，楊煉雖然取材於中國神話，不過，出入於詩句的，幾乎都是自然天地礦石、奔走山林動物昆蟲種種原始野性的辭彙，第二部〈與死亡對稱〉雖然增加了以傳說寓言為題的篇幅，可是楊煉依然照本宣科的沿襲第一部原始詞彙，即使是寫史官司馬遷這般文人形象，也照常出現「禿鷲、荒野上逃亡之血、斷壁殘垣」[109]之類的野性詞組，這讓他的詩出現的慣用意象／語言太過頻繁。而且，他表明了組詩以歷史、文化為題，實際上卻總滯留於自然層面發布文字，看似在傳述一則故事，其實只使用了與出場人物略微相關的核心字眼，敘事不太完足，這也暗示了他可能並不是非常精通史實與典籍。

　　「中國手稿」時期歷經了幾次沿革，至《￥》集大成[110]，以執筆之手走過的這段征程，楊煉結合閱歷與書寫經驗，自我建構成同心

---

[109] 楊煉《￥》（台北：現代詩社，1994），頁 96-99。

[110] 「一九八九年，《￥》完成的時候，我已在國外……自一九七九年寫詩，以八九年完成《￥》為第一階段的終結，今後的生活和詩，都肯定不是這樣的了。

圓，並以文字轉換落實為《￼》的四部組詩，構成看似年輪狀圈圈的層遞活動，他又立下圓心，定名為「人之存在」，楊煉的設想或許是認為只要將生命存亡視為作品主軸，便能讓「存在」論述得以切題，因此，在《￼》裡，出現比例最大的便是「生／死」[111]。經過層層的解讀後，可以發現，中國歷史與文化被楊煉劃位在同一層面（即第一、二部組詩的「取材中國」模式），第三部的面對自我、到第四部的超越，則都圍繞著詩人內心，隨著身處異域的嬗變及替換思路／題材，末二部詩所著重的關鍵詞在於「變」及成長，顯見楊煉設定的四層子題，其實第一、二部組詩題材與寫作技法幾乎雷同，我們可以再依此化約為三個階段。而楊煉在第一、二部傳達的「歷史觀」其實脫離後二部的「存在」思考（或是形而上的宇宙論），不若他所說的「層層關聯」的同心圓樣貌，四部組詩並非以有機體的形式派生而出，沒能達到〈關於《￼》〉文內的「同心圓」藝術期許。

　　這幾個階段的排序，由卦象喻示詩人的心象，透露了詩人的身世移易，從而形塑了幾個時間點上的精神里程碑。換言之，各部組詩該是線性次序的排列，如此則更貼近詩人所言「困境至超越」的想像邏輯，也能自東方的輪廓接續發展到偏向西方的存在哲思。而組詩之間，取材、文字、意象的相似，使得「同心圓」的圈圈成了意象的存在，而非主題（中心意涵）的落實，期許和實務的衝突，造成同心圓構形的失調，最後，透過他制定的理念，解消了預期的藝術目標。

在我的歷史裡，它也是一部動極而靜的書，永恆之書，十年來我的生活和語言終於用這一部書『定稿』了。」這段自白文字，來自楊煉《￼》（台北：現代詩社，1994），頁 200。

[111] 詳參楊煉〈在死亡裡沒有歸宿〉、〈追尋更徹底的文化之思〉、〈詩，自我懷疑的形式〉等文。

結語

倘若擇《易》為成書的基底骨架,以《易》學的廣博精妙,復引哲學入詩,將是一個詩人能善加發揮高超文藝技巧及淵深智識的絕佳取材。

《YI》的四部組詩表現了楊煉的意識活動,〈關於《YI》〉則記述了楊煉哲學知識形成的過程,藉由詩論與詩文互相參照,方便我們揣度詩人的心靈圖象,剖析四部組詩,也等同於瀏覽了一回「中國手稿」的「精神史」。除去天書的朦朧距離,無論是楊煉傳達的中國語言、文字實驗,以及同心圓等藝術理想,或是他為求說解清晰而撰寫的後記,顯示理念與詩文難以平行的缺憾。這趟古文化朝聖行,走到最後的尋根聖地《YI》,因為詩人吸收偏離的隱喻,學術思維上與正典形成認知混亂的關係,文藝表現則構成詩性的創造,在他以神秘感包裝起的學術、歷史、文化中國,導致這片聖地像是大漠裡的折射體,遠觀如置身於化外時空,籠罩著華麗、輝煌詞藻的瑞氣,走近了,卻發現這是不甚真實的聖地光影。

《YI》的相關評論裡,常見「形而上」這個詞彙,顯示了楊煉「神秘感」塑型(營造語境)的成功,「這樣的神秘色彩,應該說是東方文化的重要特色所在,也是中國文化的重要特色所在」[112],神秘主義思潮是「尋根」文學議題裡重要的表現元素,楊煉對《易》的認識始終滯留於「巫術」之上,所以他將大量的神秘感投射於《YI》,即使是一筆帶過的莊禪思想,也同樣是以神秘為出發點,應和了艾略特《荒原》思維,再運用斷裂的語法,於是,培育出《YI》形而上的玄虛法相。《YI》彷彿是楊煉的「臨界空間」[113]經驗,卦象成為療癒/表意自我的心象。

---

[112] 樊星《當代文學新視野演講錄》(桂林:廣西師範大學,2007),頁170。

[113] 「臨界現象亦可以指涉因社會轉型或遭逢環境驟變時所造成的臨界時空(liminal time/ space);或是指那些肇因於臨界時空而衍生出的文化臨界

　　《￼》規模與詩人投注的精神，自有別於其他詩作的意義，又依詩人自述，《￼》應為「中國手稿」的最後成果，然而，細察楊煉《￼》之後的詩作，卻像是《￼》的再造與延伸，他似乎困在自己設限的語言迷宮之中，受到愈發晦澀、複雜的句子制約，如此，極易衍生表意的疲勞或是思維的僵化。或許對詩人而言，《￼》誠為他登峰造極代表作，是故，此後恐怕再難離開《￼》以來的鍛字鍊句法則／風格了。

（Cultural liminality），以及上述這些臨界現象在文學空間裡的多重投射表現」尤雅姿〈虛擬實境中的生命諦視——談魏晉文學裡的臨界空間經驗〉，收於李豐楙、劉苑如主編《空間、地域與文化——中國文化空間的書寫與闡釋》（台北：中央研究院中國文哲研究所，2002），頁 350。本文援引「臨界空間」用以指涉楊煉的生命行跡與書寫態度。

第五章　雄渾與再現
——擬古者的修辭雄渾與地景建構

前言

　　楊煉以文字展示其文化尋根的成果，透過古文化關鍵詞衍生／建構出歷史的想像圖景，詩人對待文化符碼所編定的成規，我們可以藉由考證中國手稿時期書寫狀況，了解其發展趨勢。文本中反覆被改編的寫作語彙和慣用模式，形成詩人的中國民族符碼系統，在他將文字與歷史交融的過程裡，進而引發讀者的民族集體記憶與文化認同感，彙集歷史的生命力於詩文的熔爐，詩人一次次講述文化現場的畫面，誠反映著他對歷史與文化的體察，文化詞組遂展現了詩人的好古情結，這些具有民族形象特質的文化詞彙，吸納了詩人親臨數個尋根現場的精氣，以詩筆演繹的中國圖像，構成雄渾（the sublime）美學的強烈磁場。

　　「雄渾」有許多版本的譯名[1]，約莫公元一世紀時的古希臘批評家朗占納斯（Longinus）著作《論雄渾》（*On The Sublime*）是最早關注雄渾美學的文獻。針對雄渾風格的形成，他提出五個概念，置於首要的是莊嚴偉大的思想，第二則是具備慷慨激昂的熱情，這兩則雄渾元素源於作者天賦，將雄渾劃歸為人類精神的本質，另三者則仰賴技巧可得，分別為思想／語言辭格的藻飾，使用高雅的措辭，以及涵括

---

[1]　詳參陳鵬翔〈中西文學裡的雄偉觀念〉收於《主題學理論與實踐》（台北：萬卷樓，2001）。

上述四者的尊嚴高雅的結構[2]，修辭雄渾是朗占納斯的主要論述。其後的篇章，以自然雄渾言明環境予人的心靈交涉：「對一切偉大的、比我們更神聖的事物的渴望」[3]。朗占納斯篇幅較少的自然雄渾，則由後世的英、法等美學家彌補，將朗占納斯根植於心靈情感的雄渾基礎發揚光大。英國美學家柏克（Edmund Burke, 1729-1797）提出痛苦、危險足以激發偉大的情感，雄渾源自痛苦，此說將雄渾與悲劇的關係更趨緊密，呈現出不和諧的衝突感。康德（Immanuel Kant, 1724-1804）則將雄渾理論推擴至心智態勢與外在環境的運作，訴諸主觀與直覺的心念運作，將雄渾美學範疇細分為形式或數量皆相當遼闊巨大的數理雄渾，以及據有氣沖霄漢般泱泱氣勢的動力雄渾，當個體面對外在雄偉、不可控制的自然環境生出震懾心，「霎時的抗拒」就反映了「幾分痛感……心情本已欣喜，加以得著霎時痛感的搏擊，於是更顯得濃厚」[4]。楊煉看待中國的意識，約莫可以劃分為浪漫激情辭格、英雄情懷與天地物我的類應，所以，從他對民族情感或是文字選材，皆與雄渾理論所必備的修辭、個體性靈的宏大與激昂格調有著高度的契合，化為文字，是催生、強調詩人「中國化」形象與背景兼具的一個便捷手段。

中國千年文明的沉積，使得藝術文物或是文化古蹟復現於文本之際，像是喚醒歷史幽靈，與之相伴的是古老的生命力，是故，楊煉詩文中經常代入中國文化關鍵詞，縱使中國抒情傳統僅止於若隱若現的狀態，但卻不妨礙楊煉對尋根意境的塑造過程，值得注意的是，楊煉的文化視角，正是以詩人行腳所至為發想基礎，這趟文化尋根之路，讀者可以隨著景點的變換，感受詩人在文化地圖與生命文本的摸索。

---

[2] Loginus, *On Great Wreating (On the Sublime)* (New York: Liberal Arts Press, 1957), pp. 10-11.

[3] Loginus, *On Great Wreating (On the Sublime)* (New York: Liberal Arts Press, 1957), pp. 47-48.

[4] 朱光潛《文藝心理學》（台北：台灣開明，1994），頁 243。

第一節　感傷的距離：文化地標的印象

對於文革時期的青年人來說，插隊落戶的生活，是這一代人共同的成長經驗。原來應當在校園內求知的學子，因為上山下鄉改變了他們的命運，勞作的腳程和遊歷化的視野，成了書本之外，另一個認識世界的途徑。

楊煉也曾是農村中勞動的一員，將插隊時期的真實閱歷與歷史課本片段相融合，誠為他對文革的回憶，也是日後寫作的腳本之一：

> 我多次寫過那次驚嚇：我文革中插隊的村子，與新石器時代的半坡人，竟沿用著一模一樣的葬儀形式。六千年不變！[5]

> 「文革」中，北京附近我插隊的小村子，作為每次葬禮上抬棺材的六個人之一，我太熟悉了，墓地的方位和埋葬的習慣：村莊北面，頭向西。[6]

由此可知，楊煉對上古先民生活的畫面和死亡的書寫，是他從現實生活的際遇中，萃取出真實的場景，再加以紓發想像而成。他身歷其境、就地取材的寫作方式，可以溯源至農村插隊運動時期，應用昔時課堂所學，與生活足跡見聞互為連結，形成他的直觀視線。很明顯的，楊煉應當是一個頗注重視覺效果的詩人，換言之，透過楊煉觀看的視角，可以提供讀者他對「地方」的認知，以及與時空結構的互動關係。

文革經驗首先給予他的感官衝擊，之後，楊煉並不停歇他的腳步，在上山下鄉的政治運動結束後，他又持續進行與土地的接觸，開展黃土地與（人）生命的詩意想像：

---

[5] 楊煉〈詩，自我懷疑的形式〉收於《楊煉、友友個人文學網站》（http://www.yanglian.net/yanglian/produce.html）。

[6] 楊煉〈無國籍詩人〉收於《楊煉、友友個人文學網站》（http://www.yanglian.net/yanglian/produce.html）。

一九八二年，我自黃土高原旅行歸來，筆記本中密密麻麻數百個詩題，漸漸過濾、沉澱、凝結成兩塊晶體：「半坡」和「敦煌」。嚴格地說，那是一個：從人之生存到人之精神的輪迴。晶體上眾多棱形的剖面，不像在反射外界的光，倒像在把古往今來的「外界」，吸入它裡面，把數不清的生命歸納為一種殘忍透明的幾何學。……某人流失在北方田野中的三年歲月，只是人類對土地愛恨交加的古老感情中多微不足道的一部分？[7]

然後，這個詩人，再將他的視角從土地、瓦礫堆延伸至歷史廢墟，進入廢墟，猶如與歷史畫面做了連結，由盛世的想像，建起詩人的蟲洞（wormhole），銘寫時空：

你們將要結識的這個人，正從一片黃土高原上走來。那兒，太陽、土地和人的臉龐都充滿同一種過分成熟的金黃色。一條大河起伏著，一陣陣風，剝開淤積的泥土下成堆的瓦礫，顯示出到處都有的廢墟。「唐朝」、「明朝」，似乎從未逝往某地，似乎每時每刻都在復活，使生活在今天的人們繼續忍受它們巨大的壓力。[8]

地景的轉變，理當諭示了作者主觀的情態轉變，楊煉以勞動者的視角，汲取在農村的見聞，歸納出葬禮文化的古往今來，文革後，則走向敦煌、半坡，在黃土高原一帶，發出輪迴的人生命題感悟，甚或如他所言，待在北方田野近三年歲月，看見太陽、土地和人「過分成熟的金黃色」共相，從楊煉自白性的文論篇章，我們可以感覺他在行旅過程裡，視象所接受的訊息及畫面，皆被他轉化為精神態度的人文思考，腳下風景像是因著摩西神杖而開展的紅海，終將引領旅人楊煉至神聖的標的，歷史與文化的交集處——廢墟。

---

[7] 楊煉〈詩，自我懷疑的形式〉收於《楊煉、友友個人文學網站》（http://www.yanglian.net/yanglian/produce.html）。

[8] 楊煉〈重合的孤獨〉收於《楊煉、友友個人文學網站》（http://www.yanglian.net/yanglian/produce.html）。

在中國文學傳統裡，許多的地理場景往往藏匿了歷史的聲息，廢墟的不可回復，最易使遊客產生幻象，使詩人追憶起舊日的堂皇富麗，透過詩文而重建幻象。詩人站立的原點既是「喪失」，能否「重返」的心情轉折，便是詩作中耐人尋味之處了。換言之，楊煉的視覺是主動性的選擇了觀看的方式、景點，這決定了他的地理配置文本，那麼，藉由景物的想像溯返歷史，描繪和詮釋他所理解的地方，從而召喚出古老的民族靈魂，使詩人能在腦海的回憶片段，與執筆之手共同追求不朽，其中，詩人情感的貫注與轉向，出現於楊煉詩作中的文學地景，提供了我們一個必須關注的方向。

楊煉筆下的文化現場，較早出現的是文化遺址是圓明園、大雁塔，或以烏蓬船為題，引出大渡河場景，這些詩作中，所出現的場景，皆埋伏了詩人的情緒暗流。對古老的城市及其景點產生迷惘與記憶的追思，地景遂成了文本，端賴作者的解讀而賦予意義：

> 我來到廢墟上
> 追逐唯一照耀過我的希望
> 那不合時宜的微弱的星
> 命運──盲目的烏雲
> 無情地勾勒著我的心靈
> 不是為了哀悼死亡！不是死亡
> 吸引我走向這個空曠的世界
> 我反抗和屬於荒蕪和恥辱的一切
> ──襖袿
> 是個不能與墓地相容的太陽[9]

圓明園建於北京，這是一塊中國歷史發展的核心地域，曾經是數個朝代繁華的中心，有「萬園之園」美譽的圓明園，是滿清帝國的文化標誌之一，經過戰爭的掠奪，現僅存部分殘跡，相較往昔的璀璨堂皇，

---

[9] 楊煉〈自白──給圓明園廢墟〉，收於姜耕玉選編《20世紀漢語詩選》（上海：上海教育，1999），頁 251。

如今則形同荒地，滿清亦是中國最後一個王朝，楊煉取材圓明園，首先就突顯出人為的暴力，人的殘殺，毀滅歷史，製造出朝代興衰凋零，顯見詩人隱含了對道德秩序、針砭時弊的意味。已遭受今人漠視的空間，正引誘著詩人探尋「這個空曠的世界」，楊煉的訪視，顯然是意欲從被遺棄的場域裡「追逐唯一照耀過我的希望」，而舊日的時空早已凝結、終止於文化遺址之中，所以，楊煉早先預設廢墟之行是「不合時宜」的定見，雖然，歷史的引誘攫取了他的心靈，肉身卻必須承擔起與生俱來的悲劇宿命，「反抗和屬於」道盡了詩人面對大環境時，無力抗衡的苦衷，「太陽」的光亮奔放，更與廢墟的灰暗成對比，廢墟誠如死灰的停滯時間，行在死亡氣息濃郁的「墓地」之上，還活著的人，擁有生命力的跳動，自然格外突兀。

楊煉的慨然情調，實在很近似於歷代孤臣所傳唱的中國哀歌。

他所設想的圓明園空間內，關於歷史的細節並不存在，輝煌就湮沒於荒煙漫草、殘陽廢壘之中，個體的存在與碩大的遺址失衡了，歷史是循環往復的，人的生命在其中卻顯得無謂，廢墟供應了觀者一種失落的虛無感，具體的文化殘骸卻得仰賴幻象組織起歷史畫面，往昔已成遙遠的絕響，尤其是屍骨堆疊起來的文明象徵，提點了詩人對「死亡」的思考。對於曾經走過文革浩劫的詩人而言，死亡的無常體會，也必然是深刻的。

地景書寫使得人與土地產生互動，北京圓明園是楊煉詩作裡，最先發出感懷的景點，北京乃八百年古都，作為中國都城代表，自是無庸置疑。或許，在楊煉的行旅地圖裡，將古都北京作為寫詩的起點，隱然有著繼承正統的自我期許。

先寫了文明遺址，接著，楊煉以西安的大雁塔、行駛於大運河水系的烏蓬船為題。西安位居中原地區的核心點，古名西安為京兆、長安，亦是西周建都所在，是華夏文明的發源地，也是歷史文化名城。大雁塔是西安的市徽，這座千年古塔，淵源於唐僧玄奘，為求西域取回的佛經佛像和舍利得以安置妥當，遂興造了大雁塔，仿造印度窣堵坡形制是大雁塔建築的獨特處。換言之，「大雁塔」的巍然

形象，匯集了宗教、歷史、且隱含中國最為富裕的朝代，具現了典型的中國圖象：

> 一次又一次，我留在這裡
> 望著復歸沉寂的蒼老的大地
> 望著我的低垂的手掌，被犁杖、刀柄
> 磨得粗硬的黃土高原和華北平原
> 我的肩頭：秦嶺和太行山
>
> ⋯⋯⋯⋯⋯⋯⋯
>
> 一次又一次，已經千年
> 在中國，古老的都城
> 黑夜圍繞著我，泥濘圍繞著我
> 我被誇耀和隔絕著
> 與民族的災難一起，與貧窮、麻木一起
> 固定在這裡
> 陷入沉思[10]

楊煉對於樓閣式磚塔的外觀形貌，或是於登塔遊覽之途，理應可見記載興建背景由來的石碑刻文，但是，關於大雁塔與長安城的身世連結，詩作中皆略而不提，揭示了楊煉「人塔合一」的境界[11]。他首先對大地的解讀是「復歸沉寂的蒼老的」，隨著情感的自然流洩，顯示他並不是超然物外、絕對客觀的矗立著，而是懷抱著對蒼生的情思，且已凝視許久。然後，開展拔地而起的大雁塔所能目及的角度視域，融入古塔所見證的古往今昔畫面，時空交疊，目光既高且遠。這時，

---

[10] 楊煉〈大雁塔〉，收入老木編選《新詩潮詩集》（北京：北京大學五四文學社，1985），頁 288-289。

[11] 參第一節〈位置〉：「我像一個人那樣站立著⋯⋯山峰似的一動不動／墓碑似的一動不動／記錄下民族的痛苦和生命」，開頭即已道出詩人的身分象徵。楊煉〈大雁塔〉，收入老木編選《新詩潮詩集》（北京：北京大學五四文學社，1985），頁 283。

楊煉將地理位置作為身體語言的對應物，他的雙眼既是大雁塔樓閣，手掌便成黃土高原和華北平原，肩頭則為秦嶺和太平山，遂以身體勾勒出一幅中原地圖的輪廓。

感傷的是，古代絕佳的天然地形屏障首選，至此，卻宛如煉獄般的城廓，富裕的長安城不再，反以黑夜、泥濘之型態匡限住古塔身軀。面向古蹟時，雄渾的懾服力量，使人自然生出不可違抗的「霎時的抗拒」，在情不自禁而發出的讚嘆聲中，容或挾帶著溯返歷史的想像畫面，然則文革時期，官方斷然破壞傳統文化，加上去古已遠，文化歷史的斷軌，使得古蹟弔詭的「被誇耀和隔絕著」，大雁塔屹立不搖的建築結構，與文革中，受制於政策而不能有所作為的青年詩人聲氣相通，詩人投射了自我情感，以情動人，引領讀者共赴尊嚴、崇高的嚮往，視古塔的存在為「一次又一次，我留在這裡」的宿命型態，被迫望盡民族苦難成了責任與義務，人（個體存在）塔（象徵傳統歷史文化）合一，卻是唏噓倍增。

廢墟和古蹟景點無疑是繁華與荒蕪的平衡體，歷史王朝的淫樂歡愉場景如同鏡花水月，終化為土地上的文化印記。楊煉必須面對的是負傷的時代，他的悲憤首先體現於觸目所見，物非故物的遺址之上，回顧斷井殘垣，望到了歷史往復的運轉機制所帶來的結果，輪轉於史書上的衰亡氣象，多半隱喻道德的懲戒作用，恆常不變，戰爭搗毀圓明園仙境，大雁塔的鼎盛堂皇亦難再引起今人迴響，這些「人為的暴行」和文革的鬥亂節奏合拍，史冊已言明罪行的終極代價是亡國，秉持道德判斷，對於時代荒原中的獨醒者是相當殘酷的，慶幸的是，楊煉仍對當世懷抱熱情，希望能為國族傾盡心力。

憤慨沉痛有餘的〈大雁塔〉，與〈圓明園〉的調性相當近似，〈大雁塔〉也有類似〈圓明園〉的引申之筆，將古蹟與墓碑聯繫，瀰漫失落與死亡的幻象／氛圍，二詩雖以文化建築物為主體，皆未指涉出明確的時間，甚至遺落甫進塔即可得見的玄奘碑文，忽略建造古塔的大唐背景，和馳名中外的取經典故，詩人刪去時間與史實等細節，即使寫進歷史片段，也僅是他所鋪陳出的幻覺，渴望盛世千秋，顯示出詩

人聚焦於想像的歷史圖景之上，召喚歷史盛世，其實是為了與現實互為對照。

　　換言之，朝代遞嬗，只是提供追思的寫作措施，便於渲染感傷的情緒，著重點仍是他人身所在地——飽受文革凌虐，滿目瘡痍的中國，文化斷裂、傳統凋零的現代促使他啟發思考，詩作中，大篇幅的國族陳情內容就是最好的驗證。所以，楊煉眼中的「昔」，除去往昔細節，是為了將讀者抽離於真實的史事，好引導讀者進入（不屬於特定時間區塊）的自然循環過程，規律的歷史法則之中。

　　楊煉刪除了時間與歷史細目，不過，地理輿圖的清晰度卻增添不少，〈圓明園〉並未有一特指的地形／地理位置，〈大雁塔〉卻標明「黃土高原、華北平原、秦嶺、太平山」，並以為秦嶺和太平山為詩人的肩頭，這是大雁塔的大地鳥瞰視野。〈烏蓬船〉則是以奔流的大渡河，鋪展水系圖示：

> 划回去吧！划回去吧
> 從大渡河、從嘉陵江、從岷江和長江上
> 每一個起伏著黑色波濤和夜晚的地方
>
> ⋯⋯⋯⋯⋯⋯⋯⋯⋯
>
> 波濤是無邊的，天空是遙遠的
> 我們留給世界和孩子們的——難道
> 依然是這艱難的命運和瘦小的烏蓬船嗎[12]

沿襲〈大雁塔〉以來的國族承擔職責，烏蓬船是楊煉認知的文化象徵之一。大渡河發源於青海省，向南滔滔奔流至素有「天府之國」的四川省，沿途多峽谷，人們的謀生與起居，皆得與自然險境共生，楊煉並不僅只書寫船家的辛勞，詩中不乏「你看到我那無數兄弟——從那遙遠的年代起／就和船夫一樣奔波在田野上的農民了麼／像航行過

12　楊煉〈烏蓬船〉，收入老木編選《新詩潮詩集》（北京：北京大學五四文學社，1985），頁 298-299。

狹窄水道般穿過機器之間的工人了麼」[13]的同胞情誼，藉烏蓬船夫搖槳的雙手，擴至不同勞動領域的人民，開展其情感跨度，透過人民勞頓的生活方式示意水路地景之險，正是他的書寫策略。大渡河乘載著烏蓬船，往來交通的船隻，透過水上人家的船舶生活之道，河道間小小的「烏蓬船」身影，顯微出楊煉關懷意識的視焦落點。

楊煉筆端的河圖組織為「大渡河、從嘉陵江、岷江和長江」，考察大渡河水系，大渡河是岷江的最大支流，岷江、嘉陵江、長江及大渡江的匯聚地域便是四川了。四川是古蜀文明發源地，也是中原文化的核心地，同圓明園所在的北京、西安的大雁塔一般，皆是積澱了相當歷史厚度的文化地域，其前身也多為歷代盛世的建都所在，行腳至四川，再次驗證了楊煉對古都的偏好。那麼，即使楊煉一如以往的不寫歷史細節畫面，或是簡略帶過的時代嬗變，僅僅使用古都的地理特性，復與歷史文化交叉重疊，遂達到渲染民族情感的閱讀效果，足以引起讀者的文化認同感，詩文隨之提升至深邃幽遠的中國歷史語境當中。

地景之外的民生日常活動，楊煉以「划回去吧！划回去吧」一語，洋溢著充沛的磅礡激情，呼告法的誓詞顯示詩人的崇高靈魂，擴張了語言的感染力，激起讀者振奮情緒，後文革的背景映襯之下，呼告語氣建基於痛感之上，「偉大的心靈回聲」迴盪於悲壯的堂奧，楊煉的雄渾敘事就不僅僅是流露悲憫，而是激昂豪邁的崇高風格，拯救意識與詩文氣勢境界一體，表現了高尚可貴的民族熱情，以及對人類生命價值的肯定。

楊煉的陸路先行走訪了位處北京的王朝廢墟與西安的地標古蹟，水路則以大渡河為主體，聚焦於四川水系的脈動之上，雖然場景代換，我們仍可以經由楊煉的視野景觀結構，推導他對文化地標的書寫，並從中歸納出一套情感表述的寫作公式，以〈大雁塔〉為例：

---

[13] 楊煉〈烏蓬船〉，收入老木編選《新詩潮詩集》（北京：北京大學五四文學社，1985），頁 294。

我被固定在這裡

已經千年

在中國

古老的孤城

我像一個人那樣站立著

粗壯的肩膀，昂起的頭顱

面對無邊無際的金黃色土地

我被固定在這裡

山峰似的一動不動

墓碑似的一動不動

記錄下民族的痛苦和生命[14]

楊煉先標誌出大雁塔的定位，詩人的眼中，大雁塔儼然不是以威武自豪的姿勢矗立於幽遠的歷史時空維度，而是身不由己的被「固定」著，又呈現「一個人站立著」的孤軍奮鬥態貌，它必須得望盡蒼生苦難，更或者成為「墓碑」的化身，以墓誌銘文刻畫歷史／時代的跨度，並烙印上一代人的民族傷痕。那麼，形同於墓碑的古塔，是歷史的遺物，無論是憑供後人留念，甚至是受到忽視，成為歷史／交通指標的泛泛之用，楊煉賦予大雁塔「位置」的定義，預設了悲情宿命論調的立場。

　　大雁塔是中國地圖上的一座歷史標的物，在〈大雁塔〉成了詩人投注感情的源頭，楊煉先言明古塔的身分立場，接著，過往的歷史圖景躍然於紙上：

我該怎樣為無數明媚的記憶歡笑

金子的光輝、玉石的光輝、絲綢一樣柔軟的光輝

照耀著我的誕生

勤勞的手、華貴的牡丹和窈窕的飛檐環繞著我

---

[14] 楊煉〈大雁塔〉，收入老木編選《新詩潮詩集》（北京：北京大學五四文學社，1985），頁283。

　　………………

　　只有燒焦的房屋、瓦礫堆、廢墟
　　在瀰漫的風沙中漸漸沉沒
　　變成夢、變成荒原[15]

在〈遙遠的童話〉一節，楊煉看到了過往財富橫溢、天下歡慶的飽滿豐盈場景，透過想像感應前生的繁盛朝代，卻點醒了兵荒馬亂後的蒼涼今世。他的追思，無疑招引了更多沉痛的迴響，屋瓦的華麗不再，取代的是廢墟與荒原，誕生於這古老的東方國族，理應是值得被「照耀」的，但在敗亂衰頹的時代，生存境況顯然是苦難艱辛倍嘗。楊煉的追思活動，從「昔」到「今」，只有愈發的痛苦：

　　我像一個人那樣站立著
　　像成千上萬被鞭子驅使的農民中的一個
　　畜牲似的，被牽到北方來的士卒中的一個

　　………………

　　我被迫站在這裡
　　守衛天空、守衛大地
　　守衛著自己被踐踏、被凌辱的命運

　　………………

　　我像一個人那樣站立著
　　卻不能像一個人那樣生活
　　連影子都不屬於自己[16]

---

[15] 楊煉〈大雁塔〉，收入老木編選《新詩潮詩集》（北京：北京大學五四文學社，1985），頁 283。
[16] 楊煉〈大雁塔〉，收入老木編選《新詩潮詩集》（北京：北京大學五四文學社，1985），頁 285-286。

回憶所召喚的輝煌光彩圖景，古今對照，徒留傷感的距離，既無法返古，今日凌厲的折磨，連番的壓迫住個體意識，將勞動者物化，加強了「站立」力道的苦痛感，可憎的是，被視作畜牲，焚膏繼晷、竭力護守的卻是「被踐踏、被凌辱的命運」，文革時代的文化政策，就是清除傳統中國文化的根，所以，許多古蹟都在那個政治黑暗期受到傷害，換言之，「被踐踏、被凌辱的命運」其實不只是人，也是文化故跡得面對的存毀威脅，生活竟是如此卑賤，直到最終，喪失了存在，甚至活的不像（原）樣，文化的尊嚴蕩然無存。〈大雁塔〉開端的淡淡愁緒與無奈已經被抹除，披掛上的是高分貝式聲嘶力竭的賁張情感，險難與痛苦兼具的境遇，迸發出如同美學家柏克（Edmund Bruke）針對雄渾而闡述的悲劇性質，在短短一節裡，三個層次的情感轉圜，加劇了悲憤的勁道。

實踐追思的工作，卻引起今日傷口的陣痛，楊煉試圖彌補起傷痕的裂縫：

> 我是這隊伍中的一名英勇的戰士
> 我的身軀、銘刻著
> 千百年的苦難、不屈和尊嚴
> 哪怕厚重的城門緊咬著生鏽的牙齒[17]

他先是有著戰鬥的決心，要為生存殺出一條血路，「千百年」的巨大數字，足以煉成他必勝的韌性和意志，這股無畏沸騰的激情可以支持他與黑暗抗衡，並且，凝聚起專注力以便於實踐他的省思：

> 祖先從他們屍骨的草叢中
> 憂鬱地注視著我
>
> ………………
>
> 我感到羞愧

---

[17] 楊煉〈大雁塔〉，收入老木編選《新詩潮詩集》（北京：北京大學五四文學社，1985），頁 287。

覺醒後有了昂揚的鬥志，在沉澱激情後，選擇勇敢的面向歷史。祖先立下的功業之顯赫堂皇，使詩人為先前的自己「感到羞愧」，這是勇氣的二重轉化，先是覺醒意識的萌發，矢志要毫無懼色的挑戰困境，接著，與祖先對視，「我」生出無所作為的疚意，足見詩人的關注重心已轉向至自我存在的思考了。激昂與沉思後，詩人敞開他的懷抱，向國族同胞喊話：

> 我像一個人那樣站在這裡，一個
> 經歷過無數痛苦、死亡而依然倔強挺立的人
>
> ．．．．．．．．．．．．．．．．．
>
> 我的兄弟們呵，讓代表死亡的沉默永久消失吧
> 像覆蓋大地的雪──我的歌聲
> 將和所有排成「人」字的大雁並肩飛回
> 和所有的人一起，走向光明
>
> 我將托起孩子們
> 高高地、高高地、在太陽上歡笑⋯⋯[18]

歷經苦難的千錘百鍊，至此終於戰勝難關，不敗的鬥士詠唱起象徵勝利的歌曲，以積極樂觀的態度，施展他的民族情操，將大雁塔的形象與排列成隊的雁子相連繫，詩人作出光明的未來期許，並且，關懷孩童們的生命，讓誕生不再是詛咒，而是「在太陽上歡笑」的愉悅面容，詩人不但尊重了個體的存在，更流露出他對傳承的矚望，〈大雁塔〉的觀者在展讀的過程，隨著（修辭）雄渾的恢弘氣勢、莊嚴偉大的情感的震撼情感，漸次萌生超越心理，進而產生對神聖的渴望與憧憬，晉入偉大的精神境界。

　　文本中的「地方」可視為表意工具，匯聚了周遊各處的地方經驗資料庫，楊煉詩文裡陳述的眾文化地標，以有形的建物／遺址景觀、

---

[18] 楊煉〈大雁塔〉，收入老木編選《新詩潮詩集》（北京：北京大學五四文學社，1985），頁 289-291。

無形的記憶，召喚出場所精神（genius loci or spirit of place）[19]，透過楊煉的記憶與書寫使得場所精神被形象化，並且，他也關注到場所精神本質的傳遞，對待文化遺址如此鐵骨丹心的詩人，既要維繫文化遺產的生命，亦主動擔負起世代承續與傳統接軌的任務，雄渾的品格，自是他詩作中最動人處。

搜索遺址無異於尋著祖先的影子，諭示詩人的尋根策略，〈大雁塔〉的表現技法與情感，是一套略嫌僵化的公式寫作，此階段所生產的詩作大致都是套用這個模式，文字性格與內涵差異不大，皆以起承轉合的基調在運作。首先，「定義位置」，描述「紀念地景」的建物／地方形象，再以氣氛營造、烘托出沉郁的氣氛，標明組詩可能發展的情感方向／場所位置，接著是位在此定點上發抒感懷，表達「詠嘆追思」的悼念情緒，各類建築地景都被楊煉貫／冠以悵恨的主題，是為他感情價值的核心。一旦進行了追思之途，必然會引發「今昔對比」的傷感或憤慨，追弔是一個詩人興發情思必經的過程，但文章的篇幅敘述仍是將著眼於當下，楊煉尤偏好以淒怨的身分，揉合熾烈的語氣、暴力的畫面展示／復現歷史精魂，最終則為「省思與期許」，也就是回到「借文化標的物以抒情」的原點，如此，則塑造出首尾呼應的迴聲效果。

文革政治迫害下的文化殘景，導致反覆被書寫的古代地景有著這般啟示：「古代地景隨著時間而被賦予不同的詮釋，顯示地方的意義可能成為政治爭執的一部分」[20]，毫無疑問的，大雁塔和圓明園皆可謂為「紀念地景」，紀念地景在人文地理學上的書寫宗旨是：「透過重

---

[19] 「場所精神」一詞「來自於古羅馬的想法。根據古羅馬人的信仰，每一個獨立的本體都有自己的靈魂，這種靈魂賦予人和場所生命，同時也決定他們的特性與本質」，建築的目的，在使人產生存在、認同、歸屬感的空間，此即場所（place），場所是空間（space）與氛圍（character）組構而成，換言之，場所精神的形成，在建築物賦予場所特質，這些特質與人產生親密的關係。詳參諾伯舒茲著，施植明譯《場所精神──邁向建築現象學》（台北：田園城市，1997），頁 18-22。

[20] Mike Crang 著，王志弘、余佳玲、方淑惠譯《人文地理學》（台北：巨流，2003），頁 50-51。

寫過去來創造國族空間」[21]，這呼應了楊煉的文化尋根取向。即便楊煉的詩文內容並不與題目全然契合（例：〈烏蓬船〉中不只有船家，亦有農民、工人），以及對待歷史細目多是籠統大範圍的表面敘述（遺失了建築物舊日嘗有的典儀情感），倚重紀念地景所積澱的歷史厚度，這些難題便能各個擊破。換言之，或許詩人本在借景抒情，主題有無一貫性，似乎並不那麼緊要，當讀者受到詩作的中國情／景震懾，必定聚焦於楊煉大氣魄的古中國視域表現，就此滿足讀者對中國地圖的想像，其餘的枝微末節，只要涵蓋在「古中國文化」的脈絡之下，是不容易被放大檢視的。

楊煉的寫作樣板既已定型，廢墟和古蹟的文化殘跡已呈雷同了，找尋新的地標題材，便於賦予地景新意，就成為他便於代謝／取巧的首要捷徑。

〈大雁塔〉中，詩人察覺到古蹟之中隱然涵藏了祖靈的雙眼，正窺視著今人的動靜，楊煉視「歷史」與「祖先」為同義詞，他既然奮不顧身的選擇面對古老的世代，承擔起薪火相傳的天命，要進行與祖先的獨白／對話，詩人必然得走向較廢墟或古蹟更為歷史深遠的地方，於是，他的抉擇是緣著西安文化地圖的經緯線，朝著半坡村落遺址前進：

> 歷史，偉大人類的卑微葬禮，我把誰雙手托起？
> 奪走目光的水滲透呼吸的鷹，我代誰走完最後一步？
> 黃土內外，我讓誰跟隨祖先的陰鬱節奏？
> 大地，久久鑄成一座刑鼎，我將宣判誰的罪行？
> 哦風，草原燒焦了！我為誰挖掘墓穴？[22]

「半坡」是距今已有六千年的歷史名詞，它必然可以引申出「新石器時代、仰韶文化、關中地區文明起源、陶器石器」等等文明根源的相

---

21 同前註，頁 50-51。
22 楊煉〈半坡〉組詩，收入老木編選《新詩潮詩集》（北京：北京大學五四文學社，1985），頁 314。

關聯想，換言之，「半坡」一詞，其地理位置藏納了歷史敘述／上古圖景，也延續了詩人向祖先致意的行動。只是，接觸遺址的閱歷日增，詩人的鬥志也轉趨黯淡，歷史等同於人類的死亡名冊，〈大雁塔〉溫馨的「托起」動作，〈半坡〉卻以疑問句式，表現尋求託付對應體時的茫然，解消掉〈大雁塔〉所內蘊的自我期許。楊煉以石碑和墓誌銘打造出的死亡文明，不曾離開過葬禮的文化，死亡能量凝聚的慘白氛圍依舊包裹住詩人的感官，曾經面對先人「感到羞愧」的情感，至此，轉為低氣壓的「跟隨……陰鬱節奏」，他追索祖先身影的尋根之途，古老國度應有的輝煌與深邃未可得見，反而是以略帶慍怒的責難語氣，焦躁的連續提出數個無人可應的質詢問句，尋根加劇了他的時代痛覺，他是一個有使命目的的旅人，或可謂為挾帶大任的文化聖徒，可悲的是，這份（自認為）與生俱來的尋根天職，居然使他成了荒蕪大地上的掘墳者。

祖先的巡禮之行，無疑揭示了難以縫合的時代傷口，以及文化孤臣在茫茫然中的力挽狂瀾。遺址、廢墟和古蹟都賦予楊煉無盡的沉痛，遂將視野動線從俗世人間轉至佛道靈山，企圖與莽莽塵世的混亂對比，故援引三危山、布達拉宮、甘丹寺等神傳文化的屬地，延伸對存在和歷史的思考，以遊歷化的視野，透過地景所傳達的區域性格（regional personality），表現他的朝聖嚮往：

> 布達拉宮，難道這就是你
> 為黃昏而莊嚴，比女巫的歌聲更神秘[23]
>
> 哦輪迴之地，卻不知輪迴的時辰
>
> ………………
>
> 我的白骨站滿一個世紀又一個世紀
> 我的寧靜：無可奈何。無動於衷

---

[23] 楊煉〈西藏組詩・布達拉宮〉，收入老木編選《新詩潮詩集》（北京：北京大學五四文學社，1985），頁 364。

> 一次祭奠——我是唯一的犧牲
> 疊入太陽輾轉蹂躪的祖祖輩輩[24]

被列為全國重點文物保護單位的布達拉宮和甘丹寺，皆為聳峙於西藏拉薩的宗教淨地，是所謂的「伴隨特定文化出現的典型地景或類屬地景（generic landscape）」[25]，依山疊砌的布達拉宮，使詩人懾服於其雄偉氣勢，景物的巍峨浩蕩，金頂輝煌的建築結構與肅穆的氣息相映，積聚宮殿的神祕能量，炫目滯心，彷若披上了無法言說、不能逼視的威嚴神光，楊煉為此而發出歌詠，並引西方史詩神話的神秘要角「女巫」與之比擬，從而帶出超越西方的自豪觀感，這是他看待（今日）文化時相當罕見的優越態度。

宗教的論述之於詩人，曾在文化遺址上感知朝代的興衰，自然會將歷史循環往復的時間生態，解讀為「輪迴」的因果論述，宗教的開示，卻成為徵驗時代更疊、歷史起落的第二重證據，換言之，他的詩魂仍駐守當年的文化遺址，建成久遠的古蹟目擊了歷史王朝的輪迴，但卻不能預測到何時生滅，「輪迴之地，卻不知輪迴的時辰」道出必然與無常的宇宙運命，然後，象徵死亡的白骨生生世世的鋪陳於「輪迴」的時間軸輪，綿密且浩瀚的書寫策略，盛大的雄渾感扼緊讀者的閱讀神經，死亡的氣味總是如影隨形的縈繞著，無法拋卻，又一次侵襲棲身於甘丹寺聖地的他，「輪迴」宣示命定的權威感。西藏的地域性格，予人靈魂淨化的沉思空間，詩人往昔的熱情褪為「寧靜」，信念與行動虛無化為「無動於衷」，許是後文革較為平息的時勢消化掉他的激情，或者文化的殘片難以綴合，朝代更替，龍族政權／傳統是否回歸正統，並不因他的殫精竭慮而生變化，因此，任憑他聲嘶力竭如何的呼喊，縱使壯烈成仁，卻未能昇華為預期的英雄價值，僅止於「輾轉蹂躪的祖祖輩輩」，列位於犧牲者眾之一，重疊於白骨之上。

---

[24] 楊煉〈西藏組詩·甘丹寺隨想（毀滅的頌歌）〉，收入老木編選《新詩潮詩集》（北京：北京大學五四文學社，1985），頁372。

[25] Mike Crang 著，王志弘、余佳玲、方淑惠譯《人文地理學》（台北：巨流，2003），頁23。

　　從象徵人境到仙境所在的地域，視野與場景的轉變，本應是詩人心情移易、汰換題材的最好契機，但楊煉幾乎化身為遺址的幽靈，因著執念而徘徊其間。楊煉無法走出自我設限的歷史感迷宮，除了詩人自我才學的障礙以外，可能還涉及「歷史脈絡下，文學生產的特殊關係，這讓我們能夠詮釋特定時期裡，具有獨特歷史牽連的有關某地的『感覺結構』（structure of feeling）」[26]，不同的場所，他的詮釋卻是循環的運作，楊煉「感覺結構」的質感相當近似，難道是時代的包袱太沉重了嗎？使他必須一路馱著走過執筆歲月？宗教聖地的巡禮未能使他解脫，超越「存在」的難題，往／昔的糾葛愈發難解，詩人與現世對峙的鬥志，也冷卻了。

　　關於宗教聖地的靈感旅途，或是對遺址的延伸思考，〈敦煌組詩‧朝聖〉的三危山書寫，以「朝聖」一詞，點出他在數年間重複的行為，可以說是聚合了他文化地圖之行的遊歷（即使敦煌可能不是實質路程的終站）：

> 你是聖地，偉大的岩石
> 像一個千年的囚徒
>
> ………………
>
> 掙脫詛咒緩慢過濾的痛苦
> 在這裡找到豐滿的形象
>
> ………………
>
> 你，三危山，哪兒也不去
> 一面巨大的銅鏡
> 超越人的高度
> 以時間的殘酷檢閱自己
> 神聖從來是安寧的

---

[26] Mike Crang 著，王志弘、余佳玲、方淑惠譯《人文地理學》（台北：巨流，2003），頁 62。

只要看著風把一座座攪亂視線的墳墓磨平

只要傾聽一代代寄托夢想的心的和聲

只要沉思，並抬起頭

間或數一數耐不住寂寞燒盡的星

就是最好的慰藉

神聖永遠是安寧的[27]

列為敦煌八景之首的三危山，空闊的宗教景地，其間蘊含的巨大神聖能量足以使旅者屏息，確有佛國聖地、道家天宮的宏大氣勢，這座神山周邊景觀所孕育出的神話典故，是不太被詩人重視的，如此殊勝的宗教山景，卻等於既視現象，喚起詩人的仍是腦海中似曾相識的遺址。疇昔情景歷歷在目，「千年的囚徒」觸動的慨歎依舊，顯然是文革時期造就的文化空缺遺毒，朝聖遺址即能生出療癒的作用，慰安詩人急欲尋根的靈魂，有著歷史刻痕的文化景點，足以洗滌詛咒，懷古遂成了詩人「找到豐滿的形象」的避世定律。

面對文化故蹟，從圓明園、大雁塔、大渡河、西藏到敦煌，楊煉以幾近於恭敬虔誠的態度跋涉於山水間，大抵已成「中國手稿」時期的必備儀式。雖然〈朝聖〉入詩的景點是高拔的三危山，但又有哪個文化景緻不是楊煉筆端的「巨大的銅鏡、超越人的高度」呢？所以，他又回到寫作的初始狀態──遼闊時間與存在的思路上去，宗教淨地的「氣氛」[28]於此，臻至數理雄渾的崇高風格，詩人從人的渺小體察到「神聖從來是安寧的」。景區的靜穆空間，知覺者身處其中，生發感知與互動，締結而成物我交融的氣氛美學，文化鬥士隨之收斂起激情焰火，他的面容如同敦煌大佛石像般莊嚴祥和，不再焦躁的奔波疾

---

[27] 楊煉〈敦煌〉組詩，收入老木編選《新詩潮詩集》（北京：北京大學五四文學社，1985），頁 320-322。

[28] 「氣氛是知覺者與被知覺的物件的共同實存性。……氣氛是一種空間，也就是受物和人的在場及其外射作用所薰染的空間」。伯梅著，谷心鵬、翟江月、何乏筆譯：〈氣氛作為新美學的基本概念〉，《當代》第 188 期(2003 年 4 月)，頁 10-33。

行，只是安然的傾聽與靜思，塚地得以撫平，纏繞已久的死亡威脅感似能獲致紓解，我們能感應到詩人寬心的情緒，在釋然的氛圍中，他頓悟到只有神聖是持恆不變的、是安寧的。

在黃沙漫漫的敦煌，詩人對待神聖與安寧的回應，報以風塵僕僕的疲態：

> 對於死者宮殿和廢墟又有什麼關係
> 土地已足夠冷漠，風已足夠喧囂
> 手在別人的枝葉間揮舞
> 以前和以後──孩子使明天顯得恐怖
> 再也沒有
> 再也沒有
> 再也沒有一個劇烈的時刻
> 讓歌謠爆裂，讓灰爐燃燒[29]

早年激昂的鬥士精神已消失殆盡，在飽受風霜的經驗歷練下，他以頹喪情緒取代了樂觀的心志，略帶慍怒轉趨不在乎的語調，輝煌的建物以及具有人文紀念價值的死者（歷史）轉呈可有可無的價值，也就此失去追尋的意義，原先被期待降生人間的「孩子」，與「明天」的互動是「恐怖」，其傳承意義亦全然被消解，詩人情感的轉變，隱含了「如果你非常疼愛孩子，那麼犧牲孩子便是終極的犧牲，甚至比自己的死亡更重大」[30]殉道者原型的精神。走進「神聖永遠是安寧的」敦煌大漠，取經聖道或是絲綢之路，並沒有增添楊煉見識歷史巔峰的文化能量，反之，他感染了塵土滄桑的氣質，情感隨著沿途的石窟壁畫漸漸石化了。於是，這個循著文化地圖行走的詩家，收斂起詩文間陳情與自艾的情緒，代以冷凝的目光與靜默的筆調，

---

[29] 楊煉〈敦煌〉組詩，收入老木編選《新詩潮詩集》（北京：北京大學五四文學社，1985），頁335-336。

[30] Carol S. Pearson 著，徐慎恕、朱侃如、龔卓軍譯《內在英雄》（台北：立緒，2000），頁138。

執著於尋求永恆與神聖，建構他的智力空間，並就此成為日後寫作的常態了。

地景的觀念，涉及時間與空間關係，楊煉建築於古人之上的懷思基調，然而，具有羊皮紙質性的並非地景[31]，而是楊煉反覆再三的情感，除了技法與思考的僵滯，透露予讀者的訊息是詩人的靈魂，始終被囚禁在（後）文革時期，踟躕複沓的不僅是詩文，也是他自己。

楊煉溯往思今的遊歷，導引出他的方向感（orientation）與認同感（identification）。身處傳統文化斷軌的時代，一代人的失語期，他因而將方位設定為尋根，「反映文化的建築變成是代表根基、記憶與永恆性的一部分」[32]，古都與聖殿最能賦予他對歷史／自我存在的認同感，是故，他編設了文化地標，以圓明園、大雁塔、大渡河、西藏到敦煌為抒情載體。詩人依憑古蹟揣想歷史輪廓，覽觀地景，並以他所處的後文革與之對應，文化聖地的書寫公式，是遊歷化視野的主產物，詩人塑造的地景透過詩筆而成形，泯除史冊正典的直線時間論述，改用地圖化的視野建構出中國的想像圖景，橫縱經緯連貫起他的尋根夙願。

地標的功用多是提供旅者辨認／指示自身所在地，現蹤於楊煉詩文輿圖的文化地標亦然，每個景點提供他搜尋自我的定位。摸索象徵傳統和文化的殘片磚瓦，彷若能使他更貼近歷史的城牆，即使只能得見王朝的背影，或是因應時局嬗變而生發個人情緒的更迭，他還是以自我模仿／複製的技法與旨趣，及重複表現的情感公式，展現其樂而忘返的興味，遺憾的是，詩人朝聖熱忱一致，召喚而來的是深邃悠遠的歷史與今人之間，不可跨越，永恆且神聖的感傷距離。

---

[31] 「地景是張刮除重寫的羊皮紙」。Mike Crang 著，王志弘、余佳玲、方淑惠譯《人文地理學》（台北：巨流，2003），頁 27。

[32] Ignasi de Sola-Morales 著，施植明譯《差異：當代建築的地誌》（台北：田園城市，2000），頁 130。

第二節　文化的解釋：歷史斷片的復現

針對中國古典詩歌譜系的觀察，宇文所安曾作出如此論述：「中國文學作為一門藝術，它最為獨特的屬性之一就是斷片型態」[33]，「斷片」可以解讀為文本中的拼圖或是零件，呈現了沒有接續性的、分解的殘跡存在，[34]依據斷片的質素，則聚合／重組斷片可能達致意義的新詮，換言之，理解斷片的指示路徑，拆解斷片在敘事框架中的隱喻意義，聚集和獨立機能兼具正是斷片的價值。「招魂的儀式需要死者的某一項遺物，這件遺物所起的就是斷片作用，這個斷片所屬的世界，幫助形成了一條連接過去與現在的紐帶」，那麼，斷片語言的空白，或許就是一種對待歷史／文化的解釋態度。

> 祖先的夕陽
>
> 一聲憤怒擊碎了萬年青的綠意
> 大地和天空驟然翻轉
> 烏鴉像一池黑睡蓮
> 驚叫著飛過每個黃昏
> 零亂散失的竹簡，歷史的小小片斷[35]

這節文字，就是中國典式形象斷片的運用。動力雄渾的力道，率先打破了夕陽將至的寧靜，「萬年青、睡蓮」是中國古典園藝觀賞植物，「夕陽、黃昏」是傳統詩歌喜好詠懷的時間與景象，「祖先、竹簡、歷史」則指涉了詩人的時空向度，斷片之間呈現相互衝突的色調，數個文化斷片拼貼而成綴段式敘事系統，因此形塑了中國文化的氛圍，楊煉追步古典文學的策略，就是情境的模擬。儘管如此的視覺藝術效果近於

---

[33] 宇文所安《追憶：中國古典文學中的往事再現》（台北：聯經，2006），頁 108。
[34] 宇文所安《追憶：中國古典文學中的往事再現》（台北：聯經，2006），頁 94。
[35] 楊煉〈半坡組詩‧神話〉，收入老木編選《新詩潮詩集》（北京：北京大學五四文學社，1985），頁 300。

油畫的力道，但透過斷片內蘊的古典文化圖象，表述的形象語言往往使讀者產生水墨畫的幻覺。

斷片美學提供我們另一個鑑賞楊煉的視角。

楊煉將數年間的遊覽歷程訴諸於詩文，在他的地方經驗中，將地景歷史化，召喚地方的記憶與認同，這使我們可以感覺到他對古典文化的嚮往，以及一份好古的激情。藉由文化地標的各個站點，溝通起他想像的中國版圖，地景遂在文本空間中展現：「所謂的『場所精神』，也就是地方的獨特精神。這常用來指出人群對於地方的經驗，超出了物質或感官的性質，並能感受到其對於地方精神的依附。如果地方的意義超越了明白可見的事物，進入了情緒與感覺的領域，那麼解答之一可能就是轉而求諸文學或藝術，以之作為人類表達這些意義的方式」[36]。楊煉的表現方式是先以中國民族意識形態中獨特的都城地景／地域刻劃「地方感」，古蹟、遺址或宗教地域聖地的承載了古老的時間與文化，在歷史感如此沉郁厚重的地方「文化地景即有機區域的極致表現」[37]，地方感涉及觀者的主觀認同感，亦是族群意識與地域認同的體現。我們必須注意到，嘗秉持人文關懷的楊煉，對待某特定地區的族群及區域文化生產方式的態度，並且，身為偏重視覺效果的文化尋根詩人，他的遊歷化視野，如何轉化為詩筆下的文化符碼，如此，則楊煉建構的文化話語，便呼之欲出了。

楊煉的文化尋根如同行使招魂儀式，由廢墟的殘體喚醒他對歷史的想像，滔滔水路引領他見證活在勞苦人間的失聲百姓，絲路與宗教聖境則是神聖與永恆共存的寧靜空間，楊煉指認的地景正是屬於曾經輝煌與衰落的舊日中國，今已歸宗歷史的「遺物」，通過遺物的斷片作用連貫起他的文化地圖，如此，藉由地方書寫的「斷片」

---

[36] Mike Crang 著，王志弘、余佳玲、方淑惠譯《人文地理學》（台北：巨流，2003），頁 143-144。

[37] Sauer C. (1962) *Land and Life: A Selection from the Writing of Carl Sauer, ed.* John Leighley. University of California Press, Berkley, p.321. 轉引自 Mike Crang 著，王志弘、余佳玲、方淑惠譯《人文地理學》（台北：巨流，2003），頁 22。

發想中國古文化，斷片本身所隱喻的內涵，及其在文本中所擁有的既分且合、相應的有機體性質，座落於中國文化脈絡下，地方及依附其上的「地方感」，使得我們必須透過剖析斷片，試圖收集楊煉解釋文化的訊息，斷片的隱喻之一，就是詩人塑造出來的「地方感」產物。

　　楊煉的地景書寫，在他撰文的最初，有關地理位置的文字輪廓並不是太清晰，直到〈烏蓬船〉以降，始有較為明確的地點標示，對於甫出道的青年詩人，文筆欠成熟或視野有限也是在所難免，〈自白——給圓明園廢墟〉、〈大雁塔〉及〈烏蓬船〉的方位感都不甚強烈，建物是他付諸歷史想像與解釋的場所，或者，應當說楊煉因為書寫的主體是苦難國境下生存的社群，這也是他所預設的讀者身分，所以，此階段的楊煉，他的書寫專注在社會空間與居於其間的人民，係泛指社會空間（social space）的日常寫照，側重的是勞動者的生活現象。地方感寫作的飽滿與充盈，拿捏的較為成熟的是〈敦煌〉、〈西藏〉二部組詩，二部組詩除了象徵聖域的獨特靈光之外，不論是朝聖或是宗教典儀，「儀式」化的精神態度，毋寧是充沛「地方感」的飽滿要素。至於〈半坡〉組詩，介乎練達與初學的手感，呈顯了過度期的表現。

　　「儀式」係楊煉用以強化追憶情感的一種策略，關乎社會記憶的積澱，也是與特定場域相對應的特定活動形式，具有由凡入聖的潛在特質，其所蘊藏的文化能量，無疑是詩人塑造「親證歷史」臨場感證據的一股強大助力。楊煉以大雁塔或圓明園等文化場所道出他對歷史的解釋，那麼，〈半坡〉、〈敦煌〉及〈西藏〉等組詩出現的典儀景觀，顯然便是詩人對文化的解釋了。

　　如果我們將儀式解讀為社會行為的實踐，那麼，出土器物自然是歷史的遺留物之一。身為一個注重視覺效果的詩人而言，在楊煉的歷史想像裡，他理當將視角集中在視而可見的器物之上，以為移情之用；或是透過這個象徵體，展示詩人對古今社會空間的關照，便於鋪陳他的時空思維：

> 一只最終將指引我們走出這貧困牆垣與絕望峽谷的手
> 那手是紅色的，從魚兒的遺骸中成長
> 那圖案是紅色的，使人類相信你永不沉默的腳步
>
> ⋯⋯⋯⋯⋯⋯
>
> 我的魚兒呵，降臨到棕黃原野上的純真、主宰生命的首領[38]

在紅色的陶器上繪製的動物花紋是仰韶彩陶的特徵，像是附著了無數新石器時代的古老靈魂，文物面世的那一刻，往昔的歷史與文化宛若自沉睡的土地、停滯的時間中醒來，歷史復現。在詩人眼中，出土文物是聯繫古今的管道，他將陶器上的魚紋視作先民生活的遺跡，甚或將紋飾提升到造物主的至高地位，陶罐上的魚紋遂成為祖先的象徵以及生命的核心體，衍生出中國子子孫孫的歷史血緣，魚紋的實質意涵並不是他關懷的焦點，他只見到老祖宗製作彩陶而沾滿了紅土的手，祖靈和出土文物皆凝聚了歷史時間感，這才是詩人真正的召喚悼念對象。將陶罐紋飾化作文化象徵的移情物體，類似的筆法稍早已運用於圓明園、大雁塔及烏蓬船，烏蓬船行駛的大運河，乘載了無數的生命，半坡遺址的文化遺留物──陶罐，則顯示了詩人前進到文明開化的最前線處，透過文明斷片追溯與歷史之間，一段緣生紐帶的關係，表現出詩人愈發強烈的尋根慾望。向祖宗致敬而延伸的懷祖精神，無疑也是深植於中國民族的核心生活態度。

上古的文明斷片，幫助詩人與歷史產生聯繫，不但使他引生出懷古的激情，也使他發出對遠古生活的想像：

> 哦黃褐色的光，照耀同一片黃土
> 那兒，起伏著我童年的茅屋
> 松樹和青銅器，在山巒裡默默佇立

---

[38] 楊煉〈半坡組詩·陶罐〉，收入老木編選《新詩潮詩集》（北京：北京大學五四文學社，1985），頁 307。

> 優美的動物獻出溫暖的花紋
> 骨珠串成的日子[39]

生長於黃土地上的子民，不僅是詩人追思的對象，他走在半坡遺址之上，「地方感」使他像是尋得了歸宿地，不僅有著「本是同根生」的血緣認同情感，「那兒，起伏著我童年的茅屋」更讓詩人化為新石器時代先民的一份子。詩人選用土、木質地的棕色調，與青銅器、松樹象徵的綠色系，相映而成溫馨和煦的自然原色，這股彷若初生的能量，輔以狩獵行為的「優美、溫暖」，遊走在仰韶村落之間，詩人安逸平穩的居處其間，土地與人的互動，樸質而煥發著渾然天成的光暈。文字再次徵驗了詩人將想像視覺化的行文嗜好，所有的視覺斷片，在詩人的工筆勾勒之下，終成完整圖畫。

　　楊煉的復古圖景顯然是美好的，出土文物使楊煉感念先人，身在文明發源地，驅使他記下上古先民生活的片段，但是，骨珠或陶罐這類具有視覺想像效果的出土器物，或是對上古社會村落敘事的擬真度，都讓讀者像被攬進典藏遺址文物的博物館一般，我們只能隨著詩人視界的浮標游移走動，視覺的圖像著實擁有歷史的震撼力道，產生恍若溯返遠古時空的錯覺，但在感官之外，詩人過度運作視覺卻使得詩的意涵受到侷限，使得器物的人文內蘊（實質的考古論據）就被忽略了，不幸的是，這正是文明／文化在歷史上的重大里程碑，可能象徵著一個時代的演進或是文化薈萃的菁華，浮光掠影式的理解或曖昧不明的認知，可能與楊煉提倡的文化內蘊的深度有所牴觸[40]。

---

[39] 楊煉〈半坡組詩・神話〉，收入老木編選《新詩潮詩集》（北京：北京大學五四文學社，1985），頁300。

[40] 例如楊煉在〈傳統與我們〉一文中，提及屈原詩作之所以偉大在於「強烈地表現出人對自然、社會和自身直接把握的要求，成功地賦予這種要求以一整套具有中華民族特質的象徵體系，並構成巨大審美快感時，他就在本質上完成了他重新發現傳統的任務，他最具特色的變革恰恰使他比其他任何時候都更接近了傳統本身：楚文化中最具魅力的神話——巫術體系的『內在因素』」，可見詩作的文明特質、文化內蘊正是楊煉解詩賞詩的標準之一。楊煉〈傳統與我們〉，收於《楊煉、友友個人文學網站》（http://www.yanglian.net/yanglian/

　　對人文哲思不完足的部份，擺出實質的儀式框架，能擴張文化版圖，使之深邃，亦能增益民族氣息，為他的文化尋根表態，儼然是一個相當便捷的文化詩學策略。文化的招魂儀式需要歷史的遺物，文明的斷片既是詩人的移情物，也是使儀式得以完足的必需品，楊煉取得的遺物組件是：

> 大地的未來：土，是祭品
> 海洋的未來：水，是祭品
> 太陽的未來：火，是祭品
> 人在世界的龜甲瘋狂占卜
> 一代一代流失於復活之夢中
> 一代一代把自己獻祭[41]

「祭祀」是中國人神靈信仰的實踐行為，透過詩人對先民生活想像的片段，整個自然都成為時空宇宙的祭品，如果所有的未來時間皆為「走向儀式」的一個過程，那麼，人生就彷彿在展演一齣祭祀的聖典，個體的存在意志顯得無關緊要，死亡像是吸納、威脅生靈的黑洞，生命的殞落堆疊而成歷史，人勢必得走上祭壇「獻祭」，「獻祭」隱含的殉道光芒，作為悲劇形象，生命的犧牲卻突顯存在的價值，詩人表揚了對生命意義的禮讚。「一代一代」皆逃不過自然的機械運轉定理，然而，雖是宿命性質的活著，人卻總是對既定的命與未知的運感到好奇，天真且迫切的想方設法，故而「瘋狂占卜」，試圖以神秘的交感體驗支配／預測人生。「早期歷史上的獻祭儀式普遍帶有最原始的巫術精神」[42]，祭品、占卜、獻祭、復活等巫術相關用詞，整合了現實與超現實的感覺紐帶，鋪陳了儀式的想像基底。神秘感的塑造，訴諸巫術的原始思維，這是詩人對待文化儀式的解釋，也是他對上古社群生活想像的一則重要註腳。

---

produce.html）。

[41] 楊煉〈半坡組詩·祭祀〉，收入老木編選《新詩潮詩集》（北京：北京大學五四文學社，1985），頁 319。

[42] 弗雷澤著，徐育新等譯《金枝》（北京：中國民間文藝，1987），頁 75。

　　獻祭的原始巫術儀軌，是詩人對遠古的揣想，能塑造出（他見證
到的）歷史臨場感證據，當儀式與宗教聖地整合而成的地方感，則又
是另一個具有強烈民族意識能量的文化現場。並且，除了祭祀，〈西
藏〉組詩亦以浴神節、天葬等活動為題，帶出儀式敘事出落在詩文間
的高密集度，示意著詩人顯然有將「儀式敘事模式」發揚光大的企圖：

> 死者的軀體交給一把匕首
> 死者的靈魂交給一簇火舌
> 時間到了，灰燼中的神
> 在星空之上瞪大炯炯窺視的眼睛
>
> ‥‥‥‥‥‥‥‥
>
> 我聽見翅翼拍打，我被啄食，大地略過了
> 一縷滑音盡頭是無聲的祝頌
> 世界站在永恆上沒有方向，又充滿方向
> 直到太陽再次捕捉另一個靈魂
> 那時，我拍打著，我啄食著，掠過大地
> 從黑暗深處歸來，光，徐徐降臨[43]

天葬是藏族普遍且特有的喪葬方式，楊煉以詩文記下他所目擊的西藏
視界，隨著天葬師的肢解，在天葬場上燃點柏枝松葉，香煙裊裊，為
死亡使者鷹鷲引路，迎神降世，以屍身敬獻寰宇與眾神的神聖天葬，
在天葬台上受兀鷹啃食的亡者軀殼，其靈魂有待輪迴轉生，度亡儀式
的最終是肉體隨塵土灰飛湮滅，靈魂昇華，使得每一個體的死亡都呈
現一場獻祭。天葬對於詩人而言，他化身為躺臥於天穹之下的藏族亡
者，以靈魂之眼側筆記下這場喪事行為，詩人選擇的輪迴角色是鷹，
隱然有與死亡對峙／協力的雙重含義，既是度亡活動的勞動者身分，
埋首於死亡的工作態度，淡漠且瀟灑，陪同死神一同展示主宰者權威

---

43 楊煉〈西藏組詩·天葬〉，收入老木編選《新詩潮詩集》（北京：北京大學五
　四文學社，1985），頁376。

的至高角度，當他與死亡同體合作的時刻，散發著飢餓的凶狠，就不再是面對死神而示弱的人類，詩人從此對死亡無所畏懼。

不過，詩人似乎對輪迴的觀點有些誤解，靈魂轉世並不契合於「直到太陽再次捕捉另一個靈魂」交替接引的輪替活動，這使我們得知詩人注重的是如何完整陳設他的視覺畫面，以及從視野延伸而出的抒發效果，所以，度亡儀式的細節並不是他器重的項目（例如天葬不僅是在鷹鷲食盡便告終結，尚有後續四十九天的喪事儀軌），縱使〈天葬〉具有流暢的敘事特質，由送葬隊伍記至天葬典儀已成，光明降臨的畫面，然而，不能完足顯密的經典教義是有些可惜的，這多少減損了深植於儀式的哲理內蘊與人文厚度。

儀式的安排，從遠古占卜獻祭到天葬，在在揭示出詩人對死亡的思考與態度，他透過具體可見的文化器物，使他瞬移至不同的時空，完成抽象表述，這些用以憑悼的組件，形成尋根的文化符碼「人類學對儀式的民族誌描繪有一個無法迴避的事實：人類如何對物質附加上屬於人類獨具特色的『文化敘事』（cultural narrative）……『器物象徵』（symbol-vehicle）和『物質表達』（objective expression）也自然而然成為人類賴以在文明的定義中說明自我的一種專屬性符號系統」[44]，每一件瑣碎的歷史斷片，都成為一項召喚中國歷史幽魂的符號化器物，是詩人對待不同時、地文化概念的直覺陳述，楊煉的文化敘事，體現了以「我」為中心的文化地圖。

在半坡的遺址想像裡，我們必須注意到，詩人對仰韶文化的理解即為母系社會，將遠古想像與視而可見的文化器物、口耳相傳的神話結合，初見端緒是在〈半坡組詩·神話〉代入女媧形象，這是他較早運用神話的篇章，後期詩作《♀》用典的次數則更為頻繁。「大部分神話都與社會儀式——祭典中固定的形式和程序有關」[45]，儀式與神

---

[44] 彭兆榮《文學與儀式：文學人類學的一個文化視野——酒神及其祭祀儀式的發生學原理》（北京：北京大學，2004），頁 119。

[45] M.H. 艾布拉姆斯著，吳清江等譯《文學術語詞典》（北京：北京大學，2009），頁 341。

話的交融，在楊煉詩作中頗為常見，相較於具體可見的考古殘跡，神話則是另一種隱而未顯、內化於民族的文化學問。中國手稿時期，將儀式與神話互涉的並存特質，發揮的最為淋漓盡致的，首推文學史家們公認的楊煉代表作〈諾日朗〉。

依據作者自註：「諾日朗：藏語；男神。四川著名風景區九寨溝有一座瀑布和一座雪山以此命名，地處川、甘交界高原區」[46]，「諾日朗」是藏語「男神」的譯音，喻含高大雄壯的形象，地理景象則是高峻壯觀、聲勢巨大的瀑布，景點、主角、儀式氛圍塑造出磅礴的氣勢：

> 哦，光，神聖的紅釉，火的崇拜火的舞蹈
> 洗滌呻吟的溫柔，賦予蒼穹一個破碎陶罐的寧靜
> 你們終於被如此巨大的一瞬震撼了麼
> ──太陽等著，為殞落的劫難，歡喜若狂[47]

〈諾日朗〉編排在《禮魂》詩集的最末篇章，倘若讀者沿著詩人編列的文化座標腳程相與同行，便能發現結集成冊並非偶然，於是乎，我們又讀到出於他篇的關鍵詞「陶罐」，讀者未必能掌握藏族傳說和火祭儀式何以非要安插「陶罐」入詩，但就關鍵字、意象的反覆出現，使得《禮魂》呈顯了詩集所具備的主題結構。另一方面，儀式（涵蓋儀軌與儀式精神梗概）是詩人向來關注的文化特徵，嘗在〈陶罐〉出現的土葬被〈諾日朗〉太陽崇拜儀式中的火祭取代，原是紅土製成的文物，此處與火產生互動，以顏色強化文物與儀式的關聯，暗含暴力與奔放的強烈能量，擺動於光影之間，影音的性暗示畫面挑起了儀式的行進，染上了毀滅狂歡兼具的酒神色彩，接著，雄健的男神復活現身：

---

[46] 楊煉〈諾日朗〉，收入老木編選《新詩潮詩集》（北京：北京大學五四文學社，1985），頁 344。（按：〈諾日朗〉為地名無誤，但本文論者以為，由於楊煉對待「諾日朗」的態度為演繹藏族男神傳說，有關地景的書寫不如他篇強烈，故將諾日朗所象徵的文化座標遷移至此，便於詮釋儀式精神的展演及詩人賦予文化之解釋）。

[47] 楊煉〈諾日朗〉，收入老木編選《新詩潮詩集》（北京：北京大學五四文學社，1985），頁 340。

> 我是瀑布的神，我是雪山的神
> 高大、雄健、主宰新月
>
> ⋯⋯⋯⋯⋯⋯⋯
>
> 我的奔放像大群剛剛成年的牡鹿
> 慾望像三月
> 聚集起騷動的力量[48]

瀑布與雪山的蠻荒嚴峻，構成神（人）與自然同體的原始生命型態，詩人復以男神的至上權威聲調向世界發言，凜冽的無法直視，宛如來自幽冥深處「主宰新月」的極陰氣質，卻呈現陰寒與火熱的對比，雄健的體態宣示生氣蓬勃的力度，沸騰著動物的野性與本能似乎就要到達燃點，男神洋溢的原始生命情態，既解放身體，也舒張了豐盈的慾望。楊煉的狂想，透過這個生殖的標記，形成孕育著一個民族的創生能量，「占有你們，我，真正的男人」野蠻的衝勁一觸即發。這時，詩人獻上文字血祭，火與土鋪陳出物質的光與身體的舞，營造出「紅色」的腥味暴力氛圍：

> 我活著，我微笑，驕傲地率領你們征服死亡
> ——用自己的血，給歷史簽名，裝飾廢墟和儀式
>
> ⋯⋯⋯⋯⋯⋯⋯
>
> 於是讓血流盡：赴死的光榮，比死更強大
>
> ⋯⋯⋯⋯⋯⋯⋯
>
> 尊嚴和性格從死亡裡站起，鈴藍花吹奏我的神聖
> 我的光，即使隕落著你們時也照亮著你們[49]

---

[48] 楊煉〈諾日朗〉，收入老木編選《新詩潮詩集》（北京：北京大學五四文學社，1985），頁340。

[49] 楊煉〈諾日朗〉，收入老木編選《新詩潮詩集》（北京：北京大學五四文學社，1985），頁341-344。

「歷史、廢墟、儀式」無疑是合成楊煉詩作的最重要構件，此處的獻祭者目標相當遠大，意欲以豪氣的微笑「征服死亡」，血書留名，或是血濺詩人唯一鍾愛過的歷史遺物，這是多麼驕傲恣肆的就義氣魄，肉體消亡，尊嚴與崇高的精神，總能超越命限而永垂不朽，「赴死」被提升至生命的上等尊位，自此再無極限的痛苦足以毀滅生命意志，故能睥睨死亡的黑暗威能，楊煉的修辭雄渾，以血盡人亡的最高犧牲度，展現出生命的亢奮，詩人對沉溺死亡書寫的傾心，反映出他對生存命題的追求，活著反而是值得被讚揚與肯定的，在〈諾日朗〉裡，借用「諾日朗」超人、英雄式的神格形象，也與酒神祭儀復活再生的形式相疊合。甚至，透過儀式便能「征服死亡」破解死生的命定限制，創生的光耀使得獻祭的亡者「你們解脫了──從血泊中，親近神聖」[50]由凡入聖。在實踐儀式的過程裡，代表死亡的獻祭者是光明的化身，死亡只是與現世的苦難告別，終結人間悲劇，那麼，儀式就成了一種對待生命的敬重與禮讚，對精神永生的歌詠。

　　〈諾日朗〉以原始性愛和儀式展演，神聖與激昂的聲道歌頌，詮釋生命的詩性，突顯生與死的兩造，在對立的極端中取得平衡，「〈諾日朗〉把拯救的希望寄託在某種原始主義理想上，想通過『超人』或英雄精神挽救一個時代、一個文化的墮落貴族式的狂熱中包含著嗜血精神，血的解放本身已是一種施虐」[51]，在詩文間，詩人數次演練嗜血與暴力的鏡頭，密度之高，幾乎可以說是呈現屠殺自我的狀態了。獻祭儀式與〈半坡組詩・祭祀〉詩句「一代一代把自己獻祭」呼應，走上〈諾日朗〉獻祭台的「祭品」顯然是詩人的複刻版神魂，是為一介後文革詩人的文化覺思，也契合弗萊（Northrop Frye, 1912-1991）的原型理論中英雄命運的美學型態[52]。〈諾日朗〉的敘述模式是從痛苦

---

[50] 楊煉〈諾日朗〉，收入老木編選《新詩潮詩集》（北京：北京大學五四文學社，1985），頁 342。

[51] 周寧《幻想與真實：從文學批評到文化批判》（北京：中國工人，1996），頁 130。

[52] 弗萊的原型理論分為四階段：英雄的出生儀頌、英雄的勝利儀贊、英雄的死亡儀禮、英雄的苦楚儀殤。詳參諾斯羅普・弗萊著，陳慧等譯《批評的剖析》

中感應／享受歡愉，西藏天葬或是此處的血祭，異族儀式不停被詩人翻寫，並且圍繞於生死軸心，意味著詩人急於在異文化的儀式行為裡，查找任何關於生死的真諦，由「死」思「生」而作出比對辯證，咏讚死亡，實則提升活著的生命的價值，這是楊煉擅長的思考方式，「通過死亡思考生命」儀式原型的寫作程式則是他的寫作性格，整部《禮魂》，可以說是收納了祭儀的精華，透過儀式展演文化、歷史片段，詩人苦心思索存在或虛無的生命命題，強化了詩人的悲劇特質，死亡隨之抬升到了形而上的高階意義[53]。

　　整合楊煉慣常使用的神話、儀式斷片，可以發現，楊煉用過的夸父、女媧、精衛、后羿、羲和無不涉及「獻身、殉道」的精神，與生存厄運的搏鬥，預示殉道者必然滅亡和絕望的命運，在選材上，神話人物的殉道精神重疊，體現了詩人心之所嚮的期許。閱讀楊煉詩作，自早年專注於為民族興亡喉舌，《禮魂》逐漸轉趨閉鎖的、淡泊的情感，關注起個體、自我精神的理想追尋，「中國手稿」時期詩人在文化座標上行過的精神痕跡，像是經歷著英雄必需的修道試煉，那麼，詩文中出現頻仍的儀式，就具備了幾重含義。其一是具體且視而可見的歷史斷片，也是族群的文化象徵，其二則是「成長儀式的放大」[54]，透過不同場所的追尋，即使詩人求得的答案出落在詩句裡仍是始終如一，但隨著〈諾日朗〉的黑暗消退就是光明、天葬的回歸自然，儀式的進行足以為詩人帶來療癒的效果，儀式在詩人眼裡，都是走向輪迴的一個必備步驟，當他主動接觸帶有地方感的異族儀式，其目標皆鎖定於該如何推擴生死問題的思維，換言之，他的閱歷與見聞是用以破（生死問題）關的資料庫，必須從儀式之中獲得神祕力量的開示，最

（天津：百花文藝，1998）。

[53] 楊煉曾集中「死亡」的數個答問，收於篇名極具形上學意味的詩論〈在死亡裡沒有歸宿〉一文中。詳參《楊煉、友友個人網站》（http://www.yanglian.net/yanglian/pensee/pen_wenlun_17.html）。

[54] 「英雄神話歷險的標準路徑，乃是成長儀式準則的放大，亦即從『隔離』到『啟蒙』再到『回歸』」。詳參 Joseph Campbell 著，朱侃如譯《千面英雄》（台北：立緒文化，1997），頁 29。

終回歸他自己，這是文學作品中常出現的考驗主題的範式。如此，詮釋「儀式」成為楊煉對文化解釋的核心意義，也是他實踐文化尋根的方法，回想歷史或是尋找文化座標都成了詩人私己舉行的召喚儀式，幾近於信仰般的虔誠與狂熱，挖掘儀式與生命的涵義，就形成了詩人內在精神上的朝聖。

「朝聖屬於典型的制度性社群的儀式行為」[55]，楊煉選擇的靈性景點，涵蓋宗教淨地、飽含人文歷史意義的古都遺址，以及環山奔騰的瀑布，氣魄蓋世的自然險境，詩人懷思的地方，從實際的地理位置和抽象的歷史時間來看，都標示了迥異於詩人日常起居的距離，朝聖行為是一種遁世（retirement from the world）的表態，朝聖者的情緒和理念受到神聖的感召，進行苦修活動的過程間，虔誠、平和與超越的精神意識，足以消解種種既定的社會價值或是固有的不平等位階[56]。朝聖的過程中，儀式入詩，詩人不但將自身化成獻祭品，甚至，書寫也成了一種儀式，朝聖活動之於信徒，是一種註定必須承擔的責任意義，這名有著聖地狂熱的信徒透過他巫術般的舉措，暗示讀者，朝聖行為的宗旨就是為了要尋根，尋找在新時期已失落的、斷裂的屬於國族的傳統，詩人對歷史與文化的追溯，既要填補時代的空缺，亦是慰安自我的一種療癒暗示。

所謂的文化的「根」，「根」當該植於大地之上，邁步於中國遼闊的國土，詩人的朝聖心態精神模式，相當於西蒙（David Seamon）的「身體移動性（bodily mobility）」論述，「地方是核心概念，但理解地方的關鍵成分是身體的移動性，而不是根著和真實性……身體的移動性在空間與時間裡結合，產生了存在的內在性，那是一種地方內部生活節奏的歸屬感」[57]，詩人轉換朝聖地點，同時也就移動了他的身體，

---

[55] 彭兆榮《文學與儀式：文學人類學的一個文化視野──酒神及其祭祀儀式的發生學原理》（北京：北京大學，2004），頁 46。

[56] Victor W.Turner, *The Ritual Process: Structure and Anti-Structure,* (Chicago: Aldine Pub.Co., 1969), p.166.

[57] Tim Cresswell 著，徐苔玲、王志弘譯《地方：記憶、想像與認同》（台北：群學，2006），頁 57-58。

移動是誘發尋根的動能，隨著地方的置換，當他體會地方感的殊異之際，面對不同的地景／儀式得以展開對生命問題的責難和詢問，透過自問自答的方式，揣擬想像，地景及儀式構組的文化符碼，遂為他驗證生死與歷史的詮注。

保存了歷史記憶的文化斷片，可以說是楊煉精神氣質、世界觀及宗教符號的象徵，從斷片之中萃取千秋陳跡，借用曠古的面容、情節完成他對文化的解釋。朝聖所得到的開示是「一切，僅僅是啟示」[58]，明確具體的遊歷，答案卻呈顯出如此虛妄的實象，顯見地方的置換，終沒能為詩人解決「生存」的問句。詩人以斷片復現了已逝的歷史幻象，而他躊躇的身影和盤桓的情感，一次又一次的滯於生死旨歸，詩人（無意識的）復現自我，提醒讀者他的頑強與執著。

結語

法國哲學家列斐伏爾（Henri Lefebvre）針對地景與文本的關係，提出空間三元論，以「空間的實踐」、「空間的再現」以及「再現的空間」三層次議題言談文學與地景兩相結合。社會景觀置入文本之中，文本吸納了空間經驗的位移，因而生產、再造出社會／空間經驗。地景在空間脈絡中的佈局，在楊煉眼中，成了歷史意義的啟示，仰賴地景而實踐其尋根理念，突顯空間在文字間的運作功能，這是另一種刪去歷史學識及線性時間的寫作手法[59]。地景提供想像的感發空間，儀

---

[58] 楊煉〈諾日朗〉，收入老木編選《新詩潮詩集》（北京：北京大學五四文學社，1985），頁 344。

[59] 本文使用的「刪去歷史、線性時間」一語，可以楊煉〈詩，自我懷疑的形式〉之言得證：「它們從開始就不是『史詩』，在意識上，它們正與『史』相反：在通過詩，把『史』刪去。中國，給我的啟示，自始就超越了所謂『時間的痛苦』，它更是『沒有時間的痛苦』──解除了時間的向度，全部存在的重量都壓進這個空間：這個生者、這次呼吸」，收於《楊煉、友友個人文學網站》（http://www.yanglian.net/yanglian/produce.html）。（按：無論是楊煉使用的神話、傳說、或是古蹟廢墟，他的目的不在言明歷史的、準確的時間進程，而是在建構一個古文化場域，以想像創設「中國」的輪廓。）

式則收束凝煉了詩人的文化情緒，修辭雄渾則是統歸中國圖像的表述法則，「中國手稿」之作，毋寧是地景在時空軸上的交替，借助意象與氣氛，文化斷片所組織起的連景敘事框架，培育了詩人懷舊的中國情思。

　　然而，文化尋根的實踐活動之於詩人，處於後文革較為平靜的時局裡，時勢沒能為他帶來庇護與安穩感，因此仍心心念念著歷史想像，遁逃現實。從〈大雁塔〉溯往迎來的情感漸趨一意孤行，詩文遂裹覆於古文化意象的緊密蛹室之中，直至《￡》的不能喘息。視覺化的書寫由境生情，鬱積為對待文化中國的鄉愁。在異質的場所，楊煉的歷史體悟，顯示出交疊頻仍的精神場域：「詩人無須『尋根』，他自己就是根，一個源頭，一個撫摸土地找到聲音的半坡人，一首詩（即使寫在電腦上）依然是一個文化上的石器時代」[60]，或許誠如楊煉所言，無關地景殊異，地景顯然只是安置於尋根地圖上的一個文化座標，他真正要尋覓的是自己，一個失根的漂泊旅者。

---

[60] 楊煉〈無國籍詩人〉收於《楊煉、友友個人文學網站》（http://www.yanglian.net/yanglian/produce.html）。

第六章　結論

　　綜觀楊煉「中國手稿」時期的詩作，在與傳統文化斷軌的年代裡，大書歷史文化的詩人，致力於歷史風貌的復現，並將之提升到文化認同的場域，其文化尋根的理想與實踐行為，誠為一個時代的見證。不過，他所使用的「歷史」傾向圖像斷片的象徵功能，並非純粹的線性時間序列，當他受到地景的吸引，如同他提倡的「單元詩論」識見，對空間的關注顯然稀釋了歷史內蘊的時間意義，他的「中國性」是將歷史想像注入於民族意識之中，建構於文化人類學、經典或古物的想像題材之上，滲進巫術、圖騰、宗教儀式、神話的神祕質感，並且使用大量典型的中國意象和詞彙，醞釀出彷若來自遠古的歷史靈氣，召喚蒼老的東方形象，具現為他對歷史與文化的解釋，納入詩文，形成自成一家的言說，以文化尋根的理想重構了一幅返古的文化地圖。

　　於是乎，當讀者震懾於修辭雄渾的氣魄之下，復以排山倒海的中國圖象席捲了讀者視界，他的復古策略儼然成形。在詩句間鋪陳的厚重古國氣象之下，由楊煉打造而出的這個中國意象場域，詩人智識締結而成的邏輯觀合理與否，確實是極容易被忽略的，尤其是建構經典的歧說，反使得作為《易》擬結構的《￥》更加難讀，復以《￥》碎裂的語言、稠密的意象，構成令人生畏的閱讀障礙，這是高度創意的險筆，卻也是「中國手稿」才氣的絕筆。

　　本文在第三章提到聶魯達與艾略特對楊煉所產生的影響，可以說，楊煉吸收／調和二位強者詩人的技藝菁華，並轉化為利己的營養，將之重複演繹於「中國手稿」的初始至最終。其中，塔羅牌的占卜用途，神祕意象與實質用途被詩人移植到中國，他取出經典《易》與之抗衡，中西占卜皆是取「象」的詮釋，楊煉遂運用「象」的思維，通過卦象闡釋自我的心象，顯示楊煉認識世界與自我的方法是傾向於

直覺思維，遵照情感邏輯而規劃出宇宙世界的秩序，藉由觀察象與事物／自我所對應的規律和結果，塑造為直覺與主觀的知識系統。

觀「象」必須經由感官接收訊息，比類取象的知覺效果，意即以藝術視野為認知世界的方式，脫胎自上古文化傳統的母體，承繼為中國的審美文藝傳統，置於中國手稿脈絡之下，則楊煉偏好的視覺效果又是一個例證。他以直觀經驗產生移情式的比況，並將之表現於儀式、彩陶紋飾、地景等處，從選取題材與寫作角度來看，楊煉確有原始粗獷的野性力道，語言的銳利度、情感的濃烈性，以及隱含的悲劇性美學形態，連番揭示詩歌畫面的躁動不安，無須發聲，讀者自然能體會楊煉詩作的跌宕與鏗鏘。

詩人在文字間的情感寄託，則充分發揮了他取材的鮮明民族特色，大致可分為三個情感層次的轉折。早期的詩人豪邁熱情，應對後文革的文化語境，他以詩筆扛起民族興亡大責，振奮苦難中的民心，又激勵同志手足的存在度與榮譽心，表述了一代人的意識形態；中國手稿的中期，是備受文學史家評賞的寫作階段，也是研究者將尋根與楊煉畫上等號的真正起點，詩人延續前期對歷史的傳承與使命感，漫步於地景，地景只是一種中國／歷史印象，旨在詮釋自我身分的「認祖歸宗」，企圖溯返正統的、中國正道的民族文化故鄉；後期，楊煉則是孤身轉向歷史的深處，文革時代甫感知的「死亡」經驗籠罩著他，「存在」啟迪他對生命的思索，他解決問題的手段是爬梳宗教、經典、以及地景，「中國手稿」形同詩人自我解決疑旨的尋覓過程，於是，他將往者已矣的歷史、廢墟與死亡結合，抬升到形上學的藝術位置，突顯了文藝民族化的特徵，文化民族主義的思維傳達了詩人的執著理念與情感價值，這無疑是楊煉詩作中最動人之處。

由作者數篇的自白性文字，我們得知詩人成詩多攝取自生命閱歷，那麼，英雄性格顯然就是「中國手稿」所述說的作者情態。「中國手稿」的任務與終極理想在於「文化尋根」，重鑄傳統對於楊煉而言，是他持續深耕多年的寫作目標，後文革至新時期三層次的情感向度，指示了詩人內在情緒與理念的轉圜，從鬥士到殉道者的英雄精神。

　　後文革時期，楊煉猶如「鬥士」（the warrior），鬥士原型必須面對恐懼的生存難題，竭力擔負起社群的責任，具有人我之分，他們的生存技術就是以高昂的活力和勇氣斬殺惡質的敵方，爭戰則必然有個值得積極奪勝的目標，或是為了解救無力的受害者，早年在〈大雁塔〉、〈烏蓬船〉嘶吼的楊煉，就符合了泛愛萬物的鬥士形象，同時，在悲憫民族苦難之際，楊煉已漸漸注意到在文革時期被破壞殆盡的傳統文化，所以，他召喚歷史，覆寫文化，無非是希望引起關注，拯救受到迫害的中國文化血脈。新時期的楊煉，許是因為時局的穩定，專注於墾拓歷史想像，這時期的他，呈現「殉道者」（the martyr）原型的固執信念與犧牲，他像是拋棄了現實世界，執意投入無人聞問的歷史想像境地，《￼》就是他尋根野心的極限，也是對自我的超越，任何能輔助他進入歷史古境的物象，都成為這個文化尋根詩人必須掌控的文化詞彙，然而，透過堆堆疊疊的「古董」意象，反呈現過多生造新詞的晦澀效果，終以「閱讀障礙」完成「中國手稿」的語言實驗。

　　犧牲足以換取自我的成就感，這段沿革，可解讀為瞭解自我需求的追尋過程，殉道者與鬥士的共同意識就是藉由從事偉大功業以達到「肯定自我」[1]，遺憾的是，詩人自詡的代表作走入語言迷宮之中，繁複稠密的意象黑洞吞噬了他的情感，就此，歷史朝聖者的殉道光芒盡失，僅留存早年鬥士的神采。楊煉在「中國手稿」時期耗費十四年的努力，使我們看到一個詩人，盡力追索文化尋根理想，朝聖他唯一信仰的歷史古國想像，勇敢且真誠的告訴讀者：「每個人心中都有一座神廟」[2]。

---

[1]　以上「鬥士」原型與「殉道者」原型皆出自 Carol S. Pearson 著，徐慎恕、朱侃如、龔卓軍譯《內在英雄》（台北：立緒，2000），頁 103-161。

[2]　Joseph Campbell 著，朱侃如譯《千面英雄》（台北：立緒文化，1997），頁 3。

參引文獻

【中文參引書目】：

〔漢〕劉　安《淮南子》（台北：世界，1955）

〔宋〕張君房《雲笈七籤》卷二十八〈二十八治・雲臺山治〉（上海：上海古籍，1989）

〔清〕王先謙《莊子集解》（台北：世界，2001）

〔清〕王夫之《周易內傳》（上海：太平洋，1933）

〔唐〕孔穎達《周易正義》（台北：台灣古籍，2001）

孔範今、施戰軍主編，路曉冰編選《中國新時期文學思潮研究資料（上）》（濟南：山東文藝，2006）

毛　峰《神秘詩學》（台北：揚智文化，1997）

王建元《現象詮釋學與中西雄渾觀》（台北：東大，1992）

王家新《為鳳凰找尋棲所》（北京：北京大學，2008）

王萬森主編《新時期文學（第二版）》（北京：高等教育，2006）

宇文所安《追憶：中國古典文學中的往事再現》（台北：聯經，2006）

朱光潛《文藝心理學》（台北：台灣開明，1994）

朱伯崑《周易知識通覽》（濟南：齊魯書社，2004）

老　木編選《新詩潮詩集》（北京：北京大學五四文學社，1985）

吳　炫《穿越文學思潮》（南京：江蘇教育，2007）

李　揚《中國當代文學思潮史》（上海：上海社會科學院，2005）

李　零《中國方術正考》（北京：中華，2007）

李永熾《歷史的踅音》（台北：遠景，1984）

李振聲《季節輪換》（上海：學林，1996）

李慈健、田銳生、宋偉《當代中國文藝思想史》（開封：河南大學 1999）

汪劍釗《二十世紀中國的現代主義詩歌》（北京：文化藝術，2006）

周　寧《幻想與真實：從文學批評到文化批判》（北京：中國工人，1996）

姜耕玉選編《20 世紀漢語詩選》（上海：上海教育，1999）

查劍英《八十年代訪談錄》（北京：生活・讀書・新知三聯，2006）

洪子誠《中國當代文學史（修訂版）》（北京：北京大學，2007）

洪子誠、孟繁華主編《當代文學關鍵詞》（桂林：廣西師範大學，2001）

奚　密《現代漢詩：1917 年以來的理論與實踐》（上海：上海三聯，2008）

徐志銳《周易陰陽八卦說解》（台北：里仁，1994）

邱紫華《悲劇精神與民族意識》（武漢：華中師範大學，2003）

徐國源《中國朦朧詩派研究》（台北：文史哲，2004）

高　亨《周易古經今注》（台北：樂天，1972）

張大明《中國象徵主義百年史》（開封：河南大學，2007）

曹文軒《中國八十年代文學現象研究》（北京：作家，2003）

莊柔玉《中國當代朦朧詩研究──從困境到求索》（台北：大安，1993）

陳思和《當代大陸文學史教程 1949-1999》（台北：聯合文學，2001）

陳懷恩《圖像學──視覺藝術的意義與解釋》（台北：如果，2008）

陳曉明《表意的焦慮──歷史祛魅與當代文學變革》（北京：中央編譯，2001）

彭兆榮《文學與儀式：文學人類學的一個文化視野──酒神及其祭祀儀式的
　　發生學原理》（北京：北京大學，2004）

曾艷兵《西方現代主義文學概論》（北京：北京大學，2006）

趙振江、滕威編著《聶魯達畫傳：愛情、詩、革命》（台北：風雲時代，2006）

劉　燕《現代批評之始：T. S 艾略特詩學研究》（桂林：廣西師範大學，2005）

黃宗英《抒情史詩論》（北京：北京大學，2003）

黃曼君《中國 20 世紀文學理論批評史》（北京：中國文聯，2002）

新京報編《追尋 80 年代》（北京：中信，2006）

楊　煉《𩾗》（台北：現代詩社，1994）

楊　煉《荒魂》（上海：上海文藝，1986）

葉維廉《歷史、傳釋與美學》（台北；東大，1988）

廖亦武主編《沉淪的聖殿──中國 20 世紀 70 年代地下詩歌遺照》（烏魯木
　　齊：新疆少年，1999）

趙一凡《西方文化關鍵詞》（北京：外語教學與研究，2007）

趙振江《西班牙與西班牙語美洲詩歌導論》（北京：北京大學，2003）

劉　忠《20 世紀中國文學主題研究》（北京：社會科學文獻，2006）

劉　翔《那些日子的顏色──中國當代抒情詩歌》（上海：學林，2003）

劉志榮《潛在寫作》（上海：復旦大學，2007）

樊　星《當代文學新視野演講錄》（桂林：廣西師範大學，2007）

謝　冕、吳思敬主編《字思維與中國現代詩學》（天津：天津社會科學，2002）

鍾敬文、啟功主編《20 世紀中國文論經典》（北京：北京師範大學，2004）

顏元叔主編《西洋文學辭典》（台北：正中，1991）

【中文參引篇目】：

李豐楙、劉苑如主編《空間、地域與文化──中國文化空間的書寫與闡釋‧上冊》（台北：中研院文哲所，2002）

孫有中〈當代西方精神史研究探析〉，《史學理論研究》2002 年第 2 期（2002.4），頁 31-37

陳大為〈知識迷宮的考掘與破譯──對楊煉「民族文化組詩」的問題探討〉，《台灣詩學》學刊十二號（2008.11）

陳大為〈歷史的想像與還原──關於大雁塔的兩種書寫態度〉，《亞細亞的象形思維》（台北：萬卷樓，2001）

陳信元〈大陸新詩潮與西方現代主義〉，《中國現代文學》第十期（2006. 12）。

陳鵬翔〈中西文學裡的雄偉觀念〉收於《主題學理論與實踐》（台北：萬卷樓，2001）

寧稼雨〈《世說新語》與古代文學的精神史研究〉，《中南民族大學學報（人文社會科學版）》第 25 卷第 3 期（2005. 5），頁 167-173。

鄭吉雄〈從經典詮釋傳統論二十世紀《易》詮釋的分期和類型〉收於《易圖象與易詮釋》（上海：華東師範大學，2007）

鄭吉雄〈論易道主剛〉，《台大中文學報》第 26 期（2007. 6），頁 89-118

賴貴三〈說「易」在上古的形成、流傳與詮釋〉收於《易學思想與時代易學論文集》（台北市：文津出版社，2007）

羅崗、顧錚主編《視覺文化讀本》（廣西：廣西師範大學，2003）

【外文譯著與篇目】：

Carol S. Pearson 著，徐慎恕、朱侃如、龔卓軍譯《內在英雄》（台北：立緒，2000）

Erwin Panofsky 著，李元春譯《造型藝術的意義》（台北：遠流，1996）

Ignasi de Sola-Morales 著，施植明譯《差異：當代建築的地誌》（台北：田園城市，2000）

Joseph Campbell 著，朱侃如譯《千面英雄》（台北：立緒文化，1997）

Loginus, *On Great Wreating* (*On the Sublime*), (New York: Liberal Arts Press, 1957).

Louis Altusser, *On Ideology*, (New York: Vrso, 2008).

M.H. 艾布拉姆斯著，吳清江等譯《文學術語詞典》（北京：北京大學，2009）

Mike Crang 著，王志弘、余佳玲、方淑惠譯《文化地理學》（台北：巨流，2003）

Robert Duguid Forrest Pring-Mill, *Alturas de Macchu Picchu* (New York: Farrar, Straus & Giroux,1967), pp. 7-19

Sauer C., *Land and Life: A Selection from the Writing of Carl Sauer,* ed. John Leighley.（University of California Press, Berkley, 1962），p.321.

Tim Cresswell 著，徐苔玲、王志弘譯《地方：記憶、想像與認同》（台北：群學，2006）

Victor W.Turner, *The Ritual Process: Structure and Anti-Structure*, (Chicago: Aldine Pub.Co.,1969)

W. J. T.米歇爾著，陳永國、胡文征譯《圖像理論》（北京：北京大學，2006）

W. T. Stance 著，楊儒賓譯《冥契主義與哲學》（台北：正中，1998）

卡西爾著，干陽譯《人論》（上海：上海譯文，2004）

弗雷澤著，徐育新等譯《金枝》（北京：中國民間文藝，1987）

哈羅德·布魯姆著，徐文博譯《影響的焦慮——一種詩歌理論》（南京：江蘇教育，2005）

艾略特著，杜若州譯《荒原·四首四重奏》（台北：志文，1985）

艾略特著，趙蘿蕤譯《荒原》，收入《中國翻譯名家自選集·趙蘿蕤卷》（北京：中國工人，1995）

李俊清譯註《艾略特的荒原》（台北：書林，1992）

彼得·柏克著，江政寬譯《法國史學革命：年鑑學派 1929-89》（台北：麥田，1997）

恩斯特·卡西爾著，黃隆保、周振選譯《神話思維》（北京：中國社會科學，1992）

趙振江主編《聶魯達集》（廣州：花城出版社，2008）

劉若愚著，杜國清譯《中國文學理論》（南京：江蘇教育，2005）

諾伯舒茲著，施植明譯《場所精神——邁向建築現象學》（台北：田園城市，1997）

諾斯羅普·弗萊著，陳慧等譯《批評的剖析》（天津：百花文藝，1998）

【網站資源】：

《楊煉、友友個人文學網站》（http://www.yanglian.net/yanglian/produce.html）
邱景華〈拉美兩大師——聶魯達與帕斯〉收入《詩生活・詩觀點文庫》
　　（http://www.poemlife.com/Wenku/wenku.asp?vNewsId=1605）

語言文學　PG0432

文化朝聖者的中國想像
——楊煉詩美學探索

作　　者 / 王穎慧
責任編輯 / 孫偉迪
圖文排版 / 陳佳怡
封面設計 / 陳佩蓉

發 行 人 / 宋政坤
法律顧問 / 毛國樑　律師
印製出版 / 秀威資訊科技股份有限公司
　　　　　114 台北市內湖區瑞光路 76 巷 65 號 1 樓
　　　　　電話：+886-2-2796-3638　傳真：+886-2-2796-1377
　　　　　http://www.showwe.com.tw
劃撥帳號 / 19563868　戶名：秀威資訊科技股份有限公司
　　　　　讀者服務信箱：service@showwe.com.tw
展售門市 / 國家書店（松江門市）
　　　　　104 台北市中山區松江路 209 號 1 樓
　　　　　電話：+886-2-2518-0207　傳真：+886-2-2518-0778
網路訂購 / 秀威網路書店：http://www.bodbooks.tw
　　　　　國家網路書店：http://www.govbooks.com.tw
圖書經銷 / 紅螞蟻圖書有限公司
　　　　　114 台北市內湖區舊宗路二段 121 巷 28、32 號 4 樓
　　　　　電話：+886-2-2795-3656　傳真：+886-2-2795-4100

2010 年 10 月 BOD 一版
定價：250 元

國家圖書館出版品預行編目

文化朝聖者的中國想像 : 楊煉詩美學探索
  / 王穎慧著. -- 一版. -- 臺北市 : 秀威資
訊科技, 2010.10
    面 ;   公分. -- (語言文學類 ; PG0432)
  BOD 版
  參考書目 : 面
  ISBN 978-986-221-566-1(平裝)

  1. 楊煉 2. 新詩 3. 詩評

851.486   99015234

讀者回函卡

感謝您購買本書，為提升服務品質，請填妥以下資料，將讀者回函卡直接寄回或傳真本公司，收到您的寶貴意見後，我們會收藏記錄及檢討，謝謝！如您需要了解本公司最新出版書目、購書優惠或企劃活動，歡迎您上網查詢或下載相關資料：http:// www.showwe.com.tw

您購買的書名：＿＿＿＿＿＿＿＿＿＿＿＿＿＿＿＿＿＿＿＿＿＿＿＿

出生日期：＿＿＿＿＿年＿＿＿＿＿月＿＿＿＿＿日

學歷：□高中 (含) 以下　　□大專　　□研究所 (含) 以上

職業：□製造業　□金融業　□資訊業　□軍警　□傳播業　□自由業
　　　□服務業　□公務員　□教職　　□學生　□家管　　□其它＿＿＿

購書地點：□網路書店　□實體書店　□書展　□郵購　□贈閱　□其他

您從何得知本書的消息？

　□網路書店　□實體書店　□網路搜尋　□電子報　□書訊　□雜誌

　□傳播媒體　□親友推薦　□網站推薦　□部落格　□其他＿＿＿＿＿＿

您對本書的評價：(請填代號　1.非常滿意　2.滿意　3.尚可　4.再改進)

　封面設計＿＿＿　版面編排＿＿＿　內容＿＿＿　文／譯筆＿＿＿　價格＿＿＿

讀完書後您覺得：

　□很有收穫　□有收穫　□收穫不多　□沒收穫

對我們的建議：＿＿＿＿＿＿＿＿＿＿＿＿＿＿＿＿＿＿＿＿＿＿＿＿

＿＿＿＿＿＿＿＿＿＿＿＿＿＿＿＿＿＿＿＿＿＿＿＿＿＿＿＿＿＿＿＿

＿＿＿＿＿＿＿＿＿＿＿＿＿＿＿＿＿＿＿＿＿＿＿＿＿＿＿＿＿＿＿＿

＿＿＿＿＿＿＿＿＿＿＿＿＿＿＿＿＿＿＿＿＿＿＿＿＿＿＿＿＿＿＿＿

11466

台北市內湖區瑞光路 76 巷 65 號 1 樓

秀威資訊科技股份有限公司 　　　收

BOD 數位出版事業部

....

（請沿線對折寄回，謝謝！）

姓　　名：_____　　年齡：_____　　性別：□女　□男

郵遞區號：□□□□□

地　　址：_____

聯絡電話：(日) _____　(夜) _____

E-mail：_____